チャンバラ

佐藤賢一

中央公論新社

◉目次

チャンバラ

「兵法の道、二刀一流と号し、数年鍛錬の事、初而《はじめて》書物に顕《あら》はさんと思ひ、時に寛永《かんえい》二十年（一六四三年）十月上旬の比《ころ》、九州肥後《ひご》の地岩戸《いわと》山に上り、天を拝し、観世音を礼し、仏前に向ひ、生国播磨《はりま》の武士、新免武蔵守藤原玄信《しんめんむさしのかみふじわらのげんしん》、年つもつて六十」

と、書き起こした。

嘘《うそ》はない。生まれは確かに播磨だ。が、すぐ美作《みまさか》に養子に出た。播磨に戻り、但馬《たじま》、丹後《たんご》と暮らし、そこから豊後《ぶんご》に移って、思えば九州に縁づいたのは、これが最初だ。

が、まだその後も諸国を巡った。京、名古屋《なごや》、江戸《えど》にいたこともある。数年落ち着いた土地もあったが、三河刈谷《みかわかりや》、播磨姫路《ひめじ》、播磨明石《あかし》、豊前小倉《ぶぜんこくら》と、やはり転々とすることになった。齢《よわい》六十になんなんとして終《つい》に流れついたのが、肥後熊本なのである。

細川《ほそかわ》家の客分に迎えられ、三年ほど熊本の城下に暮らした。が、寛永二十年十月になって思いたち、西に三里（約十二キロ）の金峰山《きんぼうざん》、岩戸山雲巌《うんがん》寺に入山――というのも、書き顕《あらわ》した通りである。

座したままに見回せば、薄暗がりにもゴツゴツした岩肌が覗《のぞ》いている。あとは最奥に馬頭観音の仏像が安置されているだけだ。

雲巌寺の奥の院で、山肌にぽっかり口を開けている洞窟は、土地では「霊巌洞《れいがんどう》」と呼ばれていた。こことみこんで籠もると、ムサシは筆を走らせる日々に入ったのだ。

――兵法書を遺《のこ》さねばならない。

熊本藩に扶持《ふち》を与えられたのは、新免武蔵守、というより「宮本《みやもと》武蔵」で諸国に知られた、兵法者としての高名ゆえだ。

その恩を返す意味でも、この地で兵法書を遺さなければならない。熊本城下の道場に、藩士の弟子千人といいながら、いつまで教えられるわけではないからだ。その指導も、気力、体力の衰え激しいあまり、最近は免許の弟子たちに任せきりになっているのだ。

——もう書くことしかできない。

この厳しい洞窟で神経を研ぎ澄まし、生涯の境地を余すことなく書き遺す。そう心がけて、一冬を励んでみれば、兵法書は全部で五巻の巻物になっていた。

地の巻では、まず基本の考えを述べる。水の巻では鍛錬の術を、火の巻では勝負の術を、風の巻では他流との違いを述べ、空の巻で結を論じる。五巻から成る『五輪書《ごりんのしょ》』というわけである。

「武士は兵法の道を慥《たしか》に覚へ、其外《そのほか》武芸を能《よく》つとめ、武士のおこなふ道少しもくらからず、心のまよふ所なく、朝々時々におこたらず、心意《しんい》二つの心をみがき、観見《かんけん》二つの眼をとぎ、少しもくもりなく、まよひの雲の晴たる所こそ、実の空と知るべき也《なり》」

と、末まで書き果《おお》せているが、これで了とするわけにはいかない。

地、水、火、風、空の五巻とすることからして、書き進める途中で決めたものだ。うまい思いつきもあれば、考えなしに書いて、まずいと悔やむ箇所もある。それを、なおしていかなければならない。

これが「初而」と書いたのは、嘘というより、決まり事の遜《へりくだ》りで、これまでも兵法書は何度かまとめてきている。が、この『五輪書』こそ畢生《ひっせい》の書にするつもりであり、長く読み継がれんと望むなら、それこそ一字一句を検《あらた》めながら、隅々の文まで磨いていかなければならない。

そこでムサシは、この春よりは地の巻から読み返すことにした。

——さて、二刀一流と書いたが……。

武士は大小二刀を差すのが普通である。ならば、二刀を使うほうがよい。それが我が兵法であることは確かだが、そのまま読んで字のごとくに二刀一流と称するのでは、些《いささ》か軽い憾《うら》みがあるか。

単に剣の術理を説くには止《とど》まらない。万理一空、もっと大きな合戦にも、いや、他の諸々《もろもろ》の芸能にも、はては人としての処世にも通じる道を説いたつもりだ。これぞ百世の普遍と打《ぶ》ち上げるつもりなら、相応の号は欠かせまい。

――二陽は天につけり、という。

すなわち、日と月である。それらは二刀に見立てられる。大刀を日に、小刀を月に準《なぞら》える。其《それ》すなわち二天、ああ、そうか、号は二刀一流でなく、二天一流とするか。

ムサシは筆を取ると、先を傍らの硯《すずり》につけた。もう片手に持ち上げた紙に、すらすらと書き入れる。さて、兵法の道、二天一流と号し――と。

さらに先に目を送ると、こう続けてある。

「我、若年のむかしより兵法の道に心をかけ、十三にして初而勝負をす。其あいて新当流有馬喜兵衛《しんとうながれありまきへえ》と云《いふ》兵法者に打勝ち、十六歳にして但馬国秋山《あきやま》といふ強力の兵法者に勝ち、二十一歳にして都へ上り、天下の兵法者にあひ、数度の勝負をけつすといへども、勝利を得ざるといふ事なし。其後国々所々に至り、諸流の兵法者に行合ひ、六十余度迄勝負すといへども、一度も其利を失はず。其程、年十三より二十八、九迄の事也」

何だか半端な書きぶりだ。

嘘を書いたわけではない。それは相手の名を出してある通りだ。

最初の二人しか覚えていないわけでもない。六十余の勝負の相手について、全て名前を挙げろといわれれば、さすがに窮するというのが本音だが、それでもその気になれば、恐らく半ば以上は思い出すことができるだろう。

どんな顔で、どんな体軀《たいく》で、どんな剣で、どんな技でということなら、それこそ六十余度の勝負を残さず覚えている。目を閉じれば、すぐ瞼《まぶた》に蘇《よみがえ》るほどであれば、いくらでも詳しく書ける。

が、紙に筆を運んだそばから、密に綴《つづ》る気が失せた。はしょるようにして、半端に切り上げてしまった所以《ゆえん》だ。

「我三十を越へて跡をおもひみるに、兵法至極してかつにはあらず。おのづから道の器用ありて、天理をはなれざる故か。又は他流の兵法不足なる所にや」

その程度の話でしかないからだ。兵法を究めて勝ったのでないならば、詳しく綴る意味がない。もとより、この『五輪書』で開陳する兵法とは、ほとんど関係がない。

「その後なほもふかき道理を得んと朝鍛夕錬《ちょうたんせきれん》してみれば、おのづから兵法の道にあふ事、我五十歳の比也」

と、続けた通り、開眼はその後の話なのだ。

土地でいえば、豊前小倉にいた頃か。

倅《せがれ》――といっても、四十をすぎて迎えた養子で、実兄の子だが、その宮本伊織《いおり》は明石藩小笠原《おがさわら》家に出仕した。

寛永九年（一六三二年）、その小笠原家が小倉に転封となった。いうまでもなく、伊織も豊前に移るので、それにムサシもついていったのだ。

剣はからきしながら、経世の才ある倅で、伊織はこの年には藩の家老に進んでいた。小倉での暮し向きが、悪かろうはずもなかった。あるいは伊織は多忙を極めたのかもしれなかったが、ムサシは城下に道場を開き、弟子に兵法を教えるといえども、半ば楽隠居のようなものだった。

それで心落ち着けられたことが奏功したか、兵法の考えが深まった。

無論、ここに至る鍛錬、実践、経験あったればこその話だが、それを渦中において凝視するのでなく、間を空けて外から眺められるようになったといおうか、従前みえなかった理《ことわり》にいたるまで、思い至れるようになったのだ。

――それを『五輪書』では書きたい。

ムサシは、むうと息を吐いた。してみると、六十余度の勝負をしたなどと、わざわざ書く必要があるのだろうか。一度も負けてないなどと明らかにして、俺は何を伝えようとしたのか。

勝った、勝った、勝ったと自慢したかったのか。ならば、もっと細かに書き記さねばなるまい。あるいは、えんえんと連ねた術理を、ただの絵空事といわれたくないがために、最初に強さの証《あかし》を立てておこうと考えたのか。

――いずれにせよ、あのようなチャンバラに……。

何か恃《たの》む心があるというのか、今なお俺の心には。そう自問して、ムサシは苦笑に転じた。書き改めるというより、ここは削るも可なり、だな。

ああ、紙幅を費やす意味がない。かえって読む者を惑わす。というのも、それを通して透徹した境地に至れるわけではない。チャンバラを書いても、チャンバラにしか役立たない。それでは、つまらない。だから達した境地は、もはや兵法には留まらないのだ。

「其より以来《このかた》は尋ね入るべき道なくして光陰を送る。兵法の利にまかせて諸芸諸能の道となせば、万事において我に師匠なし」

小倉時代、いや、すでに播磨時代からだが、ムサシは茶の湯、連歌《れんが》、なかんずく書画を嗜《たしな》むようになっていた。

我流といえば我流ながら、それまた凡百を凌駕《りょうが》した境地にあると自負がある。やはり、そうだ。兵法の一事を通じて道に至れば、自《おの》ずと他事にも通じられるのだ。

とりたてて何を習う必要もなく、したがって師匠はいらず、また実際、茶にも、歌にも、絵にも、師匠という人はいない。

——もっとも剣にはいたが……。

ムサシは手元の紙に目を戻した。さて、見なおしを急がねば。今、此書を作るといへども、仏法儒道の古語をもからず。軍記軍法の古きことをももちひず、此一流の見たて、実《まこと》の心を顕はす事、天道と観世音を鏡として、十月十日之夜寅《とら》の一てんに、筆をとつて書初《かきそ》むる……。

——しかし。

ムサシは背後を振りかえった。刹那《せつな》、眩《まばゆ》さに目を打たれた。洞窟が開けた大口に、明るい空が覗いていた。

一、新免無二と吉岡憲法

その折烏帽子《おりえぼし》は、やけに上機嫌だった。

「いやいや、新免無二《むに》よ、この京まで、よくぞ参られた」

確か作州《さくしゅう》からであったの。遠路、よくぞ、よくぞ。一段高い縁から声をかけて、その堅苦しい直垂《ひたたれ》の五十年輩は、皆に「くぼう様」と呼ばれていた。

こちらの庭で膝をつく身はといえば、反対に頭まで低くしているので、ほとんど髷《まげ》で話を聞くような体《てい》である。

「もっとも新免というは、手柄をもって許された主《あるじ》の名であって、元来は赤松《あかまつ》の末だそうじゃの。赤松といえば村上源氏《むらかみげんじ》、播磨一国の守護を務め、四職《しき》家のひとつでもある。それが今般新免無二に至るとは、是まさに誉《ほま》れ高き武門の血、見事に残れりといったところじゃな」

そういう「くぼう様」は、清和《せいわ》源氏の血を受け継ぐ貴種も貴種で、紛《まご》うかたなき武門の棟梁《とうりょう》、それが証に「征夷大将軍」という位にあるらしかった。

赤松でなく、もとより新免でなく、足利《あしかが》――足利義昭《よしあき》というのが、その名前である。

弁之助《べんのすけ》は、今ひとつ意味がわからない。当たり前だ。まだ数えで六歳なのだ。

ただ尋常な人物でないことは感じていた。武門の棟梁だの、将軍だのと、あれこれ教えてくれた父、つまりは「くぼう様」に呼びかけられている新免無二が、これまた平素ないくらい機嫌がよかったからである。

住まう美作国吉野《よしの》郡宮本村に「くぼう様」の遣いが来たのは、先の十一月のことだった。

天正《てんしょう》十五年（一五八七年）十月、将軍足利義昭公、ついに御帰洛の運びとなられた。その祝いの催しとして、「くぼう様」は剣術の試合を御所望である。当代一の兵法者と呼び声高い新免無二においては、来《きた》る十二月には京に上られ、その技量のほどを存分に披露なさるべし。

そう告げられてからというもの、ずっと機嫌がよいままなのだ。

兵法者というのは本当で、普段それらしい仏頂面を崩さない父だったが、それだけに最近の浮かれ方は、倅の目には人変わりしたとみえたほどなのだ。

「なにしろ御前試合じゃ」

名誉なことじゃ。名誉なことじゃ。かほどの果報を賜れる兵法者が、この日《ひ》ノ本《もと》に、これまで何人おったことか。そうやって、ただひとりの弟子である本位田外記《ほんいでんげき》を相手に繰り返す。

「おお、弁之助、われも連れていってやろう。一度くらい京の都をみせてやろう」

そうやって、従前叩《たた》くばかりだった頭も撫《な》でてくるというのだから、いよいよ気味が悪いほどだった。

困惑一方の弁之助だったが、京の都が特別な場所だということだけは、すぐ合点することができた。こんなに沢山の人がいるところは、美作でも播磨でも覚えがない。みたことがないといえば建物で、その大きさを仰いでは、あんぐり口を開けているしか術《すべ》がない。寺だか、屋敷だか知らぬが、えんえん壁が連なる様にいたっては、気が遠くなるようだ。あげく京の都というのは凄《すご》い土地だと、子供心にも悟るところができたのだ。

師走《しわす》の京は寒くもあった。凍《い》てつく空気は硬く張りつめ、刃物を思わせるほどで、実際のところ痛く感じるほどだった。

加えるに庭にいて、直《じか》に砂に座していた。膝からは、地面に秘められた冷たさまでが、ジンジンと伝わりくる。

来いといわれたのが、二条第《にじょうてい》という建物だった。それまたガランとして、寒々しいばかりだった。そのものは目を見張らされる豪壮な屋敷である。弁之助は門をくぐる刹那、なんだか憚《はばか》られる気持ちまで抱いた。なかに入ると、そこに人がいなかったのだ。

全くの無人ではなかったが、建物の器に比べると、やはり少ないという感は否めない。どことなく雑然として、汚れたままにされている風もあった。

調度が倒れ、あるいは無造作に重ねられているような部屋が多々みられた。いくらか前に京には冬の嵐が吹いたのか、それに襲われたあとかと、本気で考えたほどだった。

「まあ、場所が、この二条第というのは、玉に瑕《きず》かの」

下ぶくれで色白の相貌に、やけに黒い鯰髭《なまずひげ》を躍らし躍らし、足利義昭は続けていた。

「わしのものであったのは二条城と申して、場所も少し違っておった。ずいぶんすごしやすかったように記憶しておるが、比べるほどに二条第――妙顕寺《みょうけんじ》城ともいうそうじゃが、とにかく、ここは、みての通りに整わぬ、なんというか、つまりは空き家での。まあ、元の造りが悪いわけではないよってに、手を入れれば何とかなるのかもしれぬ。というのも、わしにくれんでもないような話であったのだろう。のお、幽斎《ゆうさい》」

そう呼ばれた男は、「くぼう様」の右隣に控えていた。小袖《こそで》に肩衣《かたぎぬ》の侍がさらに何人か並んでいて、右側は皆が「細川」の家中ということだった。が、その筆頭にいた「幽斎」だけは法体だった。

「はっ」と受けて答えたことには、あるいはお譲りになられるやもと。

「関白さま、すでに聚楽第《じゅらくだい》にお移りあそばされておりますれば」

そう耳に聞こえて、弁之助は「あっ」と思った。

聚楽第こそ立派だった。豪壮にして華麗、まさに光り輝いている圧巻の建物だ。

それこそ魂を抜かれたように立ち尽くすしかなかったが、そんな御上《おのぼ》りの子供を避けて、忙《せわ》しく通りすぎる都人たちにしても、聚楽第に住まう「かんぱくさん」こそ、誰より偉いというような口ぶりだった。

「聚楽第のお。わしは好かぬ。秀吉《ひでよし》の趣味は、あえて下品とはいわぬが、なんだかゴテゴテしておってのお。まあ、あれも出が出であるからには、仕方のない話ではあるな」

そう続けられて、小さな笑いが起きた。細川の列は笑わなかった。声を洩《も》らしたのは「くぼう様」の左側で、そこに並んでいたのは「毛利《もうり》」の家中ということだった。

毛利の侍たちは、将軍の帰洛の旅を護衛して、そのまま在京していると聞いた。「くぼう様」は鞆《とも》という土地で、長いこと毛利家の世話になっていて、それというのも、十四年も前に「うふさま」の手で京より追放されてしまったからなのだ。

その「うふさま」ないしは織田信長《おだのぶなが》が死んで、後釜に座った秀吉、つまりは「かんぱくさん」に許されて、足利義昭はようやくの帰洛なったということである。

「まあ、わしは、わしじゃ。武門は武門らしくじゃ。そこで剣術の試合なのじゃよ」

ここで「くぼう様」は、手にした笏《しゃく》をビッと鳴らした。

「吉岡《よしおか》、そのほうじゃ」

顔を上げたのは、縁に向かって左側にいた、白い小袖に黒袴《くろばかま》の男だった。

もう歳《とし》は四十を数えたか、まずは新免無二と同年輩である。

が、こちらの作州者が蓬髪《ほうはつ》に冬でも褪《さ》めない日焼け顔で、しかも筋骨隆々たる大男——黒い小袖に黒袴のいでたちまで、いかにも豪の者といった風なのに対して、吉岡憲法《けんぽう》のほうは月代《さかやき》も綺麗《きれい》に剃《そ》り上げ、しかも頬《ほお》白々とした福顔なのである。

腹のあたりにも、兵法者にはすぎるくらいの余裕がある。それを恰幅《かっぷく》よいというなら、これで着流しで来られた日には、まずは商家の旦那だと思っただろう。

吉岡憲法は、およそ武士らしくはなかった。

色白は「くぼう様」も同じであり、あるいは都人の質《たち》なのかもしれなかったが、それにしても、らしくとこだわる足利義昭が、確かめたくなる気分がわからないでもない気がした。

「この京で代々将軍家兵法指南役を務める剣の名門じゃ。その長たる吉岡憲法、俄《にわか》に試合を申しつけられたとて、よもや異存などあるまいの」

「無論のことにございます」

吉岡憲法は角のない京訛《なま》りで、その答えぶりにも迷いはなかった。のみか、晴れ晴れと顔を輝かせたようにもみえた。

その喜びについてならば、子供の弁之助にも察せられた。というのも、「くぼう様」は京にいなかった。将軍のいない都で「将軍家兵法指南役」の看板を掲げるのでは、なんとも格好がつかなかったに違いない。

もっとも、その割には名門らしく様になっていた。吉岡憲法の背後には、門人と思《おぼ》しき屈強な男たちが、ぞろぞろと二十人も並んでいた。

弁之助の目が自ずと引かれたところ、子供もいた。吉岡憲法の子供なのか、二人だ。

どちらも前髪を残していたが、それでも自分よりは大きい。ひとりは七つ、八つ、もうひとりも二つ、三つは上だろう。

弁之助は少し引け目を感じた。自分の小ささもさることながら、こちらの新免無二に従う門人とて、本位田外記ひとりだけである。ついてきたのは、全部で二人のみなのである。

縁の高みから「くぼう様」が続ける。

「『扶桑《ふそう》第一ノ兵術者』の名を取る吉岡憲法に、いささか愚問であったかの。もとより、生半可な兵法者では試合にならぬ、誰か相手が務まる者はおらぬかと、ずいぶんと探したのじゃ。そこで作州に七人斬りの猛者がおると突き止めた。であったな、新免無二」

「はっ、作州赤田《あかだ》ケ城《しろ》の戦いにて」

「七人も斬ったか。ひとりで本当に七人も？　ただ刀を合わせただけでなく？」

「首級を上げましてございます」

「そうであったの、そうであったの。それで主の伊賀《いが》守に、新免の名を許されたということであったの」

「御意《ぎょい》」

「左様な術者の新免無二なら、相手にとって不足なかろうと、それで吉岡、こたびの試合となったのじゃ」

と、足利義昭はまとめた。うん、うん、良き試合となりそうじゃな。うん、うん、まさしく武門の興行じゃ。それで、新免、吉岡、そのほうら、もう支度はできておるのか。

早速試合ということになった。

「それがしが検分役を務めさせていただきたく」

申し出たのは、細川家の列で二番目に並んでいた武士だった。

宿老の格であることは、鋭い切れ長の目を持つ相貌からも窺《うかが》える。それでも幽斎や足利義昭に比べると大分若く、多分まだ四十に届いていないだろう。

「松井佐渡《まついさど》か」

と、「くぼう様」は受けた。そうか。家老の身の忙しさも何のその、そのほうも嫌いでない質《たち》なのであったな。まあ、それをいってしまえば、細川の家はなべて武芸好みであるが。そういえば、新陰《しんかげ》流の疋田豊五郎《ひきたぶんごろう》は如何《いかが》した？　確か禄《ろく》を与えておったのではなかったか。

「ああ、そうか、そのほうも、あの達者の手ほどきを受けた手合いか。うん、ならば間違いなかろうの。ああ、検分のほど、頼んだぞ、松井佐渡よ」

懇《ねんご》ろに託されて、深々と頭を下げたのち、松井は縁から立ち上がった。細かな砂が敷かれた庭に進み出ながら、よく通る声で呼びつけた。

「京八《きょうはち》流、吉岡憲法」

膝つきの姿勢から立ち上がると、吉岡憲法は上背もそれほどは高くなかった。

「当理《とうり》流、新免無二」

立てば、こちらは聳《そび》えるくらいの体軀である。

弁之助は頭を巡らし、父の顔を仰ぎみた。御前試合に呼ばれた有頂天は瞬時に消えさり、もう厳しい顔になっていた。

「ともに前へ。各々の門人たちは後ろに下がられよ」

松井佐渡の指図に応じて、それぞれは砂場から立ち上がり、庭木が繁《しげ》る際まで下がった。

その途中で弁之助がチラリと目をやると、向こうの吉岡の列からも、こちらに目をくれていた。子供の、年嵩《としかさ》のほうだ。

自分たちもいつか刀を交えることがあるのか——と、あちらでも思うのだろうか。

松井佐渡を間に挟み、庭の中央では吉岡憲法と新免無二が向かい合っていた。

さらに向こうの高いところに、「くぼう様」の鯰髭が覗けていた。

これから始まる試合のほどを、さぞやよく観ることができるだろうと、弁之助は羨ましく思った。

六歳では地面に座れば目線が低い。兵法者二人を見上げる格好になって、やや観づらい。

「事前に約定があり、稽古試合、すなわち木刀での試合と聞いておるが、相違ないか」

松井佐渡に確かめられ、双方ともに頷《うなず》いた。

偽りでないことも一目瞭然で、二人とも左手で黒みがかる飴《あめ》色の長物を運んでいた。

「寸止めにて三本勝負、二本先取で勝ちとするが、それまた承知と解して、よろしいか」

再びの頷きが相次いだ。ならば、さらなる口上は無用とばかり、松井佐渡は背後に数歩引いた。

吉岡憲法、新免無二の二人はといえば、ほぼ同時に踵《きびす》を返すと、わざと揃《そろ》えて、組で能でも舞うかのような歩き方で、左右に別れていった。

およそ二間《けん》（約三・六メートル）の距離が空いたところで、やはりほぼ同時に身体《からだ》を翻す。互いに正対した機を捉えて、松井佐渡は声を発した。

「一本目、始め！」

木刀の影が二本、スッと立ち上がった。

新免無二は中段、いわゆる青眼《せいがん》に剣を構えていた。

感じさせるのは、波ひとつない湖水をみるが如《ごと》き静けさだ。

何ぞ特別でないというのに、容易に真似《まね》できるとも思わせない。凡百から隔絶した美が、そこにはあった。

吉岡憲法は上段である。

右半身で構える諸手《もろて》右上段――専《もっぱ》ら攻めを眼目とした構えは、ひと呼んで火の位だ。かっかと燃えて、いつ爆発するともしれない。忙しなく躍る焔《ほのお》が、今にもみえてくる気がする。そんな構えといわれている。

が、その将軍家兵法指南役に関していえば、覚えるのは相対する新免無二と変わらない静けさだった。

その落ち着きはらい方は、上段の構えにそぐわないほどで、みる者に不思議な感じ――ともすれば居心地悪いような感じさえ抱かせる。

二人の兵法者は構えを決めたきり、動かなかった。

互いに隙がないということだ。

どこに、どう打ちこめばよいのか、わからない。動こうとするほどに先《せん》を取られ、あるいは後《ご》の先《せん》を取られる自分の姿しか浮かんでこない。だから、ますます動けない。

何も起こらない試合に見入る弁之助は、知らず息苦しさを覚えていた。

この父に日々つけられる稽古を彷彿《ほうふつ》とさせられた。それだけで、もう心が追い詰められる。あちらこちら身体まで痛くなる。

子供であっても容赦はない。僅《わず》かな隙も必ず衝《つ》かれる。新免無二は涼しい顔をしたままで、鬼のような剣を打つ。

それだけに弁之助は父が負けるとは思っていなかった。

吉岡憲法とて強いのだとは思う。「くぼう様」の口ぶりからすれば、格上なくらいだろう。

それでも新免無二の敵ではない。この世のなかに父より恐ろしい人間がいるなど、そんな話がストンと腑《ふ》に落ちるはずもない。

あっ——と弁之助は気づいた。

新免無二が剣先を揺すっていた。小刻みな動きで、一寸（約三センチ）ほどの上下を不規則に繰り返し、これは打ちかけるということか。あるいは、そうすることで相手の返しを誘うつもりか。いずれにせよ、自分から仕掛けるのか。

——動いた。

と思う刹那に、新免無二は二間ほども出た。

前の右足で踏みこみ、同時に後ろの左足で蹴り出す猛然たる前進も、傍目《はため》には腰の位置が変わらないので、ただスゥーと平行に移動しただけのようにみえる。が、それで間合いは、もう完全に詰まるのだ。

振りかぶり、すでに剣とて頭上にあった。

所作に一切の力みがないので、いつの間にと驚かされる。そこからの振り下ろしも速い。

得物《えもの》の重さで下がるがままに走らせよと、いつも弁之助に教えているように、やはり無駄な力がこめられるわけではない。それでも、いや、それだから無理がないので、新免無二の剣はあれと首を傾《かし》げてしまうくらいに速いのだ。

剣先が弧を描いた。その影で黒い半円が描かれた。

——えっ、振りきった？

寸止めではない。いや、止める必要もない。

剣が届いていなかった。吉岡憲法の鼻の前を素通りして、ただ地面まで斬り下げただけだった。

絵に描いたような空振りである。が、弁之助は目を瞬《しばたた》かせずにいられなかった。

そんなはずはない。踏みこみが甘かったのか。いや、確かに間合いは詰められた。目算を誤ったのか。いや、この父にかぎって、そんなことはありえない。

吉岡憲法が刹那、後ろに下がったということか。いや、この敵は動いていない。白足袋《たび》に履く草鞋《わらじ》の下の庭砂は、最初につけられた僅かな盛り上がりから、まだ一粒たりとも崩れていない。

わかったのは、直後に砂が舞い上がり、その煙のなかを白足袋が走ったからだった。

どういうこと――などと問うている間はなかった。新免無二の頭上が空いていた。吉岡憲法は剣を上段に構えたままだ。そして、僅かの踏みこみで打ちこめるのだ。

従前の静けさを裏切りながら、今こそ焰が乱舞する。上段から途轍《とてつ》もない重さで落とされる。

まさに戦慄の剣撃だったが、直後にカンと甲高く木が鳴いた。新免無二は身体を捩《ね》じる動きで木刀をすくい上げ、なんとか弾《はじ》き返すことができた。

バッと跳びのき、元いたあたりまで戻ったので、弁之助はようやく呼吸を解放することができた。しばらく息を詰めていたことにも、そのとき気づいた。

――危なかった。

信じられないとも、思わずにいられない。隣にいる本位田外記の顔を覗いてみても、やはり驚きの色が露《あら》わだ。さもありなん、あの新免無二にして、ああも迂闊《うかつ》な真似をするとは……。御前試合の大舞台に舞い上がり、普段より意気ごむところがあったにせよ……。

当の新免無二からして、ふううと長く息を吐き出していた。己の不用意を省みながら、仕切りなおしを期したのだろう。

剣の構えも青眼に戻した。吉岡憲法のほうも高々と振り上げなおし、変わらずの上段である。動かないのも、前と同じだ。

いや、動いた。

新免無二は剣先を揺するでも、爪先で砂を刻むでもなく、文字通り何の前触れもない、いきなりの踏みこみをみせた。

剣も振りかぶられない。中段に構えた位置からスッと前に押し出される。

いわゆる「石火の当たり」は、最短の距離を走り、まさに神速の剣撃になる。人の身にして、およそ躱《かわ》せる者などない。

それが――また届かない。また空振りだ。四半分ながら、切先はやはり弧を描ききった。

となれば、また吉岡憲法の上段が、がら空きの頭上に落とされる。

それも空振りに終わった。新免無二は打ち終わりと同時に、踏みこんだ膝を反発させて、すぐさま後ろに跳んでいた。ほんの一尺（約三十センチ）ほどの後退だが、それで振り下ろされる木刀は、何も捕らえるものがなくなった。

狙い通り――前の繰り返しでなく、今度こそ新免無二は誘い、そして崩した。

無駄に斬り下げた吉岡憲法は、直後の一瞬まさに隙だらけになったのだ。

頭上が空いている。胴が空いている。小手もみえる。大急ぎで守ろうにも、上段から大きく振りきってしまった剣は、容易なことでは戻せない。

新免無二はといえば、こちらは振りが小さかった分だけ、すぐさま次の攻撃にかかれる。

手首を返して、小手を斬り上げるもよし。中段まで戻して、面を打つもよし。そのまま突き出すもよし。さて、どうやって仕留めるのか。

しかし、新免無二は逃げた。ヒョーンという感じで、さらに大きく後ろに跳んだ。どうして……。

吉岡憲法は動いていない。木刀も切先を落としたままだ。

それでも新免無二は何かを感じたのか。戦慄の反攻を察知して、それを避けようとしたのか。それにしても、これほど大きく回避しなければならないのか。

およそ二間、ほとんど始めの位置に戻るくらいの後退は、用心深いを通り越して、臆病にさえみえた。

愚行の誹《そし》りさえ免れえないのは、そうまで大きく退けば、己の構えも大きく崩れてしまうからだ。それにより往々にして、たちまち窮地に転じてしまう。

事実、吉岡憲法は見逃さなかった。

先刻の斬り下ろしで、草鞋ごと砂に沈むほど強く踏みこまれていた白足袋が、その親指の下あたりから土煙を上げた。

右足は踏みこみの動作に入る。板バネの反発を思わせながら、その柔らかな体軀は大きく弾んで前に出る。跳躍の間に木刀も再び大きく振り上げられる。

吉岡憲法は剣撃もろとも、一閃《いっせん》の線となって走った。

二間に開いていた間合いが、一瞬にして無に帰した。木刀は新免無二の額《ひたい》を捕らえて、そこでピタリと止まっていた。

「一本、吉岡憲法」

松井佐渡の声が響いた。

負けた――父が負けた。あの鬼のように強い男が負けた。弁之助は信じられなかった。

父らしくない戦い方ではあった。ああ、いつもの新免無二ではない。

というより、見事なまでの空振りといい、大袈裟《おおげさ》なくらいの跳びのき方といい、解せないことばかりだ。今にして狐《きつね》に摘《つ》ままれた気もしてくるほどだ。

「両名、元の位置になおられよ」

松井佐渡が指図していた。

そうだ。まだ終わりではない。負けたのでなく、三本勝負で、先に一本取られただけだ。思い返して、弁之助はいくらか心が救われたが、その余裕で認めざるをえない事実もあった。

──やはり負けだ。

これが真剣の試合だったら負けだ。二本目、三本目などはなく、もう新免無二は死んでいるのだ。死ねば、いかなる意味においても終わりだ。

弁之助が心に唱えるのは、それが他でもない、父自らが平素繰り返す教えだったからだ。

「よろしければ、すぐ二本目に移りたいと存ずるが……」

「しばし」

上げた掌《てのひら》で検分役を遮ったのは、新免無二だった。吉岡憲法は元の位置に向かっていたが、こちらは松井佐渡の面前に進んでいった。

「我が当理流は十手《じって》術を本領とする流派にござる。ついては、二本目は十手を用いたいと存ずるが……」

「十手でござるか。さて」

松井佐渡に目で問われて、吉岡憲法は答えた。

「それがしは構いません」

一本先取した余裕か、こともなげだ。それを頷きで引きとってから、松井佐渡はハッと思い出した顔になった。

急ぎ確かめた先が、高いところに座した折烏帽子だった。

「公方様《くぼう》、いかがでございましょう」

そも足利義昭が所望した試合である。どんな得物を使ってよいか、それまた足利義昭に判断を仰ぐのが筋だ。

「十手とはいかなるものかの。まさか刃がついておるのではなかろうの」

と、将軍は確かめてきた。新免無二は自分から答えて出た。

「刃がついていない、稽古のための十手を持参してきております。なんでしたら、公方様にも御検《おあらた》めいただきたく」

新免無二は目で命じた。

動いたのが弟子の本位田外記で、すぐさま持参の革袋を開けた。

取り出したものを父に届けると、それを新免無二は松井佐渡に渡した。受けとった松井が建物の縁に進んで、足利義昭に差し出した。

それは長さ二尺ほどの木の棒だった。

ただ握りと思しきあたりから、やはり木で拵《こしら》えた二本の腕が左右に生えている。腕は途中から鉤状《かぎ》に曲がって上に向かう。

「十手とは手槍《てやり》の一種ということかの」

足利義昭は感想を口にした。三叉《さんさ》の槍といおうか。ああ、この形は十文字槍に似ておるの。わしが南都の興福寺《こうふく》におったころ、宝蔵院《ほうぞういん》の僧どもが使っておった槍だ。

「もっとも、あれは長槍で、こういう形の穂先をつけておったということだがの」

「それを『鎌槍』と申す向きもあるようです。十手の腕も刃がついている本物では『鎌刃』と呼ばれております」

新免無二が言葉を足した。

なるほど、鎌か。この形で、ひっかけるわけじゃな。うんうんと頷きながら、「くぼう様」も納得したようだった。

が、次に口を開くまでには難しい顔になっていた。

「となると、なんだ、十手か、これは、つまるところは槍ということか。かような武器を用いては、剣術の試合にはならんのではないか。槍と剣の他流試合というのも一興ではあるが、やはり、のお」

「剣も用います。左手に十手、右手に剣を用いるのが、我が当理流にございます」

「おお、そういうことか。両手遣いの剣法ということなのじゃな」

おもしろい。やってみよ。「くぼう様」の一声で決まり、二本目に進むことになった。

十手は松井佐渡に戻され、それを手渡された新免無二は、今度こそ位置についた。

「二本目、始め！」

吉岡憲法は変わらず上段の構えだった。

対する新免無二のほうは中段――というべきか。それとも八相《はっそう》の構えとするべきか。

まずもって、剣術ではあまりみない左半身《ひだりはんみ》だ。それこそ槍の構え方だ。左足が前に出て、一緒に左手を前に出す。その中段で構えられているのが、十手なのだ。

剣は後方、奥の右手である。が、それは握る拳《こぶし》を耳に当て、刀身を肩に担ぐようにして構えられる。八相の構えに譬《たと》えたくなる所以だが、その実は右手だけを取り上げても、八相の構えとは異なる。

吉岡憲法の眉間に、やや深い皺《しわ》が寄った。表れたのは内心の困惑か。

なるほど、珍奇な構えにみえたに違いない。でなくとも、目にするのは、これが初めてか。十手を使う兵法者など、かつて戦ったことがないのか。

とはいえ、最初の数秒だけだった。それだけで、もう看破してしまったようだ。

実際、吉岡憲法に懊悩《おうのう》する理由はなかった。

一本目の展開からしても、恐れる謂《いわ》れが見当たらない。なにしろ新免無二は間合いを詰めきれなかったのだ。

吉岡憲法は右半身、新免無二は左半身、まっすぐ近づいていけば、互いの前の足がぶつかる。交差しない分だけ、ますます距離は詰まらない。ただでさえ届かなかった木刀が、いよいよ吉岡憲法の面から遠ざかる。一本を取られる懸念は、まずないといってよかった。

「守るおつもりかな」

弁之助が聞いたのは、隣に戻った本位田外記の声だった。

その意味は弁之助にもわかる。十手術の稽古も、普段からつけられているからだ。

十手は攻めるための武器ではなかった。本物は刃がついて、攻められないわけではないが、やはり主たる目的は守りだ。

すなわち、十手は敵の剣撃を払い、または斜めに受け流す。あるいは左右に伸びた鎌刃にかけて、相手の刀身を受け止め、さらに搦《から》め取ることもできる。

「とすれば、うまくないな」

本位田外記は小声で続けた。それまた弁之助にもわかる。みての通りだからである。

新免無二は動かなかった。攻めずに守るのだとすれば、当然だ。しかし、吉岡憲法も上段に構えたままで動かないのだ。

一本目も、そうだった。仕掛けたのは、新免無二のほうだった。それが今度は守りに徹するために動かず、それなのに吉岡憲法も変わらず動かなければ、何も始まらない。

いや――新免無二の左手が動いた。腕ごと回し、十手に下に払うような軌道を描かせた。が、そこに除かれるべき剣撃はない。

「……………？」

吉岡憲法は、やはり動いていない。その攻めを警戒するあまり、新免無二は防御の動作を先んじたのか。先に一本を取られて、そこまで臆病になっているのか。

ならば、まずい。無駄に終わる動きは、直ちに隙になるからだ。守りに徹するといいながら、かえって敵に攻めやすくさせるのだ。

それなのに新免無二は、また動いた。左手の十手を頭上高くまで跳ね上げた。

返す返すも、どういうつもりなのだと問う間もなく、すぐあとには垂直に打ち下ろす。

十手の動きは、いよいよ忙しなくなった。左に払い、右に払い、その脇構えから大きく薙《な》いで前に戻す。斬り下ろしを受けるように横に寝かせ、そこから大きく回して左に払う。

吉岡憲法がピクリとも動かないので、もはやひとりで型の演舞でもやっているようにみえる。新免無二が戦っているのは、想像で拵えた敵の影なのか。

「………………」

本位田外記も言葉がなかった。まして弁之助には、父が何をやっているのか、皆目わからなくなっている。

解せないといえば、吉岡憲法も解せなかった。こちらもこちらで、依然動かないのは何故《なにゆえ》のことなのか。

ひとりで演舞するような相手は、隙だらけにみえるはずだ。新免無二の想像に合わせる義理などないからには、自分の狙いで如何様にも打ちこめるはずなのだ。

それなのに上段の剣は動かない。高いところで、ピタと静止したままだ。

空打ちか――と弁之助は思いついた。

打ち気をみせて、それに相手が釣られたところに、本当の剣を打ちこむという、あの技巧を弄しているなら、吉岡憲法の静けさも理解できる。

また空打ちに反応したものとして、新免無二の忙しない十手の動きも説明がつく。

しかし――吉岡憲法は文字通りに不動である。

空打ちならば、剣先を上下させたり、腕を揺すったり、膝を入れたり、足を小刻みに前後させたり、なんらかの動きがあるはずだ。それをみせることで相手を釣るのだから、剣を振り出さないまでも、全く動かないわけにはいかないのだ。

それをなしに、吉岡憲法はどんな空打ちができるというのか。それをみずに、新免無二はどんな反応を取れるというのか。

わからない。わからない。わからない。意識が恐慌を来《きた》しかけたところで気づいた。

「あっ」

弁之助は思わず声を上げた。

戦う二人の距離が縮まっていた。二間も開いていたものが、もう残すところ一間(約一・八メートル)もない。

見間違いではなかった。ついつい十手の動きに目を奪われるが、よくよく注視すれば、無二の左足も休んではいなかった。

左手がひとつ動くごと、じりっ、じりっと半歩ずつ前進する。それに右足を追随させて、腰の高さを常に同じに保つのでわかりづらいが、確実に間合いを詰めていく。

その壁が迫りくるような圧迫感は、みている弁之助にも感じられるものだった。これは堪《たま》らない。

もしや吉岡憲法も心中で呻《うめ》いていたかもしれない。

上段の剣が走った。空が丸ごと落とされたかと思うほど、物凄い斬撃だった。

が、それを自ら押し出す動きで迎えたのが、新免無二の十手だった。

鉤になった鎌刃の腕で、がっちり木刀を受けると、あとは手首を返すことで、十手に捩じるような動きを与えるだけだった。

搦め取られて、吉岡憲法の木刀はカランと悲しげな音を立てながら落ちた。

ここで新免無二は初めて右手を動かした。肩に担ぐようだった得物を、スッと下ろして止めたのが、吉岡憲法の額まで一寸の位置だった。

「一本、新免無二」

松井佐渡の声が響いた。


パンパン、パンパン、手を叩く音が聞こえた。

「よいぞ、よいぞ。おもしろくなってきおった」

足利義昭は大はしゃぎなくらいの喜び方だった。これで一対一の五分じゃ。勝負は振り出しに戻ったわけじゃ。ああ、こうでなくてはならん。それでこそ名に恥じぬ達人同士の試合というものじゃ。

「しかし、吉岡、そのほう、もしや不満か」

とも、将軍は聞いた。

吉岡憲法は答える。いえ、特段に不満ということは。

「そうか。不服げな顔をしているようにみえたものでの」

にこやかな笑みさえ浮かびそうだった福顔が、確かに曇ってみえていた。

吉岡憲法は一本取られた直後であり、沈んだ表情ならやむなしとされるべきだ。が、それを通りこして不服げといわれれば、なるほど膨れた仏頂面にみえないこともない。

「でございますか。いえ、それがし、左様なつもりはござらず……」

そこに声を投じたのが、新免無二だった。

「仰せのごとく五分に戻りましたので、それがし、三本目は一刀に戻したく存じます」

皆が驚きの表情で、誰からもすぐには言葉が出てこなかった。

新免無二は続けた。ええ、そうでござる。都人は口さがないと聞きますがゆえ。

「新免奴《め》、十手術などという珍奇な田舎《いなか》剣法で、ただ相手をびっくりさせて勝ちおった、などと後で揶揄《やゆ》されたくはございませぬゆえ」

それはそうかもしれないが、一本目は一刀で負けたのだ。仮に邪道と笑われようと、また一本取られて、三本勝負に敗《やぶ》れてしまうよりマシではないか。

歯がゆく思う反面で、弁之助は父の気持ちもわからないではない気がした。

一本目の負けを、やはり大きく考えている。真剣なら死んでいたと思うほど、簡単には取り消せない不覚と思うのだ。

ここで一刀に戻し、吉岡憲法に釈明の余地も与えないほどの勝利を収める、つまりは完膚なきまで叩き潰すのでないならば、形ばかり勝てても、それは無意味と心で断じているに違いない。

「おもしろい！」

と、ようやく一場に声が戻った。ますます、おもしろくなった。それでこそ武士じゃ。武門の潔さというものじゃ。そうやって、「くぼう様」は増して喜ぶばかりだった。

「吉岡も、よもや異存あるまいの」

「はっ」

了解なると、新免無二が十手を置きにやってきた。

弁之助は顔を上げたが、父は無用となった得物を隣の本位田外記に渡しただけで、こちらには目もくれなかった。

二人の兵法者は三たび、始めの位置についた。松井佐渡は声を発した。

「三本目、始め！」

新免無二は構えも一本目と同じ、右半身の青眼だった。吉岡憲法は三本とも変わらずの諸手右上段である。

試合の運びも同じ——いや、それはない。好んで負けを繰り返すようなものだ。そう思っているうちに、新免無二の剣先が上下を始めた。

まさか、まだわからないのか。そこから打ちこんでも、吉岡憲法には届かない。どういうわけか、その理由は今もって知れないが、何度やっても空振りに終わるだけなのだ。

それなのに——新免無二は踏みこんだ。瞬間バッと斜めの線と化して、二間の距離を走った。

色と形を取り戻したときには、もう吉岡憲法の面前まで詰めていた。まだ影のままなのは、切先で弧を描こうとする木刀と、それを頭上から振り下ろそうとする腕だけだ。

直後、薄黒い円は四分の三まで描かれた。振りきって、また虚ばかりを斬り下ろした。

——それでも……。

弁之助はみた。刹那に白い色が動いた。吉岡憲法の足袋だ。どう動いたかといえば、左足、そして右足と一寸ずつ、相次いで後ろに退いた。

そうしなければ、打たれていたということだ。父の打ちこみは、確実に前より距離を詰めたのだ。が、だからといって吉岡憲法に手がなくなるわけではない。直後には高々たる上段から、物凄い勢いで木刀が振り下ろされる。

それを新免無二は弾き返した。斬り下ろしの手首を返し、木刀を振り上げの動きに走らせ、やはり前より確実な、もはや余裕さえ感じさせる受け方だった。

これまでとは何かが違う。しかし、どう違う。なぜ違う。ぜんたい何が起きている。

二人の兵法者は互いに了解あるかのような動き方で、また二間の距離まで離れた。

新免無二は青眼に構え、再び打ちこみの機を狙う体である。吉岡憲法はといえば――。

「青眼の構え、だと」

本位田外記が小さく呻いた。

この日初めての中段の構えである。攻めだけではない。守りを意識したということだ。吉岡憲法は、やはり追い詰められていたのだ。

そこで弁之助は気がついた。吉岡憲法の肩が小さく揺れていた。息が荒い。頬の血色も失せている。ひどく苦しげにみえる。

――疲れている？

そうだ、疲れている。先刻「くぼう様」に見咎《みとが》められた表情は、不服でも、落胆でもなく、その実は必死に伏された、この体力の消耗だったのだ。

しかし、どうして疲れるのか。吉岡憲法は、さほど動いているわけではない。ずっと上段に構えて、それを何度か振り下ろしただけだ。

足の捌《さば》きにしても、何歩と数えられるほどだ。さんざ動いた新免無二のほうが疲れるというなら、まだしも……。

弁之助はハッとした。もしや父も疲れているのか。表に出さず、それができるだけ、吉岡憲法と比べて、いくらか消耗は少ないのだとしても、やはり思いのほかに疲れて……。

それが証拠に、三本目では十手を使うのを止《や》めた。疲れたからだ。それは重いのだ。

元来が戦場の武器、鎧《よろい》をつけた状態で戦う、いわゆる介者《かいしゃ》剣術の武器である。防具のうえから攻めなければならない分だけ、武器は大きく、重くなる。

他面、動きは鈍くなるので、速い振りを繰り返すような使い方はしない。が、こたびは鎧をつけない、いわゆる素肌剣術の試合なのだ。

動きは速く、精妙になる。その戦いにおいて、稽古用とはいえ、十手のような、三本も腕を生やして、いわば頭が重くなっている得物を、ああまで忙しなく振り続けた。

左腕は、もう限界に近いのかもしれない。力を使いきる前に両手で扱う一刀に戻すべしと、それが新免無二の判断だったのかもしれない。

向かい合う兵法者は二人とも、その実は満身創痍《そうい》の状態だった。もはや、ギリギリの勝負だ。互いの剣の交錯とて、もう何度もできるものか。

新免無二の剣先が揺れた。と思うが早いか大きく踏みこみ、また一気に間合いを詰めた。着地と同時に振り下ろされた木刀は、今度はカンと甲高い音で弾かれた。

吉岡憲法が払った。青眼に構えた剣を動かし、やはり防御に努めた。

が、その守りは攻めに直結する。直後には剣が流れた新免無二の面を狙う。

新免無二は後ろの左足から動いて、身体を相手の右横の位置に入れた。そこから横薙ぎの太刀《たち》筋で、こちらは吉岡憲法の胴を狙う。

「……？」

距離が開いた。二人は何かに弾かれでもしたように、ポーンと跳んで左右に別れた。ともに危機を脱するべく、後ろに跳びすさったところ、それが同時になったということか。

が、着地と同時に砂を蹴るのが、新免無二だった。右足を放り出すようにして大きく踏みこみ、振り上げた剣もろとも、もう吉岡憲法に襲いかかったのだ。

跳躍で身体は宙に一尺も浮いた。草鞋が再び大地を捕らえ、砂を舞わせた瞬間が勝負――と固唾《かたず》を飲んで注視していたのだから、間違いない。

爪先が今にも地面につこうという寸前に、新免無二は後ろに飛んだ。

吉岡憲法の攻撃を避けるために、自分で後退したわけではない。まだ足をついていないのだから、砂の大地を蹴り飛ばせるわけがない。

それは背中に結わえられた紐《ひも》か何かを、いきなりグイと引かれたような動きだった。さもなくば正面から、不意の突風に押し返されたような。

――これまでも……。

新免無二は自ら下がったわけではないのか。不可解なほど大きく跳びのいたことが何度かあったが、それはみえざる力に押し飛ばされたもので……。しかし、そんな不思議な力があるはずもなく……。いや、あるいは吉岡憲法ほどの達人の境地においては……。

新免無二は地面に下り立った。狙って大きく踏みこんだのが、今度は吉岡憲法のほうだった。

それは十分な体勢から下肢の筋力を一挙に解放した跳躍だ。一足飛びに距離を詰めてしまうこと、請け合いなのだ。

ともに疾走する剣撃の凄まじさをいえば、その向きに上下と前後の違いこそあれ、先刻来の斬り下ろしにも遜色ない。

打たれる――恐れて目をつぶった弁之助ならずとも思う。

が、何の音も聞こえてこない。ああ、そうか、打たない約束だったのだと思い起こして目を開けると、吉岡憲法の木刀が新免無二の額を捕らえていたのではなかった。

深く抉《えぐ》れるくらいに叩いていたのは、庭に敷かれた砂だった。つまりは空振りだ。新免無二は、また左に変化することで躱していたのだ。

また二人は二間の距離に離れた。これで、もう何度目になるだろう。が、恐らくはこれが最後だ、と弁之助は思う。

吉岡憲法はいうに及ばず、新免無二の肩までが揺れていた。その剣先も上下する。

いや、これは今にも攻撃に移る合図だ。前もって相手に知らせるようなものだが、もはや手の内を隠そうとは思わないのだ。

しかして新免無二は踏みこんだ。この期《ご》に及んで瞠目《どうもく》の速さだったが、それでも通用しない。距離を詰めきれないからだ。いや、惜しいところまで近づけるようになっていたが、そこから吉岡憲法が守れないわけではない。下がる足も鋭ければ、捌く剣も巧みなのだ。

ところが、白足袋は砂に埋もれたままだった。また木刀も動かない。吉岡憲法は何をするまでもなかった。

新免無二は傍目にも届かなかった。距離は前のそれより縮まらない。踏みこみは途中で失速したようにもみえ、足をついた場所をいえば、一本目の最初の打ちこみと変わらない。もしかすると、かえって手前だったかもしれない。

ていた。

「一本、新免無二」

と、松井佐渡が宣した。

どういうことだ。問うまでもなく、新免無二の木刀は吉岡憲法の額の前に、一寸だけ残して止まっていた。

見事な面打ちだ。剣は届いていた。しかし、どうして……。

新免無二は左半身になっていた。右足をつけてから、さらに左足で一歩を踏み出し、そのうえで繰り出したのが、諸手から変えて左手一本に握りなおした振り下ろしだった。

「それがしは、これを鍛えましたので」

止めた木刀を引きながら、新免無二が相手に告げる声が聞こえた。

弁之助にはわかった。それが当理流の真髄だったからだ。

真剣であれ、木刀であれ、これだけの重さがある得物を左手一本で扱うのは容易でない。

――だから、鍛える。

徹底的に鍛えて、利き腕の右のみならず、左でも使えるようにする。

また片手で剣を繰り出せるなら、両手に縛られなくなる分だけ腕の可動域は広がる。前の腕をいっぱいまで伸ばして得物を振り出せば、剣足の長さは槍のそれにも匹敵する。

――その一撃に賭けた。

この父にして、左腕の力は最後の一振りを許すのみだったろう。

吉岡憲法も答えていた。片手で、それも左手だけで諸手と同じに打てるのなら、なるほど強いのは道理でござるな。いや、それがしの負けでござる。

「それがしとて、使える腕は増やしたつもりでおったのですが」

「いかにも、さすがは天狗《てんぐ》の剣でござった」

新免無二が返したのは、京八流の祖である鬼一法眼《きいちほうげん》は、一説に鞍馬《くらま》天狗とされているからだろう。そのこと以上に、なるほど天狗の剣だった、吉岡憲法には不思議なものをみせられたとの思いが、弁之助にはあった。

あれは何だったのか、どういう戦いだったのか、父に問いたい気持ちはあったが、こだわるまでの思いではなかった。

少なくとも今は、よい。喜びのほうが勝るからだ。子供の了見ながら、父が大事を遂げたことには疑いなかったからだ。

「三本勝負は二対一にて、この試合、新免無二の勝ちとする」

松井佐渡が手を上げていた。二条第の縁の高みでは、またぞろ「くぼう様」が大喜びになっていた。いや、あっぱれじゃ、あっぱれじゃ。

「新免無二よ、そちには『日下無双兵法術者』の号を授けよう。以後、天下に名乗り回るがよい。あ、このわしが許す」

気前のよいところをみせるに留まらず、足利義昭はいよいよ感極まって、涙を拭い拭いだった。いやはや、勝った新免無二は無論のこと、惜しくも及ばなかった吉岡憲法を合わせ、ともに真《まこと》に見事であった。まさしく達人は達人を知ると申すが、けだし武士とは、そのほうらの如くにありたいものじゃ。うむ、今日は、よいものをみせてもらった。

「最後に、よいものをみせてもらったぞ」

年が明けて天正十六年（一五八八年）、足利義昭は将軍職を辞して出家した。

朝廷より准三后《じゅさんごう》の位を授けられ、隠居料として山城《やましろ》国槇島《まきしま》に一万石を与えられ、要するに関白豊臣《とよとみ》秀吉に臣従したというのは、後に聞いた話である。

試合を終えた新免無二が引き揚げてきた。この父のようになりたい。自分も同じように強くなりたい。誇らしい思いで見上げた弁之助には、弟子の本位田外記に木刀を預けてから、ようやく目を向けてくれた。

「宮本村に帰るぞ、ムサシ」

そう無二に呼びかけられれば、跳ねるように立ち上がる。無二の倅なので、二から先の数を続けて、「無三四《むさし》」だ。名前は新免無三四、ないしは宮本無三四だと、そのことも弁之助は徐々に受け入れつつあった。

二、宮本武蔵と有馬喜兵衛

「告、何人《なんぴと》なりとも望みしだい手合せいたすべし。

われこそ日下無双兵法者なり　有馬喜兵衛」

かかる高札が立てられたのは佐用《さよう》川の辺《ほとり》、金倉《かなくら》橋が架かる平福宿《ひらふくしゅく》の外れだった。

西に峠《とうげ》を越えた向こうが美作、こちらの東に下って播磨という街道筋なので、往来がないわけではない。が、大体は通りすぎるだけで、わざわざ立ち止まる場所ではない。川辺に松並木が連なるので、普段は薄暗いこともある。

そこに人垣ができていた。

なるほど、高札の板には金箔《きんぱく》が貼られていた。それが低く差しこむ西陽に、きらきらと閃《ひらめ》いて、やたら目につく仕掛けになっているのだ。

さすがは「日下無双兵法者」の道具か。他に交じって眺めながら、もっともとムサシは思う。そういう輩《やから》は少なくない。「扶桑第一ノ兵術者」とか、「日下無双兵法者」とか、二人といない一番は、奇妙にも沢山いる。

ふんと鼻から息を抜いて、ムサシは手にしていた包みを解いた。

ちょうど手習いの帰りだった。もう数えで十三歳であり、読み書きとて達者たるべしと、佐用村の南にある寺に通わされる毎日だ。

つまりは都合よくも筆がある。先をなめると、ムサシは躊躇《ためら》う素ぶりもなかった。

「明日試合つかまつらん　宮本弁之助」

金箔のうえに墨書きしていくそばから、どよめきの声が上がる。一緒に帰ってきた手習い仲間の子供たちは、遠慮ない言葉にもした。

「おいおい、ムサシ、なんてことするんや」

「悪戯《いたずら》にしても、洒落《しゃれ》にならんぞ。せっかくの高札が、もう使えんようになってしもたやないか」

「ええんじゃ。もう二度と使われんけぇ」

やはり平然としてムサシは答えた。この有馬喜兵衛という奴《やつ》は、明日俺に倒されるんじゃ。せっかくの金箔貼りじゃが、どのみち今日で御役御免というわけじゃ。

「本気か。本当に試合するんか」

「有馬喜兵衛いうんは、大人なんやろ」

「わしだって、もう子供じゃないけ」

「しかし、剣術の試合やぞ。真剣勝負を持ちかけられたら、どないする気や」

「望むところと受けて立つだけじゃ。刀は持ってないけどな」

「なんやて。刀ないて、せやから、おまえの名前はムサシやなくて、『無茶しい』やっていわれるんや」

「はん、なんとでもいえ」

筆をしまうと、もうムサシは歩き出した。金倉橋を向こうに渡ると、駆けるほどの速足で、すたすたと遠ざかるばかりになった。

しばらく佐用川の土手沿いを進むと、右手にこんもりと丘がみえてくる。緑の狭間《はざま》に白く石垣を覗かせて、そこに城が築かれていることが知れる。利神《りかん》城は長く赤松別所《べっしょ》の城だったが、今は宇喜多《うきた》のものになっている。

この利神城を目印に山道のほうに逸《そ》れ、えんえん蛇行する坂を踏んで、ようやく辿《たど》りつくのが正《しょう》蓮院《れんいん》だった。

本堂に僧坊がついて、あとは敷地に社があるだけの小さな寺だが、ここにムサシは帰ってくる。が、寝起きの部屋に手習いの道具だけ放り投げると、すぐまた庭に出てしまう。

夕は稽古の時間と自分で決めていた。何の稽古といって、幼い頃から続けている剣術の稽古だ。強くなりたいとの思いは変わらない。ひとりでも怠けない。

――ひとりでも強くなれる。

ブン、ブンと音だけ鳴らし、黙々とムサシは素振りを繰り返した。ああ、木刀なら持っている。樫《かし》の木で拵えた丈夫な剣だ。これで試合の用は足りる。真剣でなくとも構わない。木刀でもその気になれば、人を殺すことだってできる。

「ブン、ブン」

風切り音を重ねていると、そこにドタドタと板を踏む、耳障りな足音が聞こえてきた。

庭に面する寺の縁をやってきたのは、正蓮院の住持を務める道林坊《どうりんぼう》――というか、出家の叔父《おじ》だった。別所家に連なる母の弟であり、この肉親を頼ることで、ムサシは正蓮院に居候を決めこんでいたのだ。

「ムサシ」

と呼びかけられたが、すぐに返した。

「その名前で呼ぶな」

「また、それか。話はついたはずやないか。無の字に数字の三、四で『ムサシ』は駄目やけど、武に蔵の『ムサシ』ならええと。もう皆が呼んどるから、今更変えられんと。武蔵坊弁慶《べんけい》から、僧やないから『坊』を取れば、なるほど武蔵弁之助やないかと」

「ああ、うるさい。名前なんか、どうでもええ。それより、叔父御、わしに何か用事か」

「おお、そうやった。つい今さっきのことや。なんや寺に、有馬キヘエいうたか、その遣いという者が来てな」

　ムサシは木刀の素振りを止めた。道林坊は、やっぱりという顔をした。おまえ、やっぱり心当たりあるんやな。

「それで、わしに聞いてきたことにはな、宮本弁之助殿のお住まいは、ここで間違いないやろかと。宿場で尋ねてみたら、そら宮本武蔵のことやないか、武蔵なら正蓮院におるいわれて、それで来てみたんやと」

「で、何だったんじゃ」

「ああ、わしは答えたったわ。いかにも、そうやと。宮本弁之助いうんは、武蔵坊弁慶ならぬ武蔵弁之助……」

「もう名前のことは、ええ。何のために来たんか、それを知りたい」

「そうか。ああ、その遣いやけど、ほんなら宮本弁之助殿に伝えてくれいうことやった。明日の件、確かに承りましたとな。わしも、了解しました、必ず本人に伝えますいうて、とりあえず帰ってもろたんやが、すぐ後から気になってな。ムサシ、何なのじゃ、その明日の件というのは」

「何でもない」

　ムサシは木刀の素振りに戻った。

　当然ながら、道林坊は引き下がらない。何でもないことはないやろ。あらたまって遣いをよこしたくらいなんや。少なくとも、その有馬キヘエにとっては何でもないことやないやろ。

「うるさいのぅ。ただ試合するだけじゃ」

「試合やと？」

「剣の試合じゃ。有馬喜兵衛いうんは兵法者じゃ」

「兵法者やと。その有馬殿は近郷に道場でも開いとるんか」

「稽古つけてもらいたいわけじゃないわ。だから試合じゃ。本気の手合せじゃ」

ムサシは叔父に説明した。金倉橋の袂《たもと》に高札が出ていたこと。試合相手を探していたこと。兵法者は兵法者だが、恐らくは仕官のための評判稼ぎに諸国を旅する浪人の手合いだろうこと。つまりは朝鮮の戦に行きそびれた輩であり、さほど強くはないと思われること。

「強くないやて？　ムサシ、おまえ、なにを根拠に……」

途中で言葉を失うと、道林坊は剃り上げた丸い頭まで青くなった。なんてことや、なんてことや。試合いうか、そんなら真剣勝負やないか。

「仮に木刀やとしても、下手《へた》したら不具になんで。いや、命を落とすことだってあるやろ」

「ああ、試合とは、そういうもんじゃ」

「また利いた風な口を叩きおって。まったく、ムサシ、おまえは誰に似おったんや。いや、問うまでもないわ。やっぱり、おまえは無に三、四のムサシや。なんだかんだいうて、美作の無二殿とそっくり同じじゃ」

「誰が同じじゃ」

ムサシは返したが、その抗議を道林坊は背中ですら聞かなかった。

「謝ってくる」

それだけいうと、もう僧衣もひらひらひらと駆け出していた。

「ほんま、ムサシは『無茶しい』やって、皆が笑《わろ》うとる通りや」

道々でも道林坊の小言は止まらなかった。

「有馬喜兵衛いう御仁、聞けば新当流を修められたそうやないか」

「ふうん、ほうなのか」

「知らんかったんか、ムサシ。それで戦うつもりでいたんか」

「ということになるか」

「まったく、おまえ……。新当流やぞ。鹿島《かしま》新当流やぞ。僧侶のわしでも知っとる。有名な塚原卜伝《つかはらぼくでん》の流派やないか。『日下無双兵法者』の名乗りかて、俄に領けてくるいうもんや」

だから何だといわんばかりに、ムサシの表情は変わらない。

実際、心のなかでは口を返していた。はん、流派が戦うわけではあるまい。戦うのは人間だ。塚原卜伝は措《お》くとして、「日下無双」というような額面に素直に恐れ入るならば、それこそ有馬喜兵衛の思う壺《つぼ》ではないか。

それでも道林坊は止めない。会《お》うてみたら、なるほどの人物であられたで。

「子供のしたことでございます。平にご容赦くださいませ。そないして、わしが謝るとな、有馬殿、ことさら声を荒らげることもせんかった。ただ、静かにいわれたものや」

我ら兵法修行のため日本を廻るに、播磨で高札を黒塗りにされたといわれては面目が立ち申さぬ。よって明日、本人を連れてきて、直に謝らせていただきたい。それが宿を訪ねた道林坊に、有馬喜兵衛が求めた「けじめ」だったという。

「もっともな話や。これで許してもらえるんやから、ありがたいくらいの話や」

叔父がこんな調子で、もう否も応もない。辰《たつ》の刻（午前八時頃）とも勝手に約束してきたので、朝一番から、行くぞ、ムサシ、出かけるぞ、ムサシ、遅れてはことだ、ムサシと、それこそ耳たぶを引っぱっていく勢いだった。

あげく正蓮院を出発させられたので、もはやムサシは勇んで戦いに向かう体ではない。

天気はよかった。まだ梅雨《つゆ》には少しあるので、川辺の風も清々《すがすが》しい。

叔父が謝罪を約束してきたのは金倉橋の袂、高札が出されていた場所だった。

こちらの土手からでは松並木に遮られて、いよいよ橋を渡り終えるまでみえなかった。が、道林坊とムサシが到着してみると、すでに有馬喜兵衛は来ていた。

いや、顔をみたことはなかったので、有馬喜兵衛と思しき男ということだ。

それは大小二本差しの武士だった。歳は三十に届いているだろうか。涼やかな目が際立つというのは、たぶん月代から髭から綺麗に剃られていたからだ。

旅から旅の身の上という割に、身支度にも埃《ほこり》に塗《まみ》れる風はなかった。水色の小袖に藍色の袴だったが、それも武士の作法か、近くまで寄れば香が焚《た》き染《し》められていた。

斜め後ろに従うような格好で、もうひとり来ていた。弟子か。正蓮院に来た遣いというのが、この若い男なのだろう。

金箔に墨書きされた高札は、そのままにされていた。これぞ叱責の種であれば、あえて触らずにいたということか。謝らせたついでに、綺麗にさせようとでもいうのか。

さらに気がついたところ、高札の脇には竹矢来が組まれていた。試合場ということだ。「宮本弁之助」の挑戦を受けると決めるや、いち早く設置したのだ。

それも片づけずにいたということは、やはり謝らせる流れで、片づけさせるつもりなのかもしれない。

ムサシが目を一巡りさせる間に、叔父の道林坊は腰も低く進み出た。

「有馬様、本日は申し訳ございません。わざわざ御足労いただきまして、本当に」

頷いて迎えたのは、やはり涼やかな顔の武士だった。

「して、宮本弁之助なる子供は」

「こちらに」

さっと振り返るや、道林坊はこちらにも声をかけた。ほら、ムサシ、早《は》よ来い。

ざんぎりの頭を掻《か》きながら、ムサシはのっそりと前に出た。

刹那に有馬喜兵衛の表情が動いた。おっ、というような感じで、恐らくは驚いたのだ。おっ、こいつなのかと。おっ、大きいなと。はじめ子供と思わなかったほどに大きいなと。

実際のところ、ムサシが面前まで進むと、有馬喜兵衛を見下ろす格好になった。

有馬喜兵衛が小さいわけではない。五尺三寸（約百六十センチ）はあるだろうから、大人の男として普通、いや、普通より高いくらいだ。

ところが、ムサシのほうは、まだ十三歳にして、五尺七寸（約百七十センチ）を超えていた。武蔵坊弁慶に譬えられるというのも、要するに、やたらと大きいからなのだ。

見上げることを強いられ、有馬喜兵衛は憮然《ぶぜん》たる顔にもみえた。が、それも鼻から息を抜くと、無理にも相手を馬鹿にするような笑みに変わった。

「顔をみれば、まだまだ子供か」

「なりばかり大きくて、困っておりまする」

道林坊の諂《へつら》い口が気に入らない。ムサシはチッと舌打ちした。聞き咎めた叔父は、怖い目で振り返った。ムサシ、いい加減にしいや。だいたい、おまえ、何しとるんや。

「早よ有馬殿に謝りなさい」

ほら、ムサシ、ほら。ほんの出来心でしたと、頭を下げるんや。かような悪戯は二度とせぬゆえ、どうか平に、平に御容赦くださいませいうて、一所懸命に許しを請うんや。道林坊は続けたが、ムサシは無言のままだった。

「そうそう、高札も綺麗にさせますゆえ。ええ、元通りの金ぴかに。もちろん竹矢来の片づけも、全部こやつにやらせますわ」

叔父は、いわれる前に申し出ることまでした。

かたわら、こちらにチラチラくれる目つきは、いっそう怖いものになる。だから、ムサシ、何しとる。言葉も出んのか。大それた真似をしてもうたと、今さら怖くなったんか。なに、そんなら、いっそう心をこめて詫《わ》びることや。心から悔いている子供を、有馬殿とて執拗《しつよう》に責めたりはせん。

「せやから、頭を低くして」

冗談じゃない――ムサシは謝らなかった。実をいえば、この川原《かわら》には有馬喜兵衛が来るというから来たのであり、はじめから謝るつもりなどなかった。

試合を申しこんだのは、出来心でも、悪戯でもない。高札をみて、その場で思いついたことだったが、それでも前々から、こういう機会を探していたのだ。

今こそと名乗りを上げて、本当に戦うつもりだった。稽古試合などでなく、文字通りの真剣勝負をだ。

「ほんまに、いつまでも子供で仕方ありませんわ」

取り繕う叔父の言葉が耳に届いた。重なって、聞こえてくる声があった。

「はん、命のやりとりをしたこともない子供がっ」

父の新免無二にも、そうやって突き放された。

——馬鹿にするな。

真剣勝負の試合をしたことがないのは、本当だった。が、やれないわけでもなければ、やりたくないわけでもない。というのも、俺は強い。とうに強くなっている。俺は負けない。天下無双を騙《かた》るインチキ親爺《おやじ》どもに、もはや負けるはずがない。

——みていろ。

いうまでもなく、今もムサシは戦うつもりだった。

ところが、である。戦おうにも得物がない。そもそも真剣は持っていないし、稽古のための木刀も寺に置いてきてしまった。

持参しようものなら、何をする気かと道林坊に質《ただ》されること請け合いだったからだが、いざ試合の場所まで来てみれば、やはり二本差しを相手に素手では戦えない。

奪うか、とムサシは考えてみた。有馬喜兵衛の得物を奪えば、それで戦うことができる。が、その刀は大小二本とも、敵の腰にあった。目の前に手を出され、鞘《さや》から引き抜かれるまま、見逃してくれるとは思えない。「日下無双」はハッタリでも、そこは有馬喜兵衛も兵法者なのだ。いくら思いがけない真似をされたといって、あっさり呆気《あっけ》に取られてくれるほど、油断しているわけがない。

目的を素早く達せられるとも思えなかった。

位置が悪い。斜め前にいる叔父が邪魔だった。よけようと脇に動くことで、こちらの不穏な気配は勘づかれてしまう。何かやる気かと疑えば、それだけで有馬喜兵衛のほうが抜刀してしまうだろう。

正面の位置、正確にはムサシからみて、やや左にずれているが、とにかく前に邪魔がいない位置に立つのは、有馬喜兵衛の弟子だった。

こちらの若い男も、やはり二刀を差していた。が、やはり懐に手を入れられるとは思われない。弟子という分だけ未熟でも、やや距離があるからだ。手を伸ばせば、いくらなんでも、その途中で気づかれる。

――とはいえ……。

有馬喜兵衛の弟子は木の棒を持っていた。長さ六尺、いや、七尺近くありそうだ。杖《つえ》というのか、あるいは稽古用の槍なのかもしれないが、いずれにせよ材料は硬い樫の木とみえる。試合の用にも十分に堪えるだろう。

その棒の下端を地面に突いて、なかほどを右手で握る位置はといえば、懐ほど遠くはなかった。そこなら、すぐに手が伸びる。手放させるための攻撃とて簡単だ。

これはただの謝罪と信じて、毛ほども疑っていないのだろうが、神経を張り詰めさせている風もない。ぼんやり顔で、今にも欠伸《あくび》くらいはしてしまいそうだ。この弟子から棒を奪うことならできる。不意を打つなら、造作もない。

そう思えば、ムサシは動く。あっさりというくらい、すぐに動いて躊躇《ちゅうちょ》もない。上体を仰《の》け反《ぞ》らせ、その勢いで右の足を前に蹴り出す。

僅かの距離も詰めていないが、それでも長い脚は届く。そう目算して、無駄な踏みこみはしなかった。前触れはないほうがよい。その分だけ相手から躱す余裕を奪えるからだ。

飛ばした右の爪先が、正面の鳩尾《みぞおち》に食いこんだ。有馬喜兵衛の弟子は「ぐえ」と短く呻くと同時に、その身体を「く」の字に畳んだ。

一緒に両手で腹を抱えこんでしまい、それまで握っていた棒はといえば、あっけなく放り出す。ほら、この通りだ。

素早く踏み出し、横から道林坊を追い越すと、ムサシは地面に転がる前に棒を捕まえた。左手で握ると、そのまま右に振り出す途中で右手まで添えながら、思いきり打ちつけてやる。誰にといって、その先にいるはずの有馬喜兵衛にである。

――どうして……。

それは自分でもわからなかった。

不意打ちで得物を奪う。弟子から奪う。その心は決めていたが、同じように不意打ちで有馬喜兵衛に攻めかけて、いきなり試合を始めるつもりまではなかった。

しっかり棒を構えなおし、いざ尋常に勝負とか何とか口上してから始めるのが、もしや本当だったかもしれない。ああ、そのほうが試合らしい。それでもムサシは間髪《かんはつ》を容《い》れずに仕かけるほうを選んだのだ。

――それなら勝てる。

それが刹那よぎった思いか。いや、どうやっても俺は勝てるが、このほうがより確実に勝てる。もう一瞬にして勝負を終わらせることができる。

あれこれ考えたというより、それは勝利に飢える本能の、無意識の選択だったかもしれない。

「ガッ」

と、鈍い音がした。ムサシは掌に伝わる痛みにも似た硬い感触で、自分の棒があえなく止められたことを知った。

――抜かれた。

白く輝く線がみえた。棒を受け止めていたのは刀だった。

虚を衝かれたはずなのに、有馬喜兵衛は応じていた。

反応が速い。いや、闇雲に腕をかざしたとか、あるいは棒を受け止めたのが、とっさに出た手であったとかなら理解できる。

それが、この動顚《どうてん》の一瞬に迷わず刀の柄《つか》に右手を送り、左手で鞘まで綺麗に抜きはらい、袈裟《けさ》斬りに刃を走らせてしまうとは……。

油断がない。何時《いつ》いかなる場面でも気を弛《ゆる》めない。これが兵法者というものか。

金箔のそれを用意するくらいであり、有馬喜兵衛は試合を求める高札を掲げること、一度や二度に留まらなかったはずである。

それで今日まで生きてきただけのことはある。半端な不意打ちなどは通用しない。いや、感心している場合ではない。

「ム、ムサ、ムサシ、おまえ、何やってんねん」

道林坊の声が聞こえた。目を向ける余裕はないが、たぶん顔面蒼白《そうはく》になっているだろう。だ、だから、やめろ。おまえ、謝りにきたんやろが。なあ、ムサシ。こないな馬鹿な真似せんと。

「おまえ、本当に殺されてまうで」

その通りだった。刀が抜かれた。棒は止められた。このままでは、やられてしまう。だから、試合を中断するか。土下座して、有馬喜兵衛に謝るか。

いや、もう謝ることはできない。さっきまでは悪戯を詫びればよかったが、今は負けを認めなければならない。参りましたと相手に平伏《ひれふ》さないでは、この場を離れることができない。

――そんなこと、できるか。

ムサシは棒を打ちなおした。いや、打ちなおそうとした。が、それも簡単ではなかった。

打つために、一度ムサシは棒を引いた。

勝負を下りることはできない。戦わなければならない。休まず攻めなければならない。一直線の思考に促された、ほぼ無意識の動きだったが、それこそは危険きわまりない悪手だった。棒にこめていた力を抜いたとたん、有馬喜兵衛の刀が走りかけたからだ。

食いこんでいた刃が棒を離れようとする僅か手前で、ムサシは慌てて力を戻した。

相手の得物を止めなおして、それから自分を叱責した。何をやっているんだ。俺のほうが、気が動顛しているのか。何が何だか、わからなくなっているのか。

「はん、命のやりとりをしたこともない子供がっ」

また聞こえた無二の声を、ムサシは心で退けた。うるさい。それくらい、わかってる。これくらい、何でもない。だから、黙ってみていろ。

得物にこめた力を互いに抜けないまま、ただ近間で向き合う膠着《こうちゃく》になっていた。

玉の汗が額から頬に伝い落ちた。ムサシは気づいた。もう俺は息も荒い。疲れたのか。真剣勝負とは、こうまで消耗させられるものなのか。体力ついに尽き果てて、あえなく地べたに膝をつく醜態さえ、もう時間の問題なのか。

違う。だから、少し慌てているだけだ。いくらか頭が混乱しているだけなのだ。落ち着け。落ち着け。平静を取り戻せば、これくらいは本当に何でもない。

こちらは刀でなく棒ながら、いわゆる鍔迫《つばぜ》り合《あ》いの状態である。なるほど、それなら引いてはならない。逆に押し出さなければならない。ああ、わかる。腰から当たっていく感じだ。思いきり前にブチかましてやるのだ。

いや、駄目だ。あらんかぎりの力で突き放しても、相手の離れ方は十分にはならない。今の得物が六尺を超える長物の棒であれば、まだまだ近い。

大きく振りかぶることなく、最短距離で棒を走らせたとしても、その先を相手に当てることにはならない。

が、他の部分では、威力は減じる。下手をすれば、刀にいう鍔元で打つような話にもなりかねない。刃物でなし、それでは何の痛手も与えられない。

ムサシは手にいっそうの力をこめるしかなかった。逆に有馬喜兵衛にブチかまされれば、そのときこそ窮地だからだ。

長い棒には半端な距離も、定寸の刀には最善の離れ方になる。切先から物打ちどころの刃が、うまいこと当たってくれる。

ムサシは左半身になっていたが、右半身の有馬喜兵衛からすれば、撥《は》ね打ちから左籠手を取るために、まさに誂《あつら》えたような形である。そのとき存分に走る剣尖《けんせん》は、手首から先を綺麗に落とすに違いない。

――俺は生涯……。

左手がなくなる。それ以前に、うまく傷口が塞がらなければ、命を落とす。いや、最初の手当てが遅れれば、血を失いすぎてしまい、それこそ一刻（約二時間）とたたないうちに死ぬかもしれない。

ムサシは汗まみれの熱い身体に、ぞっと寒いものを感じた。大袈裟ではない。試合とは、そういうものだ。真剣勝負では、無傷でなどいられないのだ。

現に五体満足な兵法者など、まずいない。片手がなかったり、指が欠けていたり。あるいは肉が削《そ》げていたり、皮膚が引き攣《つ》れた傷跡を残していたり。だから、この俺も……。

——されて、たまるか。

ムサシは棒を押しこんだ。上背を利して、高みから圧《の》しかかるようにして、言葉通りに押し潰してやる。それぐらいのつもりだったが、これまた思うに任せなかった。

有馬喜兵衛も下から押し返してきた。凄い力だ。逆に弾き上げられないよう、増して棒に体重を乗せながら、ムサシは心で問わずにいられなかった。

おかしいではないか。有馬喜兵衛は俺よりずっと小さいのに、その身体のどこに、これだけの力を隠していたのか。あるいは身体の大小は関係なく、これが大人の力というものなのか。いや、そうではない。

——必死の力だ。

ムサシは相手の血走る目に、そう気づいた。有馬喜兵衛は抜刀した。それは殺しに来るという意味だが、逆に自分が殺されても、もう文句はいえなくなった。

最初から文句をいうつもりもない。それこそ高札を立てたときには、死ぬかもしれないと覚悟を決めた。ああ、だから武士は身仕度を整えるのだ。衣服に香を焚き染めるのも、あえなく骸《むくろ》と化したとき、なるたけ死臭を抑えるためなのだ。

死ぬかもしれない——その覚悟は同時に、猛然たる闘志を燃え立たせる。こんなところで死んでたまるかと思えばこそ、必死になることができる。が、そうした覚悟が、真剣勝負を望んだとき、この俺にはどれだけあったというのか。

ムサシの自問を遮るのは、またぞろ投げかけられた叔父の声だった。やめや、ムサシ。このままやと、殺されるで。せやから、ムサシ、やめるんや。

「ああ、ちょうどよかった。そこの方、どうか手を貸してください。この喧嘩《けんか》を分けんのに、どうか、どうか」

喧嘩で片づけられるのは心外ながら、近間の膠着も、ただの力比べが続くだけだった。得物を振り回すこともない。これ幸いと道林坊は、往来の者を呼びこんで、取り押さえるつもりのようだった。

数人がかりで組みつかれれば、もう分けられざるをえない。有馬喜兵衛を押さえるのに手一杯な今、さらに余人に抵抗する力はない。

しかし、それで試合を終わらされるのは、あまりに無様だ。引き分けにはならないからだ。不意打ちに近い真似をして、なお勝てなかったとすれば、それは負けに等しいのだ。

――こんなはずではなかった。

まだ十三だが、これだけの身体がある。幼い頃から鍛え、技も磨いてきた。俺は強い。だから、もっと上手に戦えるはずだった。それでいて、悠々と勝てるはずだった。

が、そんな陳腐な自負には、今や罵声を浴びせられるしかない。誰のといって、新免無二の罵声でしかありえない。

「ムサシ、われは阿呆《あほう》か」

「何が阿呆じゃ。父上こそ卑怯《ひきょう》者ではないか」

「はん、生き死にの話になって、誰が格好つけておられるか」

それは本位田外記が殺されたときのことだった。

いうまでもなく、新免無二に師事して当理流十手術を学んだ弟子だ。

その本位田外記は、竹山《たけやま》城主新免伊賀守宗貫《むねつら》の家中においては、筆頭家老の地位を占めた。三十にならない若さにして、支城の小房城《おぶさ》まで預けられたが、その逸材たるがゆえに、かえって主君に疎まれた。

関白豊臣秀吉と裏で通じて、新免伊賀守家をのっとる算段ありと疑いをかけて、宗貫は謀殺を決めた。それを上意討ちとして命じられたのが、新免無二だった。

新免無二は弟子を討つことになった。本意でなくとも、主命には逆らえない。

新免無二は兵法の極意を伝授すると告げて、本位田外記を屋敷に呼んだ。道場に招き入れ、さて始めるかと両手を取るや、静かに伝えた。

「上意なれば、汝《なんじ》を召し捕るなり」

本位田外記は驚いた。逃れようとしたが、すでに手はがっちり押さえられていた。なお何か試みる前に、新免無二に声を発せられてしまった。

「中務坊《なかつかさぼう》」

もうひとりの弟子だった。隠れていた中務坊は、手に十手を構えていた。例の十文字の手槍だ。それを本位田外記の背中に突き立て、二度三度と抉ることで胸まで貫いたのだ。

本位田外記は死んだ。それをムサシもみていた。反発せずにはいられなかった。

「これでは騙《だま》し討ちじゃ。それも二人がかりで。あまりに卑怯ではないか」

父は答えた。あれは一番弟子だ。本位田外記ほどの達者になると、自分でも不覚を取る恐れがある。が、これは腕を見込まれた上意討ちであり、失敗は許されない。

「勝たねばならん。何をやっても勝たねばならんのが、兵法というもんじゃ」

「違うだろう」

ムサシは食い下がった。

無二も譲らず、のみか突き放した。おお、わからんなら出ていけ。われは勘当じゃ。もう見込みないわ。わしの考えが気に入らんなら気に入らんでええが、ほんなら、それで通る御遊びだけにしておくことじゃ。

「でないと、われ、あっさりと死によるぞ」

誰が簡単に死ぬものか。そうやって美作の宮本村の家を飛び出し、とりあえず身を寄せていたのが、峠を越えた播磨の佐用村にいる叔父のところだったのだ。

「ああ、誰が簡単に死ぬものか」

ムサシは左に動いた。

戦いが膠着し、容易に勝ちがたいときは左に動け。それが新免無二の教えだった。

理屈などわからぬが、とにかく左に動けば何とかなる。それも試合さながらに繰り返された稽古を通じて、経験則になっている。

左足を一歩の幅で外に出しても、搗《か》ち合う棒と刀を介した力比べは変わらなかった。ムサシは円を描くようにして、さらに一歩、もう一歩と外に出し、左に左に動きを続けた。

すると、縦の棒に斜め横で食いこんでいた刃が、少しずれた。

ムサシの得物は身体と一緒に外回りに円を描き、有馬喜兵衛の刀は反りに応じた弧を描いて、内へ内へと入ろうとする。がっちり噛《か》み合い、正対していた二つの力が、横に流れて逸れ出したのだ。

それは一瞬の閃きだった。しっかり棒を握りしめていた手を、パッとムサシは放してしまった。

同時に左に大きく踏み出す。空いた隙間を、袈裟斬りの刀が走る。追いかけるようにして、水色の小袖が前にのめる。

なんとか転ばず踏み止まると、有馬喜兵衛は急ぎ背後を振り返った。一瞬早く身体を反転させたムサシは、そこに飛びこむことができた。

刀は髷のあたりを泳いでいた。みるやムサシは大きな身体を小さく畳み、低めた頭から有馬喜兵衛の懐に潜りこんだのだ。

空いた両手で相手の膝の裏を取り、諸手刈りに左右の踵《かかと》を浮かせてやる。そのまま上に投げると、有馬喜兵衛は大きく飛んだ。宙で一回転して、落ちたときは仰向けだった。

その衝撃で手から刀が離れていた。カラン、カランと二度ほど弾むと、一間ほども遠ざかった。うまい。

ムサシは、すぐさま襲いかかった。まだ起き上がれない相手の腹を右足で踏みつけると、もう直後には左拳で顔面を打ち据えた。

「げふ」

低い呻きと一緒に、有馬喜兵衛は横向きに血を吐いた。

今こそとムサシが狙うのは、なお相手の腰に残る脇差だった。

得物を手に入れたほうが勝ちだ。刃物なら少し当てるだけで、血を流すことができる。あとは生きられない量の失血を待ちながら、ジワジワなぶるだけでいい。そう断じて、小刀の柄に手をかけたときだった。

手首が取られた。まるで待ち受けていたような取り方だった。しまった。読まれていた。きっと脇差を奪いに来ると、有馬喜兵衛は次の算段をしていたのだ。

事実、あとの動きも淀《よど》みなかった。

有馬喜兵衛の身体が、くるりと地面で横回転した。位置を入れ替えにかかった。が、そこで前がみえなくなったのは、ごわごわした布が顔にかかったからである。

有馬喜兵衛の袴だ。なかに重たい感触がある。それが喉にのしかかる。とっさに顎を逃がしながら、嵌《は》められかけた窪《くぼ》みは膝裏だと気がついた。

来たのは右脚だ。ならば左脚も来る。現に蹴られたほどの衝撃が胸に落ちたが、それ以上に戦慄すべきは、すでに自分の左腕が相手の左右の腿《もも》の間に挟まれていることだった。

「……⁉」

ムサシはとっさに手首を引いた。関節が動くかぎり内に畳んで、そのまま肘《ひじ》も曲げようとする。が、それを許さないのが、有馬喜兵衛なのだ。

もはや手首は両手につかまれていた。あげく物凄い力で、ぐいぐい引かれる。上体で海老《えび》反《ぞ》る動きを繰り返し、その反動まで利用して、こちらの腕を伸ばそうとしているのだ。

――腕ひしぎか。

腕を伸ばされてしまえば、もうムサシは終わりだった。筋が伸びる。いや、動かない向きに肘関節を動かされ、大袈裟でなく腕を折られる。

ムサシは右手を伸ばした。まだ自由になる腕で、奪われた腕を取り返す。そこは体格の有利で、この長い腕ならば届く。

外に引き出されようとしているものを内に引き戻すため、できれば手首を握りたかった。が、それは有馬喜兵衛の両手に握られていた。指をかける隙間がない。相手の拳ごと握るのでは、さすがに力が入らない。が、その手首なら握れる。

ムサシは有馬喜兵衛の左の手首を引き寄せた。一緒に身体も浮いたが、それも一瞬のことで、より大きな反動にして、背中を反らされるばかりになる。

肘が伸びかけた。いや、されてたまるか。

力が出ない。

ムサシは無理にも左の肘を戻そうとした。右手も引き寄せる。こちらも必死の力である。が、その力が出ない。

「があああ、があ」

だぶついた布は、まだ顔にまとわりついていた。のみか、有馬喜兵衛は脚をずらして、脹脛《ふくらはぎ》で口から鼻のあたりを押さえつけてきた。

腕を引き伸ばそうと全身が反るたびに、ムサシは呼吸まで止められる。息が苦しくなっては、思うように力が出るわけもない。

――これが兵法者か。

必死の力を出すだけでなく、相手の必死の力を封じる。そこまでできるようにならなければ、高札を立て、試合相手を募るというような真似はかなわないのか。

少なくとも、手段を選ぶことなどは許されない。そんな余裕はありえない。

また息が詰まった。丸太のような脹脛が鼻も口も塞いでいた。

もがくように顔を左右に動かすと、ムサシは大きく口を開けた。とにかく息を吸いたかった。が、その隙を見逃さないのが有馬喜兵衛なのだ。

手首に力を入れられて、また肘が伸びかけた。調子に乗るな。ムサシは開けた大口に歯を剝《む》いて、有馬喜兵衛の脹脛に噛みついてやった。

「があ、があぁ」

さすがの兵法者も叫んだ。

バタバタと脚を動かし暴れたが、ここぞと鰓《あぎと》を張りながら、ムサシは顎の力を一寸も弛めなかった。

暴れろ、暴れろ、有馬喜兵衛。それでも俺は絶対に放さない。放さなければ、おまえが暴れに暴れるほど、その勢いまで借りて俺の歯は、おまえの肉に深く食いこんでいく。

「餓鬼が、卑怯だぞ」

いうが最後で、有馬喜兵衛は膝を浮かせるしかなかった。

ムサシは口を開け、同時に腕を引いてみた。なお手首がつかまれ続けているわけではなかった。自由になるや、ムサシは地面をごろごろ転がった。有馬喜兵衛も噛まれた脚を引きずり引きずり後ろに下がった。いったん距離を取るというのは恐らく、兵法者が無意識でする動きなのだろう。

とすると、ムサシの手に触れるものがあった。棒だ。さっき放り出した得物だ。とっさに手に取ると端のほう、六尺からある棒も残すは一尺ほどという部分だった。

構わず振り上げながら立つと、有馬喜兵衛のほうは腰に手をやっていた。まだ脇差を残している。それを抜く気だ。

互いに隔たること、およそ三間（約五・四メートル）——有馬喜兵衛は打たなかった。脇差の不利は承知だ。白刃を背後に逃がす、間合いを読まれない構えで待ち、ムサシの後の先を取るつもりだ。

ムサシは棒を振り出した。踏みこみも、腕の振りかぶりも、剣を振るときと全く同じ要領でだ。棒の下端に近い握りは、刀の柄を取る感覚と変わらなかったからだが、普通それではまともには振れない。長さ、そして重さに、身体のほうが踊らされる。

しかしムサシは諸手であれば振れると思った。

いつも片手で定寸の、つまりは刃渡りで二尺四寸（約七十センチ）、柄を入れて三尺（約九十センチ）の木刀を振っている。両手であれば六尺からの長さも振れるし、ぶれずに先端も走らせられる。

「ゴッ」

と、鈍い音がした。棒の先が月代の脳天を叩いていた。やはり届いた。

有馬喜兵衛は届くと思わず、届いたとしても、泳ぐような打ちこみなら、楽に躱せると読んだのだろう。が、ムサシの一振りは目算の埒外《らちがい》だったようだ。

有馬喜兵衛の黒目が飛んだ。完全な白目になって、意識を失くしたということだ。

それをムサシは静かには見守らなかった。これは稽古でも、遊びでもないからだ。兵法の試合で、命がけの真剣勝負だからだ。最後まで何があるかわからない。刺せる止《とど》めは刺さなければならない。

「おりゃああ」

ムサシの二撃が有馬喜兵衛の頭を叩いた。今度は右の側頭で、返しの動きで三撃は左の側頭を打ち据える。

有馬喜兵衛は、ぐらぐら揺れた。双眼とも白いままだ。もう倒れるに違いないと思いながら、ムサシは四撃を発した。

有馬喜兵衛が右半身の背に隠している脇差を、白く閃かせるかもしれないからだ。まだ刃が走るなら、その先《せん》を取らなければならないのだ。

みえたのは、額からぴゅうと噴いて上がった血の一線だった。ドサとくぐもる音を立てて、今度こそ有馬喜兵衛は地に倒れた。

「ああ、ムサシ、なんてこと」

恐らくは道林坊の声だろう。ムサシは振り向きもしなかった。なお動かすのは両の腕だけだった。

「おりゃああ、おりゃああ、おりゃああ」

ムサシの棒は有馬喜兵衛を打ち続けた。

パン。ドカッ。バスッ。ガギッ。その先が当たる場所で、立てる音を違わせながら、もう身動きひとつしない相手を、さらに十度も叩いたろうか。

板のような背中を大きく上下させる荒い息遣いを除けば、しばらくは音もなかった。

広がるばかりの血溜《ちだ》まりを踏みながら、ムサシは有馬喜兵衛の弟子を睨《にら》みつけていた。おまえも、やるか。この俺と戦って、師匠の仇《かたき》を取るか。そう問わんばかりだったが、その若い男はといえば、最初に蹴り倒されたまま、まだ地面に尻餅をついていた。

でなくとも、立ち上がる気になどなれるはずがない。四方に脳漿《のうしょう》を撒《ま》き散らす無残な死体を目の前に転がされて、誰も名乗りを上げるはずがない。

してみると、その笑いは恐ろしいほどの蛮勇だった。

「がはは、がははははは、ムサシ、勝ったではないか」

いつからいたのか、高札に肘でもたれるようにして立つのは、新免無二だった。いや、まさか。しかし、ムサシでも未《いま》だ届かぬ巨軀《きょく》の男が、そうそう何人もいるはずがない。

勝った。勝った。まずは勝った。繰り返しながら、無二はこちらに近づいてきた。

「ただ、ずいぶんと無様な勝ち方じゃったのお」

そう片づけられても、ムサシには言葉がなかった。

「不意打ちから始めて、とっくみ合いになって、嚙みつきまでやらかして」

なぶるような言葉を続けられても、反論の術はない。まして卑怯な真似は好くとか好かないとか、そんな話ができるわけもない。まあ、それは構わんが、問題は、じゃ。

「そこまでやって、こんな勝ち方しかできんかったいうことじゃ」

「……………」

「われが殺されても不思議でなかった。偶然に助けられただけじゃ。まったく、恥ずかしい。のお、ムサシ、そうは思わんか」

なお言葉ひとつない倅に並ぶと、無二はいった。

「ただ勝ちは勝ちじゃ。初めての試合にしては上出来じゃ。免じて勘当は解いてやる」

許されて、なおムサシは黙り続けた。

家を追い出されたわけではない。自分から出たのだと、そこに拘《こだわ》る気分はあった。己の考え違いは認めるしかなくなったが、なお決まり悪いことには変わりがない。

無二は続けた。なんじゃ、ムサシ。われ、何ぞ不服なんかい。

「新免無三四でも、宮本武蔵でもええが、ただ田原《たはら》弁之助じゃ仕方なかろう」

田原というのはムサシの生家である。播磨の豪族で、この佐用村こそ生まれ故郷だ。道林坊にせよ、田原家に嫁いだ母の弟ということで、叔父なのだ。

同じ赤松の末という縁で、新免無二のところには養子で入った。田原家では次男であり、また小さいときから身体が大きかったので、兵法を継がせるのに都合がよいと、みこまれたようだった。

「今となっては、われとて剣は捨てられんじゃろう」

とも、無二は続けた。そういわれる意味もわかる。

田原家は家老の格で、播磨の大名小寺《こでら》家に仕えていた。その小寺家は織田信長に討たれて、とうに滅びている。

田原の家は残ったが、それも負け組ということで、武士の身分を許されなかった。いや、ごくごく近年まで半士半農で通してきたが、それが関白豊臣秀吉の世で認められなくなった。

天正十六年に始まる、いわゆる「刀狩り」のせいだ。

田原の家に戻れば、百姓として生きるしかない。もはや刀を差して歩くことも許されないなら、身分など関係ないとは開きなおれない。というのも、俺は強くなりたい。まだ強くないとわかったなら、なおのこと強くなりたい。

「ああ、剣は捨てられん」

「じゃったら、われ、修行のやりなおしじゃ」

父にいわれて、ムサシは頷いた。

ただの遠縁で、直に血がつながるわけではないが、これまで親子でないと疑われたこともない。体格は生来のものとして、二人ながら剣に生きているかぎり、やはり似ないではおかないようだった。

「宮本村に戻るなら、ああ、叔父御」

ムサシは道林坊をみた。俺は正蓮院に木刀を置いたままにしてきて……。

「作州には戻らん」

と、無二が告げた。「えっ、何と」と、ムサシは問い質す。

「新免家は抜けてきた」

「どういうことです、無二殿」

道林坊も側《そば》まで来た。

「なに、家中の能無しども、無二奴は卑怯者だの、他家に聞こえが悪いだの、このままでは関白の不興を買いかねないだの、なにやかやと、うるさくてかなわんのです」

本位田外記の一件を問題視したのは、ムサシだけではなかったようだ。

あるいは上意討ちを果たしたことで、兵法者づれが家中で重きをなすことが嫌われたのか。いずれにせよ、謀殺を命じた当の新免伊賀守が、それを弁護することもないとなれば、武士の奉公もまた辛《つら》い。

新免無二は叔父を相手に続けていた。ときに道林坊殿、あの有馬某《なにがし》じゃが、まがりなりにも兵法者じゃ。武運つたなきを哀れと思うて、いちおう弔《とむろ》うておいてくれんか。身内はおるのじゃろうか。ああ、そうか、弟子がおったんじゃな。

「しかし、父上、それなら、どこに行く」

「あん？　ああ、これからは廻国修行じゃ」

ムサシ、われも足手まといにならんくらいにはなったようじゃから、一緒に連れてってやる。いうと新免無二は歩き出した。川沿いから街道に出ると、それを左に折れて、なるほど向かうのは美作への道ではなかった。

廻るのは播磨なのか、摂津《せっつ》なのか、丹波《たんば》なのか。確《しか》と明かされることはなくとも、ムサシはついていくしかなかった。

三、宮本武蔵と秋山新左エ門

ただみている此方《こちら》の頰にも風が当たる。

凄まじい豪剣だ、とムサシは思う。

男の名は秋山新左エ門《あきやましんざえもん》、但馬国竹田《たけだ》城主赤松広秀《ひろひで》の家中である。

歳は三十くらい。上背はさほどでないが、肩幅が尋常でなかった。

骨格が大柄なのに加えて、首から肩、そして腕の筋肉が、段々に瘤《こぶ》になるほど発達していた。柿渋色の小袖を着て、なお微塵《みじん》も疑わせない頑強な身体つきからすれば、大力量の兵法者というべきか。

腰を落とし気味に、左右の歩幅を大きくとって、木刀を青眼にする構え方は、介者剣術のそれに近い。身支度の色もあり、幅広の体型もありで、巨大な蟹《かに》のようにみえる。

この秋山新左エ門に、下段、というより、ほとんど無構えで向き合うのは、新免無二だった。

一撃は躱した。空振りに終わればこそ、大きく風が吹いたのだ。

が、一見して戦慄の剣撃だった。なにしろ、まともにみえなかった。修行に勤《いそ》しみ、その賜物で馴《な》れたムサシの目にも、ただ光の帯が一閃しただけだった。

こんな打ちこみを、そう何度も躱すことができるのか。というより、もはや人間が躱せる速さを超えているのではないか。

――大丈夫なのか、父御は。

今度ばかりは、さすがのムサシも思わないではいられなかった。

父の試合は、何度も観てきた。

廻国修行に出て二年、なかでも逗留《とうりゅう》が長かったのが、播磨国龍野《たつの》の圓光寺《えんこう》だった。

全国から兵法修行者が集まる寺で、それというのも真宗の門である都合から、かつては織田信長と戦う兵を、石山本願寺《いしやまほんがん》に送り出さなければならなかったからだ。

その習いが今も続いていた。

圓光寺に来るのは名を揚げたい腕自慢ばかりであり、そこに滞在しているかぎり、足利義昭に「日下無双兵法術者」の号を与えられた新免無二が、挑戦を避けられるはずがなかった。

真剣勝負こそ両手の指で足りるほどだが、木刀の稽古試合であれば、それこそ三日に一度というほどだった。

その全てに父は勝った。何の危なげもなかった。かくて一年から居候を続けた圓光寺で、新免無二は聞かされたのだ。

龍野城主として、かつて領国を治めていた赤松広秀は、関白豊臣秀吉の仕置きで今は但馬国に移され、そこで竹田城主になっていると。今や二万二千石の大名だが、なお兵法者を非常に好むとの噂《うわさ》があると。また貴殿なら同じ赤松の血を引く縁もあると。

「無二殿、ひとつ当たってみては如何か」

仕官の望みありと仄《ほの》めかされ、それで但馬にやってきた。

竹田を訪ねてみれば、やはり赤松の一族ということで邪険には扱われなかった。城に逗留も許されたが、すぐ召し抱えというような話にはならなかった。

なるほど、竹田赤松の家中には、すでに兵法指南役がいた。それが中条《ちゅうじょう》流を修めた、秋山新左エ門だった。

「その秋山が、だ。今いる新免無二殿とは、公方様に『日下無双兵法術者』の号を授けられた、あの新免無二殿ならば、いっぺん手合せ願いたいと申しておってな」

赤松広秀に持ちかけられては、断れない。またかと思うも、断れない。かくて新免無二は、但馬でも試合になったが、それが簡単に「また」では済まされなかったのだ。

城内の庭における、御前試合である。

臨む御殿の縁には城主の赤松広秀以下、家中の偉い面々が顔を連ねている。

ムサシは父の付き人として、今は庭の隅に控えていた。秋山新左エ門の弟子と思しき数人も、並びの位置で同じく固唾を飲んでいる。

また木刀が振りかぶられた。次の瞬間、

「きええええ」

と裂帛《れっぱく》の気合いが響いた。それを合図に秋山の剣が消えた――ようにみえた。

やられたとも思ったが、またムサシは突風に頬を打たれた。空振りだ。

今度も無二が躱した。が、やはり余裕が感じられる躱し方ではなかった。落雷よろしく落ちてくる木刀を、上体を苦しげに捩じることで、何とか素通りさせたのみだ。恐らくは当たるまで、あと一寸も残っていない。

無二は素早く後ろに引いて、距離を取りなおしていた。

表情は変わらない。が、明らかな劣勢だ。久しくみなかったほどの苦戦だ。というのも、父はといえば、試合開始このかた、剣撃というような剣撃も繰り出せずにいるのだ。

――秋山新左エ門という兵法者とは、それほどの男なのか。

なるほど、これまで戦ってきた男たちとは違う。圓光寺に集まる輩とは違う。当人の名乗りは別として、中身は破落戸《ごろつき》に毛が生えたようなものか、あるいは野伏せりが励んでみた程度でしかない。

それと秋山は違う。兵法指南役として、大名家に召し抱えられている。それほどの兵法者となると、違うのか。新免無二が相手にしてきたような三一《さんぴん》とは違うのか。連中に勝てたくらいで、一端《いっぱし》の達人を気取るならば、それこそ笑止と片づけられるべきなのか。

いや、新免無二が指南役と戦うのも、これが初めてではなかった。

誰より吉岡憲法と戦った。それこそ将軍家の兵法指南役だった。が、今は慶長《けいちょう》元年（一五九六年）、もう十年も前の話だ。三本勝負に二対一で見事に勝ちを収めた新免無二も、もはや齢五十を超えているのだ。

衰えたのか。少なくとも父らしくないとムサシは思う。

あの豪剣をよくぞ躱した。ギリギリ皮一枚でも、とにかく躱して、危機を脱したことには素直に感心するが、そうして大きく退いたとき、無二は大きな庭石を背負う位置にいた。

さらに後ろには逃げられない。以前の無二なら、こんな粗忽《そこつ》な真似はしなかった。やはり衰えたのか。

ジリ、ジリという摺《す》り足で、秋山新左エ門は距離を詰めてきた。

腰を低く、左右の足を大きく開いて、刀に渾身《こんしん》の力をこめても、自らの身体はぶれない構え方である。だからこそ、あの豪剣が成立する。

「きええええ」

甲高い声が上がった。朧《おぼろ》な残像だけを残して、また秋山の木刀が疾風駆けした。

「ガッ」

と、鈍い音がした。秋山が叩いたのは、無二の背後の大石のほうだった。

父はといえば、なんとか躱すも、もはや首の捻《ひね》りだけだった。それが多少でも遠くに仰け反ることができた分だとするなら、あるいは長身に救われたというべきか。

後に続いたのは、ミシと軋《きし》むような音だった。

ムサシはみた。白々とした石の面に、ピリ、ピリピリピリと亀裂が走った。その線が地面まで抜けたと思うや、黒い口を開け始めた。

その口が大きくなるまま遂に割れると、その庭石だったものは、ゴロンと重たい音を残して左右に分かれてしまった。秋山新左エ門の豪剣は石まで割るのか……。

まかり間違えば、砕いていたのは新免無二の額だった。稽古試合というが、寸止めの心がけはみられない。振りきるなら、木刀でも真剣勝負と変わりない。

無二は左前に半円を描くような足運びで、その袋小路のような窮地を脱した。

急ぎ踵を返した秋山と、左右の位置を入れ替えながら、また三間の距離で向き合う。

——次はやられる。

ムサシは案じずにはいられなかった。秋山の一打ちごと、無二は躱し方に余裕がなくなっていく。もう何手も先まで逃げられるとは思われない。

無二は変わらず、木刀をだらりと右手に下げていた。ムサシにいわせれば、この構えからして、おかしい。守りたいなら、守るための構えがある。秋山のような豪剣の遣い手は、身体の捌きだけであしらえる相手ではない。

無防備なまま、己の身体を前にさらして、もしや無二は正気を失くしたのではあるまいか。秋山の豪剣が凄まじいあまり、もしや気が動顚したということか。

「きえええ」

木刀が飛んだ。もはや飛んだようにしかみえず、同時にムサシは確信した。当たった。今度こそ父は頭を砕かれた。

「げう」

呻いたのは、秋山新左エ門だった。木刀を落とし、その手を自分の喉に運ぶと、庭砂に膝を落とし、のみか地面でのたうち回る。ぐげえ、げええ、げええ。

「剣先が喉に当たったようで」

と、新免無二が告げた。こう、こうですな。それがしは、こんな感じ、ふらついたような感じで、前に倒れかけたのですが、それと一緒に腕も動いて。その手には木刀を握っていたものですから、その先が偶然にも秋山殿の喉のあたりにぶつかって。

そうやって説明を加えた相手は、高いところで観戦していた赤松広秀だった。ええ、それがし、打つつもりもありませんでしたから、秋山殿も殺気を感じなかったのでしょう。それで躱そうとも思わなかったのでしょう。

「にしても、痛そうだ。残念ながら、もう試合は続けられませんな」

されば、それがし、これにて。さっさと頭を下げてしまうと、新免無二は戻ってきた。

差し出された木刀を受けとりながら、ムサシは聞いた。父上、どうだった。

「みての通りじゃ」

「強かったか。やっぱり、凄い豪剣じゃったか」

「あん？　そんな風にみえよったか」

そう返されて、ムサシは気づいた。

父は汗ひとつ掻いていなかった。息も、まるで乱れていない。圓光寺の試合と同じだ。流れ者をあしらうのと変わりない。京で吉岡憲法と戦ったときとは比べるまでもない。

「みかけ倒しか。秋山新左エ門は意外に大したことなかったんか」

「そうじゃのお。実力いうたら、われとあんまり変わらんわ」

ムサシはムッとせざるをえない。

「行くぞ、早《はよ》う支度せえや」

と、無二は続けた。飯の種にありつきたいのは本音じゃが、ああまで必死になられるとな。秋山新左エ門から、あえて職を奪おうという気にはなれんわ。

「そういう試合じゃったんか。これは剣術指南役の職を賭けた……」

「他にどういう試合があるんじゃ」

それは、そうだ。確かに今さら気づくような話ではない。

バツが悪い。ムサシは別な問いを投げた。

「竹田城が駄目なら、どうする。圓光寺に戻るんか」

「圓光寺こそ、そろそろ出ていけいう顔しとったじゃないか」

そうなのかと、やはりムサシは今さら気づく。しかし、父上、それなら、どこに行く。

「そうじゃなあ。近いし、丹後でも訪ねてみるか」


丹後国は細川忠興《ただおき》の領地である。

その父が幽斎で、とうに出家隠居の身であるが、松井佐渡守康之《やすゆき》は今も家老を務めている。

新免無二が頼ったのは、要するに十年前、京で御前試合をしたときの伝《つて》だった。

わけても松井佐渡は、検分役を務めて、間近で剣技をみたことで、大いに感ずるところがあったらしい。当理流、ぜひ一度ご教授願いたいと、当座から声をかけてきたという。

そのときは新免無二も、まだ主取りの境涯だった。松井佐渡はといえば、ほどなく関白豊臣秀吉の朝鮮出兵に駆り出され、長く留守になった。

数年やりとりが途絶えていたが、先般但馬まで来てみると、すぐ東隣なので、丹後の噂が聞こえてきた。細川忠興、松井康之、主従とも無事の帰国を果たしたと聞けば、当たってみない手はなかったのだ。

細川の城下は宮津《みやづ》だったが、これとは別に久美浜《くみはま》に支城があった。

これを与えられていたのが松井佐渡で、元の一万三千石に関白豊臣秀吉からの加増があって、今は二万石を数えていた。

新免無二が期待した所以であるが、それも的外れではなかった。

もう慶長二年の秋である。松井佐渡の屋敷に逗留を許されて、じき一年がたつ。一角に建てられた道場には、稽古の声と木刀の鳴る音が、さかんに響くようになってもいる。

通ってくるのは松井家中、さらに細川家から久美浜城につけられた与力の家中、それも主として若い侍たちである。一手に引き受け、指導に勤しんでいるのが、新免無二なのである。

その日も昼下がりから稽古だった。

一通り素振りを終えれば、あとは形稽古になるが、門弟たちを仕太刀《したち》に、こちらで打太刀《うちたち》を務めるのは、新免無二とムサシの父子二人になる。

なおムサシは若年の部類だったが、倅として小さな時分から稽古をつけられているので、新免無二の一番弟子であることは間違いなかった。

また実際に強い。どんどん強くなっている。剣技においても明らかに秀でていたし、何より十六を数えて、もう父さえ超える巨軀である。

稽古をつけられる格好になって、文句をいう者などいなかった。

侮《あなど》るような態度もない。カン、カンと木刀の音を連ねて、ムサシを相手に打ちこむ仕太刀は、誰もが左右の目尻を吊《つ》り上げ、真剣な、ことによると追い詰められた顔にまでなる。

「いたっ」

思わず口に出た言葉と同時に、カランと木刀が板間に落ちる。そこにムサシは平然として言い放つ。

何をやっているのです。指を打たれるようでは駄目です。前の十手で私の籠手打ちをはらい、それから奥の剣で私の面に打ちこむのです。

ムサシ先生は厳しい、というのが専らの評判でもある。

また別な声も聞こえる。

「結構です。左手は重要ではありません。守らないなら守らないで、何も構わないのです。ええ、これだけ素晴らしい攻めができれば」

少し離れたところでは、新免無二も形稽古をつけていた。

「ことに今の面打ちは、本当に素晴らしかった。ええ、もう少しで受け損なうところでした。この数か月で新太郎《しんたろう》殿は、太刀筋がずいぶん鋭くなられましたなあ」

無二は褒めの言葉まで並べた。ほとんど猫撫で声なのは、そのスッとした感じの若者が松井佐渡の息子《むすこ》だからである。

「そうですか。ただ実戦では、まだまだ通用しないのでしょうね。稽古試合ですら、なかなか思うに任せません。知らず身体が固くなるといいますか、それで調子が狂うといいますか、普段できることもできなくなってしまうのです」

つまりは臆病なのだ、とムサシは心で吐き捨てた。打太刀として自ら門弟の剣を受けながら、その最中もついつい聞き耳を立ててしまう。

ムサシ自身は同い年ということで、新太郎とは割に気安い間柄である。それだけに少し気になる。いや、おまえが褒められるのは、おかしいと思う。ああ、おまえのようでは通用しない。怖がりが勝ちすぎて、すぐ目をつぶるようでは始まらない。家老の家の御曹司が、それで困ることはないとしても、だ。

「左様なことはございますまい」

と、無二が続けていた。稽古でできないことは、実戦でもできません。逆に稽古さえしていれば、その技が無意識に出るのです。

仕太刀の木刀を、ほぼ撥ね飛ばすくらいの勢いで弾きながら、ムサシは思わずにいられなかった。気に入らない。父の理屈が気に入らない。剣の理屈というよりも、世渡り上手が気に入らない。さらに先を続けられれば、いよいよ憮然とならざるをえない。

「新太郎殿も、じき免許と考えております」

「私が免許を……。本当ですか、無二先生」

「いかにも、当理流免許皆伝でございます」

「それは嬉《うれ》しいなあ。あっ、いや、しかし……」

ムサシは感じた。自分に目が向けられた気配があった。

「免許を望む者は、ムサシ先生と試合をしなければならないのでは……」

「ええ、やってもらうことになりますな」

父に明るく放言されれば、いよいよ嫌になる。試験として、倅のムサシと試合していただきます。

それが新免無二が持ち出す免許の条件なのだ。

いうまでもなく、ムサシが本気を出せば、勝てる門弟などいない。

無二にしても、わざと負けろとはいわなかった。一番弟子の倅が負ければ、それはそれ、当理流の格が落ちるのだ。

さりとて、徹底的に打ちのめせば、道場として良家の子弟に御愛顧いただけない。だからムサシは、勝つなといわれる。うまく引き分けろと、いつも必ず念押しされる。

「倅と対等に渡り合えたのですから、もう免許としてよろしいでしょう」

師匠の自分には、まだ遠く及ばないが――そう含みを残したうえで免許の目録を出すというのが、意外な商売上手としての新免無二の常套《じょうとう》手段なのだ。

「なんや、われ、また臍《へそ》曲げたんか」

無二が聞いてきた。ムサシが稽古の木刀を片づけているときだった。

「別に臍など曲げておらん。どうして、そう思うんじゃ」

「乱暴に片づけよるからの」

「乱暴？　ああ、ただ急いどるだけじゃ。用事があるんじゃ」

「われのような半端者が、何の用事じゃ」

「あるもんはあるんじゃ」

「あるにしても、われ、そんな仏頂面で行くんか」

不服が顔に出ている。それは十分にありえた。少しだけ迷ったが、ムサシは木刀を置いた。まっすぐに顔を上げて、それだったら、いってやる。

「父上、俺が新太郎殿と試合するなんて、おかしくないか」

「何がおかしいんじゃ」

「俺と引き分けたら免許じゃいうが、その俺はまだ目録をもろうとらんぞ」

「ムサシ、われ、免許なんぞ欲しいんか」

「もらえるもんなら、そら、欲しいわ」

「ただの紙きれじゃぞ。目録いうが、わしが酒くらいながら書くんじゃぞ」

無二は大きな笑い声を上げた。あはは、あはは、そんなもんが、ありがたいんか。あはは、あはは、玩具にもならんようなものが欲しくて、それで膨れ面しとったんか。

いうのじゃなかった、とムサシは後悔した。しつこく嫌みをいわれるか。とことん嘲られてしまうか。そんなことを思うだけで、もう暗澹《あんたん》たる気分になる。

が、その笑いを父は不意に切り上げた。そうか。それじゃったら、ああ、そうか。

「わかった。われにも免許をやる」

と、無二はいった。ただ倅じゃいうて、贔屓《ひいき》するわけにはいかん。当理流の評判に係《かか》わるからのぉ。試験は公平にせんといかん。

「ムサシ、われにも試合してもらう」

「わかった。望むところじゃ。で、相手は誰じゃ。まさか新太郎殿とはいわんじゃろうな」

「はん、そいでは試験にならん。われは跡取りじゃから、他の弟子と同じに免許を出すわけにはいかん。それは公平とはいわん」

「で、俺は誰と戦えばええんじゃ」

「秋山新左エ門じゃ」

名前を出されて、ムサシは少し考えた。秋山新左エ門、えっ、あの秋山新左エ門。

「但馬竹田城の指南役の……」

「しつこい男でのお。あんな試合では納得いかん。今度こそ尋常に勝負を願いたい。そんな風に但馬からいってきおった。じゃから、ムサシ、われ、わしのかわりに試合せえや」

秋山新左エ門と……。あの凄まじい豪剣の遣い手と……。

それでもムサシは否とはいいたくなかった。ああ、わかった。やる。秋山新左エ門と戦う。

「よし。しかし、ただ勝っても、免許はやらん。ひとつ条件がある。ええか、ムサシ」

と、まだ無二は先を続けた。


「ただ一打ち」

ムサシは心に反芻《はんすう》しないではいられなかった。一打ちか。ただ一打ちか。

いう割に、パンパン、パンパン、早拍子の音は何度も連なった。

眼下では白いものが、細かな波を立てている。

ただ大きく、ひたすらに柔らかな肉である。打ちつける自分の下腹に隠れて、もう割れ目すらみえないが、これが女の尻だという。

「なんでやの」

「えっ」

「なんで、いっつも後ろからばっかりやの」

寝具のうえに手をついて膝をついて、やはり白いばかりの背中から、その女は半目の横顔だけで聞いた。

名前を雪《ゆき》という。松井佐渡守康之の娘、新太郎興長《おきなが》の姉だから、歳はムサシより二つ上である。

「好きなん」

「えっ」

「うちと後ろからすんの、好きなん」

ムサシは少し答えに困る。「うちと」と問われても、他の女は知らない。ただ「後ろからすんの」は嫌いでない。

「好きじゃ」

「そんなら、ええ」

雪はぬるい息遣いに戻った。はあはあ、はあはあ、あとは自分のなかに潜るばかりか。少し意地悪い気持ちが湧いて、それをムサシは引き戻したくなった。

「おまえも好きじゃろ」

「わからん」

わからん、わからん。もう何もわからんようになってもうたわ。そうやって、やはり雪は戻らない。わからない。俺のほうが、わからない。まだ女はわからないが、さしあたりは送り出すしかないのだろうと、またムサシはぐいと腰を前に出した。

「ただ一打ちか」

それが無二の注文だった。ただ一打ち、指先《さっせん》の一打ちで勝て。

指先の技は知っている。それこそ一刀技の基本である。

敵の剣撃を身を逸らして躱すと同時に、自らの刀で相手の喉元を打つ——あるいは突くというべきかもしれないが、それだけの技である。

できなくはない。並外れた膂力《りょりょく》を必要とするわけでもない。うまく拍子を取ることで、相手の隙を突ければよい。

——それにしても、一打ちだけとは……。

あの秋山新左エ門に対して、ただ一打ちで勝てとは……。恐るべき豪剣を躱し続けて、こちらは指先というような、速くもなく、力もない技の一打ちで、勝負を決めてみせろとは……。

「それができて、はじめて免許じゃ。だって同じことじゃろ」

「同じというのは、躱し続けることと、一打ちで決めることが、か」

「ああ、そうじゃ。攻めは隙になる。それが当理流の考え方じゃって、普段から口を酸っぱくしとろうが」

とも、父は加えた。

攻めは隙になる。攻めているときこそ、打たれやすい。ときによっては、まったく無防備になる。その理屈はムサシにもわかる。ゆえに極力攻めない。ただ一打ちで決められるなら、それが理想だ。勝負の一瞬が訪れるまで、守りに徹する。敵の攻めを躱し続ける。ああ、そうか。向こうが攻めているときは、向こうに隙が生まれるのか。つけこめば、指先の一打ちでも十分に決めることができるのか。

——とはいうものの……。

秋山の強打は並外れている。指先と比べるまでもなく、あまりに強い。目で追えるか覚束《おぼつか》ないほど速くもある。ひとつ躱し損ねれば、たちまち致命傷に……。

「いたい」

と、ムサシは声に出した。

キュッという感じで締めつけられる。何がといって、男根が輪で括《くく》られたように、きつく締め上げられている。それが思わず痛いと呻くほどなのだ。

「またか」

雪は最近、よくこうなる。自分でもいうように、そのとき女は本当に何もわからなくなっているようなのだが、されるほうの男は辛い。

ムサシは白い尻を平手で叩いた。おい、雪、おい、おい、戻ってこい。

「うち、切支丹《キリシタン》なんよ」

ぼんやりして、まだ雪は声も気だるげだった。この甘ったるく弛んだ空気は苦手だなと思いながら、付き合わねばならないのだろうともムサシは思う。

「それは前にも聞いた」

雪は久美浜城に来る前、宮津城で細川忠興の室に仕えていたという。惟任日向守光秀《これとうひゅうがのかみみつひで》の娘で、名を玉《たま》というが、この女主人が洗礼名で「ガラシャ」とも称する切支丹だったのだ。

感化されて、雪も切支丹になった。洗礼名は「アンナ」だとも聞いていた。

「で、切支丹が、どうした」

「切支丹の女はな、男は死ぬまで、ひとりでないとあかんねん」

「どういうことじゃ」

「生娘でなくなったらな、その相手に必ず嫁がなあかんのやて」

「それは無理じゃろう。おまえ、お姫さんじゃぞ」

「けど、決まりやもん」

「大身の家の娘が浪人風情の倅なんぞと祝言は挙げられん。それも世のなかの決まりじゃ」

「そんなら、あんたが出世したらええ。剣で出世したらええやないの。あんた、えらい強いんやろ。

ムサシにはとてもかなわんて、新太郎もいうとったで」

「……」

「おかしなことというたね。ごめんな、ムサシ」

「いや」

「ごめん。それに、あんた、さっきいかれへんかったやろ」

もう一回してええよ。雪にいわれて、やりなおしてはみるものの、やはり、とムサシは思わないではいられなかった。一打ちかと。ただ一打ちで、やはり勝つしかないのかと。大名家の指南役を相手に、それができないとなると、剣で出世するなど、もとより覚束ない話だろうと。


「それがし、こたびは真剣での勝負をお願いしたいと考えておりました」

そういって、秋山新左エ門は譲らなかった。木刀での稽古試合ということで、前回は気持ちが弛んだところがありました。そんなつもりはござらなんだが、今にして思えば、やはり弛んでおったのだろうと悔いております。というのも、あの体たらくだ。一触すなわち命取りと心しておったなら、相手の木刀にぶつかるなどという不覚は取らなかった。

「ですから、是非こたびは真剣でと」

「ええよ」

新免無二は事もなげである。かえって秋山新左エ門が慌てた。

「しかし、それでは貴殿の御子息を殺してしまうかもしれない」

「そら、わからんぞ」

「無論わかりませんが、それがしが勝てば、御子息は死ぬ。それで貴殿はよろしいのか」

試合の相手が新免無二でなく、その倅であると伝えられて、秋山はごねた。あれこれ理由をつけて、なんとか反故《ほご》にしようとした。しかし、無二が相手にしないのだ。

「別に、ええよ。あれは実の子じゃのうて、貰《もら》い子じゃからな」

「………」

「そろそろ始めるか。グズグズしとったら、それこそ気持ちが切れるじゃろう」

「わかり申した。ただ、しつこいようでござるが、確かめさせていただきたい。それがしが御子息に勝てば、そのあと、貴殿が試合を受けてくださるのですな」

久美浜は北海（日本海）に面した港町である。大きく抉れた入江の最奥に位置している。入江というが、北側は地峡で塞がれ、ただ水路で海に通じているだけなので、波というような波もない。湖といった感もあるが、ただ舐《な》めれば水はやっぱり塩辛い。

岸の大半は港か船着き場として整えられているが、一部には浜も残されている。

竹矢来が組まれて、即席に試合場が整えられたのも、久美浜城を見上げる砂地の一角だった。御前試合でなく、城主の命令でやるわけでなく、ただ兵法者が勝手に手合せするだけなので、城内に場所を借りるわけにはいかない。そこで砂浜になった。

秋も深くなってきたが、さほど寒いわけではない。

雪の季節にはしばらくあるし、それどころか内陸に仰ぐ山々とても、まだ紅葉に染まるところまではいっていない。

ただ風は強かった。舞い上げられた砂の粒が飛んできて、頬に細かな痛みを刻んだ。戦っている最中に目に入ると、それは嫌だなとムサシは思った。

注意しよう。なるべく風上にいよう。そんなことを考えながら、カルサン袴の裾を整え、白い小袖に襷《たすき》をかけと、支度を整えているところに、無二は近づいてきた。

「真剣でやるそうじゃ」

「聞こえとった」

そうかと簡単に引きとると、無二は自分の腰から引き抜き、その二本を差し出した。

「われに、やるわ」

「えっ」

「わしも甘い父親じゃのお。自分でも嫌になるわ。というのも、ええ刀なんじゃ。われには、もったいないくらいの差料じゃ。それでも、向こうが真剣でやるいうんじゃから、われだけ木刀いうわけにもいかんわ」

「……………」

「受けとれ。勝てば、この二本も免許と一緒にわれのもんじゃ」

負ければ、もう二度と使うこともないわけじゃがな。そうして押しつけられた大小を、ムサシは受けとった。

真剣では一瞬の油断も許されない。ほんの掠《かす》るくらいでも出血の怪我《けが》になる。免許の条件は、いっそう厳しくなっている。

それを父は喜んでいるのか。それとも済まなく感じていて、この差料は詫びの証《しるし》ということなのか。わからないが、そんなことは、どうでもよかった。

――刀だ。

鞘を払えば、黒鉄《くろがね》に匂い立つような銀波が泳いでいる。これが俺の刀なのだと思うだけで、興奮せずにはいられない。

ときは未《ひつじ》の刻（午後二時頃）、昼下がりである。

竹矢来の向こうには、見物人の姿も覗いた。

それも決して少なくない。物見高く駆けつけてきた町人たち、網をなおしがてら港にいた漁師たち、松井新太郎はじめ、当理流を学びに道場に通っている面々とて、残らず顔をみせている。侍の風体をいうなら、役付と思しき重々しい輩も、ちらほら紛れていないではない。

無二は試合場の中ほど、秋山新左エ門がいる近くに戻っていた。検分役を務める気らしい。

ムサシは刀を鞘に戻してから、そこに向かった。急ぐ足取りではなかったが、すでに意識は腰のものとしたばかりの刃物にある。ああ、いつでも抜ける。もう始められる。いきなり斬りかかられても、それを卑怯と責める気はない。

「二人とも準備はできとるようじゃな」

新免無二は「始め」の声をかけた。

秋山新左エ門は刀に手をかけた。みるやムサシは急ぎ腰に手をやって、相手より先に鞘をはらった。下段ながらに剣尖を突きつけて、そうすることで伝えるのだ。抜刀一番の振り出しを、もらう気はないからな、と。

秋山はゆっくりと剣を抜き、右半身で青眼に構えた。

腰を落とし、左右の足は前後に大きく開くという例の構えだ。

ムサシも右半身で、そのままの下段を続けた。指先を狙うからだが、それをいうなら右足も僅かに前なだけで、ほぼ左の足と並ぶ。いわゆる無構えに近い。

秋山新左エ門は覚えがあるという顔をした。但馬竹田で戦った新免無二も、この構えだった。やはり、そうだ。あのとき父は、こたび俺に命じたのと同じ戦い方をした。

いざ対峙《たいじ》してみれば、海からの風は左の頬に当たっていた。右半身も肩を大きく前に入れていた日には、細かな砂粒が目に入りかねないところだ。

秋山は蟹の甲羅のような大きな背中で風を受ける格好である。

風と砂に悩まされる心配はない。比べればムサシが不利なわけだが、このままの位置で難儀を覚えるほどではない。

秋山の剣尖が、小さく上下し始めた。

いつ刀身を大きく振り上げ、いつ猛然と前に出るのか、あるいは刃は上から振るのか、それとも下から突いてくるのか、わかりにくくするためだ。剣技の常法といえるが、それにムサシは囚《とら》われなかった。

——目つけは全体を……。

ぼんやりでいいから、広くみる。そうしていれば、手が動くか、肘が上がるか、足が出るか、膝が沈むか、相手の身体のどこが動いても見落とさない。

密に捕まえるべきは、むしろ相手の呼吸である。吸う息、吐く息、深い息、浅い息、長い息、短い息、逃さず追跡できていれば、いつ動き出すかがわかる。

勢い、力ずく、強引、偶然——前のような戦い方は、もうしない。緊迫感に呑《の》まれて、雑に戦うことはしない。

丁寧に、丁寧に、ひとつも間違えることなく、最後の勝利にいたるまで戦い果せる。そのことを、こたびムサシは心がけた。

秋山新左エ門の右膝が沈んだ。反発する筋力で右足を大きく前に踏み出すための予備動作だ。

だからムサシは、その膝を踏みつけてやる。いや、本当に踏みつけるわけではないが、それくらいの気持ちで半歩だけ距離を詰める。

それで秋山は前に踏み出せなくなった。剣を振り上げる機も失われた。

が、すかさず右の肘が上がる。横薙ぎの変化を使うつもりだ。またの先読みで、ムサシは素早く左に動いた。秋山の剣は今度も走り出せなかった。

ただ距離は近い。それならばと剣尖を前に落とし、秋山は突こうとしたようだった。

その前にムサシは力まない歩み足で、二歩、三歩と後ろに退いた。標的が遠ざかり、もう届かない。秋山は突きも出せずに終わった。

――まず打たせない。

常に先に動いて、相手に剣を振るわせない。あるいは打ちこめる場所をなくする。それがムサシの算段だった。

隙がない、と秋山新左エ門は心に呻いているはずだった。

が、隙がないのは当然である。攻めないのだから、隙が生まれるはずがない。みることだけに徹すれば、全て読み切れて不思議はない。

自分で打つためでなく、相手に打たせないためであれば、動きも全て、小さく、軽く、素早く済ませることができる。常に相手に先んじられるのは当然だ。

秋山の切先が、小刻みな動きを一瞬だけ下で溜めた。ヒュンと撥ね上がり、大きく頭上に振りかぶられる前に、ムサシは籠手を狙う空打ちをみせた。牽制《けんせい》されて、また秋山は打てない。

とすると、秋山は右の足を大きく引いた。俄に左右の肩を入れ替え、左半身に変わると、今度は八相に剣を構えた。

剣先は、はじめから高い。そこから予備動作なく、一気に斬り下げようというのだろう。

それでも呼吸から先を読める。いや、それ以前にムサシは近づこうとしなかった。自分から仕掛けるつもりはないからだ。

焦《じ》れて、向こうが前に出ようとしたなら、その足の運びを阻むために、最小限の動きを取るだけでよい。ことごとく先に踏まれてしまうなら、やはり秋山は剣を振るうことができない。

二間の距離で対峙が続いた。確かに感じられたところ、秋山は苛《いら》立《だ》ち始めていた。

手が出せない。まだ一本も打ちこめない。しかし、それは卑怯ではないかと思うのだろう。まがりなりにも剣術指南役で食べている男だ。秋山とて理屈はわかる。一定以上に技量ある者が、ひとたび守りに徹すれば、それを攻めるのは容易でない。力量が格段に下でも、なかなか勝ちきれない。端《はな》から逃げられるのでは、勝負にならない。

しかし、これは試合ではなかったのか。そこもとは勝つ気がないのか。このまま無事に終わればよいのか。そう面罵したいくらいの憤りを抱えながら、秋山新左エ門は苛々しているのだ。

同時に口惜しく思うことには、新免無二殿の倅とやら、いくらかでも動いてくれれば、崩しようがあるものをと。そこから活路を見出《みいだ》していけるものをと。いや、ほんの一瞬の隙さえあれば、風巻く豪剣を繰り出すことができるものをと。

無論、ムサシにも勝つ気はある。ただ一打ちで仕留めると、決意が固いくらいである。

そのためにはムサシも隙を突かなければならない。が、秋山が動けず、攻めることができないなら、その隙も生まれないことになる。それくらい、百も承知の話なのだ。

バッと身体を翻して、秋山新左エ門は左半身の八相を右半身の青眼に戻した。その機につけこもうとしたかのように、ムサシは下段に構えていた剣を磨り上げに動かした。

ただの思いつきで試みた、中途半端な仕掛けにみえたはずだ。張り詰めていた空気が、そこで破れたように感じられたか。兵法者なら、それを隙と呼ぶ。

――よし、来い。

秋山新左エ門の双眼を雷が縦に抜けた。一緒に膝が沈んで、直後にバンと破裂したものがあった。そのように感じさせたのは、但馬竹田でみたままの凄まじい打ちこみだった。

「きえええ」

裂帛の気合いが後から遅れて耳に届く。それほどの豪剣ながら、ムサシはスッと後退して、空振りに終わらせた。

竹矢来の外から、どよめきが流れてきた。傍目にも、そら恐ろしい剣撃だったようだ。少なからずが刹那に息を呑みながら、ムサシ危うしと戦慄したのだ。

無事とわかって、一気に解放した息が地を這《は》うような声になったが、みての通りで掠り傷ひとつない。それどころか、ムサシは余裕で躱すことができた。

いつ来るか、どこに来るか、わからない剣撃は躱せない。振り出された剣を、目で追うにも限界がある。それが秋山の振るう豪剣となれば、ほぼ不可能に近い。

――自ら呼びこんだ剣なら、それでも躱せる。

隙として、こちらが示したところに、必ず振り下ろされるからだ。あらかじめ軌道を承知できるなら、どんな剛力の剣でも、どんな神速の剣でも、躱すのは造作もないのだ。

しかし、ともムサシは思う。ただ躱しただけでは駄目だ。こんなに余裕があるのは駄目だ。確かに危険は少ないが、こんなに大きく退いては、こちらの剣も届かなくなる。

ましてや指先の技では仕留められない。秋山が猛然たる攻めに出て、せっかく隙が生まれても、そこを突くことはできない。今もって攻めに転じられたわけではない。

臆したのか。やはり俺はあまりの豪剣に臆して、無様にも安全策を取ったのか。

びゅううと風が鳴いていた。

海から吹きつけてくる風は、ひとつ、ふたつと数えるくらいの時間で、ぶわと砂を舞い上がらせた。

秋山新左エ門はといえば、少し驚いた顔をしている。

己の打ちこみには、絶対というほどの自信があるのだろう。それを躱された。よく躱したものだ、この身体ばかり大きな子供が、よくぞ、よくぞと、それくらいの気持ちなのかもしれなかった。

あるいは、さすが新免無二の息子、さすが一番弟子と、認識を新たにしたか。躱したといえば、師匠の父親も躱したなと。当理流というのは、あるいは守備に勝《すぐ》れた流派なのかもしれないなと。この倅も躱すだけは、いつまでも躱すのかもしれないなと。

――そう考えて、もう秋山は攻めてこないか。

ムサシは少し焦りを覚えた。それでは困る。他の門弟とは違う。引き分けでは、免許をもらうことができない。

躱すだけではないと、まずは打ち気をみせることだった。ムサシは剣を青眼に構えなおした。普段の構えに近いからには、実際に攻めやすい。だからと空打ちひとつ挟むことなく、いきなり剣を高々と振り上げるなら、あまりにも安易にみえたことだろう。

――だから、よし、来い。

隙とみて来い。当理流は守りは得手だが、攻めは不得手で、この程度でしかないとみくびりながら、今こそと打ちこんでこい。

秋山新左エ門も剣を振りかぶった。あとは真空に吸い寄せられていくように、決められた軌道を直下させるだけだ。

それを近間で躱すと同時に、俺は刀を磨り上げに変化させる。予定の動作に入りかけたときだった。

秋山は剣を止めた。全体重を乗せながら、剣尖を一気に加速させる手前で、打ちこみを中止してしまったのだ。

――勘づかれた。

動作を起こすのが早すぎた。これでは、いけない。きちんと振りきらせなければならない。最後まで攻めさせなければ、絶対の隙は生まれない。

というのも、刀が加速を始めれば、そこから先は止まれない。引くことも、軌道を変えることすらできない。もはや振りきるしかない剣撃を躱されたなら、そのとき兵法者は全《まった》き無防備に陥《おちい》る。

――そのためには……。

ギリギリまで引きつけなければならない。相手が斬った、刃が当たったと思うところまで、こちらは決して動いてはならない。

いうまでもなく、そこは黄泉《よみ》の世界と皮一枚である。躱すのが一瞬でも遅れれば、即座に致命傷を負う。いや、大抵は即死だ。木刀であれ、真剣であれ、その刹那に命を落とす。

ましてや秋山の豪剣だ。俺の頭は脳天から左右に割れる。まるで包丁を入れられた西瓜《すいか》だ。赤い果肉のかわりに、脳漿が飛び散るだけだ。

ムサシは唾を呑んだ。いや、躱せる。俺なら、できる。刀の軌道はわかっているのだ。よし、来いと道を空けて、こちらから呼びこんでいるのだ。

但馬では、新免無二もそうやって勝った。偶然ではない。秋山新左エ門の油断でもない。打たれる恐怖に堪えながら、ひとつの抵抗もできない一瞬の訪れを待ち、そこに至るや相手の喉に必殺の刃を入れたのだ。

二間の距離で対峙しながら、ムサシは再び呼吸を追った。雑になるな。丁寧に戦え。焦り、不安、恐怖に呑まれたあげくに、力任せの勢いで無理に何とかしようとするな。

秋山が呼吸を止めた。右膝が沈みかけたが、それに続くはずの踏みこみを、ムサシは半歩の踏み出しで制した。

今度は左の肘が上がる。それも剣の動きになる前に、ムサシは籠手打ちにみせかけた空打ちで断念させた。だから、おまえが打ちこめる場所はない。俺が空けた道しかない。

秋山新左エ門は左半身の上段に変えてきた。高々と切先を上げた、最強の打ちこみのためである。必殺の一打を、まだ隠していたのである。

ムサシは無構えに近い右半身に戻した。

下段というより、肘の曲がりなりに、だらんと刀を垂らしている体だ。守るともみえない構えだが、それに秋山新左エ門は剣を振り下ろしてこなかった。

背丈なら六尺（約百八十センチ）を超え、ムサシのほうが大きかった。秋山も偉丈夫であり、肩幅や胸の厚みで勝るだけに、これまでも小さいという感じはなかった。が、こうして正対すれば、高さの差は歴然である。せっかくの上段が、迫力に欠けてしまう。

実際、ムサシに対しては、思うような打ち下ろしにならないはずだった。十分な力を持たせて剣を叩きつけるためには、十分な距離を取らなければならない。

もとより軌道は決まっている。ムサシが間を潰して、刀を振り下ろさせないか。秋山が間を確保して、その機に刀を振り下ろすか。それだけの勝負と考えるのが普通である。

ムサシは前に出た。無構えに近いので、おおいかぶさらんとしたかにみえる。

いうまでもなく、秋山は下がる。と思うや後ろの右足で砂を蹴ろうとするが、それが跳躍になる前に、またムサシが距離を潰す。

前後、前後と間を取り合う攻防が、何度となく繰り返された。

もう秋山の背中は竹矢来に近い。ムサシが追い詰めたようにみえた。

その実、ムサシにも攻め手はなかった。攻めさせなければ、絶対の隙は生まれない。秋山に打たせなければ、指先で勝負を決めることはできない。

そのときだった。びゅううと再び風が吹いた。ぶわと砂まで舞い上がった。

それを秋山新左エ門は蟹を思わせる広い背中で、ほぼ遮ることができた。が、ムサシのほうは、頬が白くなるほど浴びた。気にしたかのように、一瞬だけ目を外した。

――だから、来い。

これを隙とみて、俺を攻めてこい。

秋山は半歩下がり、そこから飛びこんできた。頭上の刃が走り出すのを、ムサシはみた。

しかし、まだだ。まだ止まれる。

「きえええ」

声を間近で浴びながら、ムサシは堪えた。

秋山の刀が燃えた。左右に断ち割られたそばから、空気は橙《だいだい》色の焔と化して、乱舞しながら、刀の峰を押しにかかる。異様な熱気を孕《はら》んで、それが燃えているようにみえた。

刀は、ぐん、ぐん、ぐんと大きくもなった。一線の薄さしかないはずの刃が、もはや棍棒ほどにも太い。圧倒的な殺意として、こちらの頭上に迫りくる。となれば、よし、もう止まれない。

――動け。

ムサシは舞いでも踊るように、大きな身体を左に回した。

秋山の刀は、やはり止まらず振りきられた。刃の細かな傷にかけて、前髪を数本だけ持っていったが、それだけで頬の横をすぎていった。

かわりに浮上するのが、ムサシの右手の白刃である。

速くない。力もない。それなのに、秋山は躱せない。

それどころか気づきもしない。止まれない自分の刀に引きずられて、もはや顔を下に向けることさえできない。

「げう」

切先が秋山の喉に食いこんだ。喉仏の、すぐ左だ。

ムサシの手に感触はなかった。それでも刃は、ずぶずぶと奥に進んだ。

そこに赤黒いものが、最初ににじみ、それから花のような形で噴き出した。どうと重たい音を立てると、秋山は蟹のような背中をみせて砂に伏した。

ただ一打ち――ムサシは勝った。竹矢来の向こうに声が満ちていた。

四、吉弘加兵衛と井上九郎右衛門

東の空に煙が上がった。

もう九月も十日を数えて、夜気は大分澄んでいる。月明かりばかりの群青色に、白色の縦筋がスッと立ち上るのは、見間違えというわけではない。

チカと赤いものまで弾けた。

よくよくみれば、煙も裾のほうは黒い。そのなかで赤いものが、どんどん勢いづいている。ゆらゆらと揺れ躍り、これは火だ。

「城に火の手が上がった」

ムサシは声に出さずにいられなかった。大丈夫じゃろうか。大事にならんじゃろうか。まさか敵に襲われたいうことはなかろうな。

言葉を続けるほどに身体も揺れる。ガサガサと騒がしいのは、黒光りする具足である。だから、これは本物の戦なのだ。稽古でも、試合でもない。ちょっと待ては通らない。

本当に敵に襲われたのだとすれば、城も、そこにある物も、そこにいる人まで全てが奪われる。思うだけで心配になり、胸が詰まって苦しくなる。

「しっ」

それを無二は鋭く制した。馬鹿いうなや。ムサシ、われ、銃声とか砲声とか聞いたんか。

「音などせん。あるとすれば矢じゃ。城に火矢が射かけられたんじゃ」

「岬の高台にある城じゃぞ。矢は届かん。ぜんぶ、石垣に撥ね返されるわ」

「それでも万が一ということが……」

「ない。敵襲じゃのうて、あれは人質の仕業じゃ」

と、無二は断じた。確かに城には敵方の者、それと疑われる者が、何人か捕らえられていた。それが牢《ろう》を破り、のみか逃げるついでに、城に火をつけた。

「というか、そう思わせるんじゃ。誰にといって、それこそ敵にじゃ。城に火の手が上がれば、奴らは来る。人質を取り戻し、あわよくば城まで奪おうとする。そのつもりで来たものを、わしらが討つ。そういう謀《はかりごと》じゃと、われにも教えとったはずじゃ」

でなかったら、なんで、こんなところにおるんじゃ。いわれた通りで、鬱蒼《うっそう》たる木々の陰に隠れていた。海岸から入ると、いきなり険しい山になるが、その「相原山《あいはら》」と呼ばれるところで、じっと斜面に張りついていたのだ。

しかも新免父子だけでなく、全部で三十人いる。

「松井殿の手勢は、足軽雑兵まで掻き集めても、二百人ほどじゃ。その貴重な人数から、ここに三十人も割いとるんじゃ。謀でなくて、どうして……」

そこで無二は言葉を切った。同時に耳たぶの後ろに指を当てた。

じきムサシにも聞こえてくる。というより、感じられた。地面が細かく震動している。それが徐々に大きくなる。一定の拍子で打ち続ける、これは馬の蹄《ひづめ》の音だろう。ほうか、ほうか、来なすったか。

「さて、わしらも行くか」

隠れながら見下ろしていたのは、山間を抜けてくる隘路《あいろ》だった。

馬なら一度に一頭通れる幅しかない。人でも三人、いや、二人並べればいいところか。

つづら折りの道でもあれば、先の見通しも利かない。こちらからもみえないが、あちらからもみえない。

月光ふる山道に、無二は無造作な感じで、ふらりと出ていった。

大柄なうえに鎧兜《かぶと》をつけているので、影はやけに大きくみえた。それを追いかけ、ムサシが続いたときだった。

馬の蹄の音が急に大きくなった。

と思うや、山道の曲がりを抜けて、騎馬武者が姿を現した。

黒い兜を白く光らせ、疾駆の人馬は後ろにも続いていた。

どっと隘路に殺到してくる、その行く手に無二は立ちはだかる格好なのだ。

向こうの駆け足の速さからは、なお暗さが勝ちすぎて、人影などみえなかったのか。あるいはみえていて、構わず撥ねるつもりだったか。

いずれにせよ、手綱が引かれる気配はない。驀進《ばくしん》する騎馬武者は、みるみる近づいてくる。

残すところ三間――で、無二の影が動いた。

右腕が異様に長くみえたのは、槍が突き上げられたからだ。

それが次の瞬間に消えた。鋭い穂先は一閃、獣の胸板に吸いこまれたようだった。

同時に無二は脇に転げて逃げた。あとの山道を巨大な塊が、ザザザと横倒しに地面を滑った。濛々《もうもう》と舞い上がる土煙に、止まれず飛びこんだのが、後追いの騎馬武者だった。

前の馬をよけられず、つんのめるように転げてしまう。馬体が二つ積み重なり、これで狭い山道は完全に塞がった。

その壁にさらに駆けこんできた馬が激突、そのまた後続が追突、次の馬は何とか踏み留まったが、武者は鞍《くら》から空に放り出された。

悲鳴のような嘶《いなな》きが連なって、立ち往生は全部で十騎も数えたろうか。

あっとムサシは声を上げそうになった。山道にやたら手が長い影が戻っていた。父だ。左手に十文字の短槍、右手に太刀を構えている。それが混乱の渦中に走りこんだ。

まだしばらく晴れないと思われた土煙が、みるみるうちに落ち着いた。湿り気を帯びたからだ。そこには黒い雨が降ったのだ。

いや、夜目に黒くみえるだけで、実際は赤黒いはずだ。鉄の臭いが立ちこめるなか、いまだ混乱に喘《あえ》ぐ武者たちは、新免無二の白刃に屠《ほふ》られるのを、ただ待つしかなくなっているのだ。

――俺だって……。

遅れてなるかと、ムサシは走った。

ただ眺めている場合でない。いくら戦は初めてでも、ひどい不覚だ。というのも、このままでは手柄を立てられない。騎馬武者は全て斬られ、つまりは父に総取りされる。

いや、まだ残っていた。ムサシが飛びこんだところを迎えたのは、左右で空を掻くような蹄だった。恐慌を来たした馬が暴れていた。鞍で激しい上下を強いられながら、武者は何とか落馬を凌《しの》ぐので精一杯なのだ。

ムサシは槍を構えた。月明かりを頼りに目を凝らして、慎重に見極めるのは相手の喉首である。鎧を突いても、仕留められない。隙間を狙わなければならない。それが馬の動きに振られて、容易に定まらない。

――よし、ひとり。

突き上げた槍を伝って滴り落ちる、ヌルヌルした生温かさに、ムサシは手柄を確信した。どさりと地面に落ちてくれれば、首を落とさなければとも思う。

が、すぐ脇を追い越していく影があった。父だ。のみならず、松井佐渡に預けられた足軽たちが、ようやく追いつき、と思うや追いこしていった。

なるほど、さらに山道を上る暗がりに、物々しい気配があった。騎馬武者たちの後ろに、足軽たちが走って続いていたようだった。

足軽では、討っても手柄にならないか。いや、討たなければ城を襲う。あるいは今日は引き返すのかもしれないが、いずれ必ず襲ってくる。だから殺す。ここで殺す。

ムサシは槍をブンと振って、穂先についた血をはらった。やることは同じだ。足軽なりに粗末ながら、やはり相手は具足を身につけている。首か、手首か、腋《わき》か、腿の付け根か、狙いばかりは慎重に見極めなければならない。

本丸御殿は石垣の頂に据えられて、門から見上げるほどに不動の趣だった。

城内を進んでいけば、三の丸、二の丸と焼けていたが、やはり自ら火をつけたものだった。それも戦の前に調べて、これは脆《もろ》い、敵に攻められたら守りきれない、敵に取られるよりはよいと、あらかじめ取り壊しを決めていたものだ。その瓦礫《がれき》が燃やされただけなのだ。

城の男たち、女たちまで外に出て、その火消しもほとんど終わっていた。明かりとして燃やされていた篝火《かがりび》のほうが、かえって勢いづいていた。

「あっ、ムサシ、無事やったんか」

声を上げるや、女は駆けよってきた。

二の丸まで出て、雪も火消しを手伝っていた。城主の娘も、いざ戦となれば、ひとり奥に畏《かしこ》まっているわけにはいかないようだ。

ムサシは胸を撫で下ろした。雪も無事だった。

無事だろうとは考えていたが、自分の目で確かめるまでは安心できなかった。城が襲われる。全て奪われる。その恐れは雪を失うという思いと、ほとんど同義だった。

執着の強さは思いがけないほどであり、そのことに気づかされれば、微《かす》かな動揺すら禁じえない。

「大丈夫やの。どこも何ともない？」

そう続けられれば、答えられないわけではない。ああ、何ともない。掠り傷ひとつない。

「それどころか、手柄を挙げてきた。ほれ、この通りじゃ」

ムサシは左手を上げた。提《さ》げていたのが、落としてきた侍首だった。

もちろん布に包んであるが、その白地に赤いものが滲《にじ》んでいた。何より生臭い。

雪は目を逸らした。

「ああ、すまん。これは父御にみせるものじゃった」

ムサシは包みを足元に置き、ごまかすように続けた。にしても、見事に焼けたな。

「三の丸も、二の丸も、いよいよ本腰入れて、修繕しようとしとった矢先じゃったのに。とりあえずの暮らしも落ち着いて、これからのはずじゃったのに」

「ほんまやね。木付《きつき》も悪いところやないと思っとったのにね」

と、雪も受けた。

城はもう丹後国久美浜ではなかった。同じ海沿いの地勢ながら、木付城は豊後国にある。畿内を遠く離れた、九州の豊後国である。

細川忠興が大坂表の台所料として、豊後速見《はやみ》郡五万石、由布院《ゆふいん》一万石、合わせて六万石を新たに賜ったのは、今慶長五年（一六〇〇年）二月七日のことだった。

その主城が木付であり、委ねられたのが家老の松井佐渡守康之だった。その家中、さらに城代とされた有吉立行《ありよしたつゆき》の郎党は二月のうちに、それぞれ久美浜、宮津を出立した。

新免父子も同道を請われた。木付城下で道場を開かれたしと持ちかけられたが、それだけでないことはすぐわかった。

三月頭には豊後に到着、松井佐渡は木付城の受け取り、領内の検地、法度の施行と忙しなく働いた。四月には細川忠興が自ら新領の検分に訪れたが、それが逗留十日で切り上げられた。

四月二十六日に届いたのは、上杉景勝《うえすぎかげかつ》謀反の報《しら》せだった。会津《あいづ》征伐の陣触れが発せられて、細川忠興も出馬しなければならなくなった。

参陣を請うたのが、内府徳川家康《とくがわいえやす》だった。断れないというのは、木付六万石からして、加増の書状の署名こそ長束《なつか》、増田《ました》、前田《まえだ》の三奉行ながら、実質的には家康による厚遇だったからである。

慶長三年（一五九八年）八月、太閤《たいこう》豊臣秀吉は死んだ。世継ぎである豊臣秀頼《ひでより》の下、五大老、五奉行が、天下の仕置きを行うことになった。が、そこに争いが起こるのは必定だった。

最も力あるのが五大老の筆頭、内府徳川家康である。その専横を是としない者もいる。ひとりが上杉景勝だが、争いが公然たる戦になれば、内府に従う諸大名も他人事《ひとごと》では済まされない。細川忠興然《しか》りだが、それも会津参陣に留まるとは限らない。

「文字通りの飛び火で、この木付もすっかり焼けてしまい申した」

城主の松井佐渡も二の丸に出てきた。

雪は決まり悪げに二歩ほど下がったが、何も男と逢う娘を咎めにきたのではない。相原山の伏兵が城に戻れば、自ら迎えないわけにはいかないのだ。

「いや、無二殿、大儀であった。僅か三十人で撃退してこようとは、さすがでござる」

同道を請われたというのも、これゆえだ。

丹後宮津の細川家が、九州の飛び地に人数を割けるわけがない。が、それで豊後が事足りるわけでもない。寡兵を補う手だてを講じなければならない。一人で数人分の働きをする者がいれば、別して連れてこなければならない。

新免無二は答えた。いえいえ、殿の謀が当たりましてございます。騎馬武者は十騎、足軽は全部で二百ほどでした。足軽は大方が鉄砲隊でしたが、残念ながら半ばは逃げられ――。

「半ばは討ち取ったのだな」

「鉄砲弾薬は拾い集めて、あれに」

新免無二は三台もの荷車を指した。配下の足軽たちが二の丸まで曳《ひ》いてきたもので、当世の戦には欠かせなくなった貴重な武器が、およそ百も山積みしてある。

「騎馬武者のほうは全て討ち果たし、ここに」

ごと、ごと、ごとと音が続いた。足軽たちに預けたものが、西瓜か何かのように地面に転がった。侍首もムサシはひとつ取るのがやっとだったが、無二は九つも落としてきた。松井佐渡も続けないではいられない。おお、これは改めて首実検せねばなるまいな。

「木付城は無二殿に救われ申した。少なくとも、今日のところは」

「と申されますと、やはり……」

無二に確かめられて、松井佐渡は頷いた。続けたときには、話が別になっていた。

「会津に向かわれた殿だが、もう西国に引き返したようだ」

「細川様が……。ということは、内府様も……。大坂の動きは、やはり半端なものではありませんな」

「ああ、留守の間に石田治部少輔《いしだじぶのしょう》は、本気で兵を挙げおった」

かねて承知の図式ではあった。太閤亡き世の争いというが、つきつめれば大老筆頭の徳川家康と、奉行を率いる石田三成《みつなり》の争いなのだ。

会津征伐になったというのも、上杉景勝、というより家老の直江兼続《なおえかねつぐ》が、かねて石田三成と昵懇《じっこん》で通じていたからである。

「天下の戦いになりますか」

「といって、大袈裟にはなるまいの。もはや古《いにしえ》の源平合戦さながら、六十余州が東軍と西軍に分かれる体でござる。この九州も例外でない」

いうと、松井佐渡はムサシに向かい、足元の包みをひとつ解けと命じた。

結びを弛めれば、ざんばら髪で光の失せた目を剝く首が、ごろりと転げ出てくる。

いよいよ雪は背を向けた。が、父の松井佐渡にせよ、死人の恨めしげな形相を眺めたいわけではなかった。ああ、みたいのは白布のほうじゃ。これは竿《さお》から外してきた旗だろう。

「抱き花杏葉《はなぎょうよう》の紋か。やはり大友《おおとも》か」

大友は、いわずと知れた豊後の大大名である。

四百年というもの、この地に盤踞《ばんきょ》してきたが、それが当代大友左兵衛義統《さひょうえよしむね》で改易されていた。

文禄《ぶんろく》二年（一五九三年）、朝鮮出兵における失態を責められ、太閤豊臣秀吉に所領没収、御家断絶を申し渡されたのだ。

大友義統は毛利家、ついで佐竹家の、嫡男義乗《よしのり》も加藤《かとう》家、ついで徳川家の預かりとされた。かたわら家中は離散とならざるをえない。まさしく過酷な処断であるが、それを下した豊臣秀吉が、慶長三年に隠れたのだ。

大友義統も自由になった。大老徳川家康に配慮されての話で、慶長四年には佐竹氏の水戸《みと》を発《た》ち、江戸で嫡男と合流すると、そのまま京伏見《ふしみ》城に進んだ。

内府様に御挨拶さしあげたわけだが、この上方で繰り広げられていたのが、徳川、石田の両陣営による引き抜き合戦だった。

大友義統は今慶長五年四月、奉行増田長盛《ながもり》の世話で、大坂天満《てんま》に屋敷を構えた。六月には徳川家康が会津に向けて出陣、七月には石田三成が大坂で挙兵、この流れにおいて大友は、西軍についたというのだ。

まさか――とも考えられた。

大友義統は豊臣秀吉に、実質的には石田三成ら吏僚に改易の処分を下された。あげくの冷遇を解いたのが、徳川家康だったのだ。内府に従うのが自然であり、東軍に馳《は》せ参じるのが妥当であるというのが、大方の見方だった。

しかし七月このかた、上方からの続報は絶えなかった。

大友義統は石田三成に九州における本領を戻すと約束されたとか、ついては豊後さらに豊前で旧臣を召し集め、自らの手で旧領を回復してみせよと求められたとか、その戦のため豊臣秀頼公より具足百領、長柄槍百本、鉄砲三百挺《ちょう》、白銀千枚、馬百頭が贈られたとか。

天下の形勢に九州も無関係ではいられない。その覚悟は木付でもできていた。

現に八月には、大坂方の使者として太田《おおた》隆満《たかみつ》が来城し、木付城の差し出しを求めた。もちろん松井佐渡は撥ねつけたが、それは九州に送る兵など西軍にはないと思われたからだった。

やはり聞こえてきたところ、毛利、島津、小西らの軍勢も、まさに西軍の中核として、大挙大坂に集まっていた。この九州に留まり、豊後木付を攻める余力などはない。そう考えていたところ、本当に大友義統がやってきたのだ。

大友勢は九月八日には豊後に上陸したようだった。

九日には立石《たていし》に陣を構えたことを、斥候が突き止めてきた。

立石は木付から南に六里（約二十四キロ）、朝見《あさみ》川の辺に聳える断崖の高台だ。背後で大宰府《だざいふ》官道に通じる要所を迷わず選ぶあたり、さすが大友は豊後の土地に通じていた。

その立石にいる大友勢に、数日は動きがなかった。

ひとつには十日の夜、早々に手勢を木付城に送り出すも、あえなく撃退されたことで、出鼻を挫《くじ》かれたことがある。

が、そのこと以上に、旧臣の参集を待っていた。大友家の改易後も、家中の者は豊後、豊前に留まり、あるいは九州各地に散らばりながら、そのときを待っていたのだ。

木付城が人質を取ったというのも、大友に心を寄せる土豪、庄屋、頭百姓、商家といった有力者が、領内に未だ少なくなかったからである。

そのひとり、野原太郎右衛門《のはらたろうえもん》にいたっては、実際に大友義統と内通していた。締め上げたところ、木付城に火をつける約定を白状したので、松井佐渡はそれを逆手に取ったというわけである。

とはいえ、野原の類《たぐい》はひとりではない。大友義統が大坂から連れてきたのは二百から三百、それこそ十日の夜に撃退されたのと、ほぼ変わらぬ程度の人数に留まるが、四百年の栄華を誇る名家には、この九州にこそ無尽蔵の兵力が眠っている。

それを立石で待っている。実際、続々と集まっている。すでに百の桁ではなく、千を超えたとも伝えられる。狙われる木付城にすれば、時がすぎればすぎるほど不利が大きい。が、こちらも数日は動かなかった。黒田《くろだ》家からの援軍を待っていたからだ。豊前中津《なかつ》十二万石の黒田家は、肥後熊本十九万五千石の加藤家と並んで、九州における東軍の柱石である。

当主黒田長政《ながまさ》は、やはり会津征伐に同道、今頃は上方に引き返したと思われるが、なお中津には隠居の黒田如水《じょすい》、つまりは関白豊臣秀吉の軍師、黒田官兵衛《かんべえ》がいた。

きな臭さ漂い始めた八月、すでに如水は秘蔵の大枚を叩《はた》いて、兵の雇い入れを始めていた。

木付城の松井佐渡とも連絡を密にして、後巻《うしろまき》の約定も交わした。実際、大友の豊後来襲を知らせると、すぐ軍勢を送り出すといってきた。

その先手が木付城に到着したのが、九月十二日だった。もう何も待つ理由はない。

翌十三日の早暁には出陣となった。

折悪しく雨のなか、黒田勢は寅の刻（午前四時頃）に、松井勢は卯《う》の刻（午前六時頃）に城を進発、菡萏《かんたん》湾の海岸線を南に下った。

湯宿を抜けると、こんもり小高い丘がいくつか現れる。そのひとつ、実相寺《じっそうじ》山に松井勢は布陣した。黒田勢は、久野次左衛門《ひさのじざえもん》、曽我部五郎右衛門《そがべごろうえもん》、母里与三兵衛《もりよそべえ》、時枝平太夫《ときえだへいだゆう》らが率いる一番備《ぞなえ》の千余人が実相寺山と角殿《かくどの》山の間の窪地に帯陣、井上九郎右衛門《いのうえくろうえもん》、野村市右衛門《のむらいちえもん》、後藤太郎助《ごとうたろうすけ》らが率いる二番備の千余人は、やや後方に控えた。

新免家も武士の身分であり、戦場では無二のみならずムサシも騎馬だ。丘の頂の本陣にいて、鞍《あん》上《じょう》の高みから見下ろせば、眼前に広がっていたのは緑の平原だった。

丈は高くないものの、えんえん草が生い茂り、ときおり茨《いばら》が縦横している。と思えば、ここからでも確かめられるほどの大きさで、岩塊が方々に顔を覗かせる。

土地の者が呼ぶところの「石垣原《いしがきばる》」である。

布陣を終えれば、すでに午《うま》の刻（正午頃）だった。

夜からの雨も、ようやく上がった。晴れた空には、いくつか狼煙《のろし》が上がっていた。恐らくは大友勢の物見が上げたものだ。石垣原は立石まで半里（約二キロ）の位置なのだ。大友勢が見逃すわけもない。敵陣も動かないわけがない。

石垣原のなかでも、草が疎《まば》らで、緑が削られたようにみえる場所が「犬の馬場」である。普段は犬追物が行われているその平地に、今は無数の旗竿が確かめられた。

立石の大友勢も、午の刻までには先陣を前進させていた。

それが全軍の何割に当たるのかは不明ながら、すでに千の規模は超えていた。

馬首を百と横に並べて、騎馬武者が奥に控える。針の山のようにみえるのは、数え切れない数の長槍が差し上げられているからだ。

前列、馬防柵のすぐ後ろに並んでいるのは、弓隊、なかんずく鉄砲隊だった。微かに空気が濁るのは、すでに火縄が燃やされているからだろう。が、その数はやや少ないか。十日の夜に鉄砲隊を潰されて、まだ取り戻せていないのか。

松井勢の鉄砲隊はといえば、こちらは押収した武器で数を増やしている。野戦は飛び道具から始まるという話は、ムサシも聞いている。

「そろそろ始まりますかな」

新免無二が声に出した。ムサシから斜め前の位置で、大将と轡《くつわ》を並べる格好だった。その松井佐渡はといえば、「うむ」と呻いてから答えた。

「ただ時枝殿は如何にお考えか」

時枝は黒田勢一番備の将である。あちらは千、こちらは二百、黒田勢の意向を無視して、松井勢だけで戦の進退は決められない。

が、松井佐渡の向こう側にいて、やはり細川家から送られてきた有吉立行は、それをよしとしなかった。

「寡兵なればこそ、我ら弓、鉄砲とも、黒田勢に遅れるわけには参りませんぞ。仮に加勢をいただこうと、これは細川の戦いなのでござる。木付城を守る戦いなのでござる」

いうと、有吉は馬を下りた。それがしが鉄砲隊の指図を行いまする。

「よかろう」

松井佐渡の許しを背中で聞きながら、有吉は本陣を出ていった。

「鉄砲隊は我に続け。実相寺山を下りるぞ。大友勢の前面に列を組むぞ」

大声を聞かせたかと思えば、ほどなく三十人ほどを引き連れて、石垣原を進んでいくのがみえた。

こちらが北、あちらが南で向き合う形で、火縄銃の射程である五十間（約九十メートル）まで、距離を詰めるつもりだろう。

黒田勢のほうからも、弓と鉄砲の足軽たちが前進を始めた。

その数は優に百を超えている。百五十はいるかもしれない。松井勢の鉄砲隊と横並びの位置まで来ると、火力の違いは歴然たるものとなる。

それで、いっそう心を追い立てられたのか。有吉立行の軍配が、いきなり返った。

そのように本陣からはみえたが、前列でも意を含められていたのだろう。松井勢の鉄砲隊は、誰ひとり遅れなかった。石垣原にパン、パラララ、パン、パパンと、軽やかな銃声が鳴り響いた。

合戦が始まった。

大友勢の鉄砲隊も撃ち返した。これに応じるときは、松井勢に加えて、黒田勢も射撃を始めた。これだけの音が重なれば、びりびり空気が振動する。空高く射かけられる矢の雨に、戦場は暗くなったようでもある。

「押しておりますかな」

本陣の無二は評した。

大友勢の射撃が途絶えがちになっていた。馬防柵の裏には鉄砲足軽が何人も転げている。後ろに控える長槍隊とて、これでは容易に押し出せない。

「となれば、我らが長槍隊を繰り出そう」

松井佐渡の指令が送られ、ほどなく長槍隊が出ていった。戦の帰趨《きすう》は見誤るようなものでなく、黒田勢のほうからも足軽が繰り出された。

おおおお、と声が上がった。

両軍は二間の長槍を前に構えながら前進、いうところの槍衾《やりぶすま》で対峙した。

おおおお、おおおお、と声が続く。さかんな突き合いが交わされて、渦中からは乾いた木が打ち合う音も響いてくる。

「行けぇ、行けぇ」

高台からなので、よくわかった。槍衾の位置が、じりじりと上がっていた。

押しているのは、やはり松井勢と黒田勢だ。ざっとみた数は同じだが、はっきり勢いが違う。黒田勢の二番備を残して、これだけ押しているのだから、あるいは楽な戦いになるかもしれない。

「騎馬武者まで一気に繰り出すべきだろうか」

松井佐渡に問われて、無二は短く「御意」と答えた。

聞いていて、もうムサシは馬首を返した。野戦は、これが初陣だ。いうところの合戦だ。これぞ武士が働くところだ。それが始まる。いよいよ始まる。乗り出して、俺は手柄を挙げてくる。

実相寺山は南斜面がゆるやかで、馬も難儀することなく、一気に駆け下りることができた。

これも松井勢は二十騎、遅れず応じた黒田勢は百騎というところだが、一気に殺到した戦場では、すでに槍衾の対峙が崩れていた。

押されていたのは、やはり大友勢だった。ムサシが馬で躍りこんだ足元にも、突き殺された死体が無数に転げていた。このまま敗走となるのを許さず、食い止めんとするならば、向こうも騎馬武者の投入しかないだろう。

実際、南側からも地鳴りが届いた。大友勢の騎馬武者も物凄い形相で押し出してきた。

鉄がぶつかる音がする。怒号が飛び交う。悲鳴が続く。そこに言葉も投じられる。

「あれに松井佐渡守がおる」

確かに駒を進める姿があった。大将だからと自重することはなかった。しかし、だ。

「大将首ぞ。大将首を取れ」

大友勢は言葉を続けた。なるほど、劣勢を盛りかえすには、それが一番早い。

大将というが、黒田勢のそれとは違って、護衛が分厚いわけでもない。まさに狙わない手はない。

槍、あるいは長刀を構えた馬乗りが数人ながら寄せてきた。

こちらの松井佐渡も怯《ひる》まない。左手に構えていたのが鎌槍、つまりは当理流で教える十文字槍だった。その左右に張り出す腕にかけて、相手の得物を絡め取るや、右手の刀で相手の首筋を突き貫く。

それをひとり、またひとりと繰り返す。

――新太郎より、よほど強い。

同い年の城主の倅を思い出して、ムサシは少しおかしくなった。が、その新太郎興長も細川の殿と一緒に会津に出た。今頃は西国で戦っているのか。

そんなことを思う間に、松井佐渡は増した敵に囲まれていた。馬乗りに徒《かち》の足軽を合わせれば、もう二十人も数えるか。

となれば、応戦にも限界がある。目を凝らせば、赤いものも覗く。

松井佐渡の左手だ。絡め取るのが遅れて、敵の槍の穂先で籠手の隙を突かれたのだ。左の手首は、当理流では、よく傷を負わされる場所だ。

「われ、ボケッとみとらんで、助けろや」

疾風のような影に叱られた。あっと思えば、新免無二が馬上で左右の得物を振るっていた。血飛沫《ちしぶき》と一緒に進んで、あれよという間に松井佐渡に馬を並べる。さすがの大友勢も手柄をあきらめ、むしろ逃げる一方になる。

――それとして……。

ムサシは首を傾げた。どうして俺は何もしないでいるのか。戦場に出て、戦いもしないのか。ああ、そうか。誰も近づいてこないからだ。

無二に教えられていた。戦場では大きな男は逃げられる。大将首というなら別だが、そうでないなら下手に絡んで、怪我をしたくないからだ。試合でもないならば、好んで打ちかかる義理はないのだ。

「じゃから、わしも、われも、自分から行くしかないわ」

手綱を操り、ムサシは馬首を巡らせた。右に、左に、何度か見回すも、すでにして敵をみつけることも容易でなくなっていた。

大友勢は崩れた。法螺貝《ほらがい》が吹かれ、つまりは早々の敗走だった。

それを黒田勢の一番備が追い討ちした。わけても時枝、母里の二将が「追え、追え」と声を張り上げて、さかんに兵を駆り立てた。

こちらでは松井佐渡が馬を御し、それに新免無二が轡を並べていた。

そこに有吉立行が駆けこんできた。下馬して鉄砲を撃っていたはずが、いつの間に馬鞍の高みに戻ったのか。

「我らも後れを取るわけにはまいらぬかと」

開口一番に有吉は告げた。

「いや、大事は木付城の死守じゃ。敵を追いましょう。この石垣原を抜かれなければ、それでよい」

松井佐渡は答えた。有吉は食い下がる顔だったが、そこで別な駒が寄せてきた。三騎のうち、ひとりは左右に黒い羽を広げたような兜飾りで、一目で将卒とわかった。

「井上九郎右衛門でござる」

世に聞こえた黒田二十四騎の筆頭だった。

こたびは黒田勢の二番備を率いて、後方に控えていたはずだ。それが二人の供を従え、自らわざわざ訪ねて来たのだ。

「いや、それがし、角殿山の頂まで上って、合戦の進退を窺っておったのですが、これが、どうにも腑に落ちない。大友勢が引くには、まだ早いように思われる」

「罠《わな》との仰せか。こちらの追撃を呼びこんで、自陣近くで殲滅《せんめつ》する策であると」

松井佐渡が受けると、会うのは初めてだったらしく、井上九郎右衛門は確かめた。ああ、そこもとが松井殿ですな。いかにも、その恐れがなくはないかと。

「よって、松井勢は追い討ちを控えられたい。実相寺山にて布陣を整えなおされたい」

実相寺山に戻れば、そこからも眼下の戦場は一望できた。

戦いは、だいぶ南に下がっていた。

追う黒田勢、追われる大友勢の群がりも、じき境《さかい》川に達する。石垣原を東西に貫く流れだが、広さがあるわけでなく、この季節は水が多いわけでもない。構わず渡れるとして、さらに十町（約千九十メートル）も奥には朝見川まで覗いていた。

渡れば、もう立石だ。大友の本陣にさえ迫る。

このまま黒田勢が押し切るのか。そう思われた矢先だった。

境川を渡るや、大友勢は足を止めた。追いかける黒田勢のほうは、今しも土手を上がるか上がらないかだった。大友勢は僅かながらも高みにある。

「かかれ」

声は実相寺山まで聞こえた。あるいは聞こえた気がしただけかもしれないが、目にみえる景色は言葉の通りに一変した。

大友勢の突き出す槍に、黒田勢は土手を転げた。そこに矢まで射かけられた。息の根を止められるのでないならば、血まみれにながらに身を翻し、来た道を逆に走るしかない。

悲鳴となると、間違いなく耳に届いた。大友勢は撤退の兵が反転しただけではなかった。

境川の岸に潜んで、東西にも伏兵が置かれていた。それが中央に寄せてくるのだから、黒田勢は正面からだけでなく、左右からも攻められる格好である。

松井佐渡が呻いた。

「やはり罠だったか」

「しかし、黒田勢の一番備も、後ろのほうは、まだ境川を渡る前で……」

有吉が続くと、答えたのが松井勢の陣まで同道した井上九郎右衛門だった。

「深入りしたのは時枝と母里の兵でござる。久野と曽我部の兵は、まだ戦えるものと」

実際、戦っていた。返せ、返せ、先駆けを後ろに返せ、と声も聞こえる。張り上げていたのが、渦中に駆けこみ、斃《たお》れた兵を庇《かば》うように割りこんだ騎馬武者だった。

兜の鍬形《くわがた》に一閃の光を弾かせながら、その武者は馬を下りた。背が高く、具足姿にして隆々たる体軀が窺える。

きびきびした身のこなしには、若さも覗けた。それが膝を折り、腰を落とし、ずいと槍を構えては、ひとり、またひとりと大友の兵を突き倒す。

またひとり、またひとり――しかし、その次の相手には内腿を掠められた。よろけた隙に斜め後ろから腋を突かれた。あとは首めあてに群がる兵どもの餌食だった。

「久野次左衛門が……。まだ十九だというのに……」

井上が呻いた。一番備の将のひとりだったらしい。

大友勢の逆襲は続いた。

追い追われの群がりは、今度は南から北に上る。無数の死体を置きざりに、石垣原を戻ってくる。

もう「犬の馬場」あたりだが、やはり黒田勢の分が悪い。騎馬武者は、もう二十人と残っていない。足軽とて二百人を数えられるか。これを好きに取り囲んで、大友勢は今や千を超えてみえる。戦いは、すでに嬲《なぶ》り殺しに近い。

「井上殿、救援を出しましょう」

「いや、松井殿、それぞ敵の思う壺。我ら二番備であれ、松井殿の兵であれ、新手が戦場に繰り出せば、大友勢は今度は鉄砲隊を出してきましょう」

確かに立石から遅れて来た兵団がいる。肩という肩にそれと思しき得物を担いでいる。こちらも鉄砲で応じるまでと息巻きたいが、それでは味方の兵まで撃ちかねない。やはり騎馬武者なり、槍足軽なりを送るしかないのだが、それでは敵の鉄砲の餌食になるのだ。

手がない。よく考えられていた。大友勢は策を練り上げ、この戦いに臨んだのだ。

「しかし、このままでは黒田勢の一番備は全滅してしまう」

松井の叫びに、無二が応じた。

「わしらが行きましょうか」

不敵な笑みで続けたことには、ええ、倅と二人で行ってきますと。二人なら仮に討ち取られても、敵の思う壺とまではいきませんでしょうと。

「頼めるか、無二殿」

「左様な運びもあろうかと、この豊後まで殿に同道しております」

かたじけないと松井佐渡に吐き出されて、かえって慌てたのが井上九郎右衛門だった。

「待たれよ。しばし待たれよ。この二人が向かうと。二人だけと」

やりとりは続いたようだったが、無二は最後まで聞かずに馬の腹を蹴った。

ムサシも遅れず馬首を返した。ゆるやかな丘を速駆けに下りながら、いわれたことには、ムサシ、手柄を立てるぞと。いや、何も気負うことはない。いつも通りに、やりゃあ、ええ。

「ただ、い、い、やりきれん。それだけは忘れるな」

「えっ、そんなにか、この戦は……」

「なに？　刀と違《ちご》うて、槍は切れん。じゃから、落ち着いて突けいうとるんじゃ」

あっという間に到着した。黒田の兵をいたぶる輩を、何人か獣の蹄で踏みつけると、無二は下馬した。

倣《なら》って、ムサシも鞍を下りた。槍を構えれば、もう感じられた。空気が違う。

――これが戦場か。

妙に静かな印象なのに少しも心を和ませない。いたるところ痛いくらいの殺気が満ちている。ああ、わかった。さっき呑気《のんき》でいられたのは、敵に戦う気がなかったからだ。それが今は勝負を決めると、殺意を全開にしているのだ。

無二は動き出したようだったが、それをムサシはみなかった。今度こそ遅れられない。遅れる心配もない。たとえボンヤリしていようが、向こうから攻めてくる。

――騎馬武者か。

馬上から突き下ろされた槍が、頬の横を素通りした。自ら誘った攻めであり、外せないわけがない。上向くと同時に、ムサシは槍を突き上げた。穂先が喉を貫いて、まずひとり。

が、これでは駄目だ。まず攻めさせ、外して完全な無防備に追いこみ、あげく確実に仕留めるなどと、悠長な真似はしていられない。試合でないからには、そこまでの手間をかけるべき手練《てだれ》と常に戦うわけではない。それどころか、ほとんどが凡百の技量だ。

――足軽か。

二間柄の長さを頼りに、何も考えずに槍を突き出す。よけるまでもないと、ムサシは相手が動く前に踏みこんだ。

十文字槍の鎌刃が相手の右の腋を抉る。すると、また別な足軽が背後に迫る。ムサシは振り向きもせず、ただ右手の太刀だけ後ろに伸ばした。

「ぐわ、ぐえ」

わかる。敵の攻めが読める。動きをみずして、その前に感じられる。張りつめた神経が、ありとあらゆる殺気を過《あやま》たずに察知する。それこそ背中の気配まで手に取るように。

――ただ槍のほうを使わなくては……。

人数を斬れば、刀は刃が持たない。それが槍なら穂先が欠けるでもないかぎり、何度でも突き立てられる。そんなことを考えながら、ムサシは動いた。どれだけの人数を地に這わせたか、それも覚束ないまま返り血を浴び続けた。

「引き揚げられよ。黒田の兵は引き揚げられよ」

無二の声が聞こえた。ハッとみやれば、父は背後に黒田勢を逃がし、前では左に十文字槍、右に太刀の構えで、大友の兵たちを圧していた。

威嚇だけで敵の出足を止められるくらいの命は、戦場に散らしたということだろう。それは俺も同じと、ムサシは続いた。

「邪魔する者は殺す」

新免父子が二人ながら立ちはだかると、その位置に結界でも生まれたかのようだった。

黒田勢は逃げる。みていて、大友勢は追えない。一歩でも動けば、もう無事ではいられない。たった二人に千人からの兵が動きを封じられているのだ。

「これも前を向いているかぎりじゃ」

無二が告げてきた。背中を向けたら襲われる。一気に攻めかかってくる。それでも背中を向けんではおられん。黒田の兵じゃが、逃げられる者は逃げたわ。わしらも戻らんと。

「じゃから、ムサシ、走るぞ」

いうや無二は身を翻し、言葉通りに走り出した。

ムサシも続いた。刹那、背後に地鳴りが生じた。

後ろからなら討てると思うのか、たった二人じゃないかと我に返ったのか、そうすることで今さら闇雲な怒りに弾かれたのか、大友勢は従前の硬直が嘘のような勢いで、二人の大男の背中を追いかけ始めたのだ。

多勢に無勢の理は、やはりある。さすがに千人だ。ひとり頭としても五百人だ。一度に五人なら戦えるかもしれないが、五百人は無理だ。なるほど、ここは走るしかない。

――えっ？

それをムサシは左の目の端でみた。草のうえを一間も滑ると、無二は立ち止まっていた。バッと身体を反転させ、駆けこんでくる敵兵を迎撃にかかったのだ。

左右に得物を構えてはいるが、それでも無理だろう。えっ、無理じゃない。

無二は戦っていた。が、どうして戦える。釣られて立ち止まっていたムサシにも、兵が襲いかかってきた。まずい。これだけの大人数とは戦えない――かと思いきや、相手はひとりきりだった。

それは最初に追いついてきた、一番足の速い男だ。が、一番強いわけではない。ムサシの槍を逃れる術はない。

喉首が噴いた血飛沫に次が続いた。二番目に足が速い男だ。が、やはり、ひとりだ。左の槍を引くより早く、ムサシは左右の足を前後に踏みかえ、右の刀で首筋を袈裟に斬る。

倒れたところに三番目が飛びこんだが、やはりひとりなのだ。

――一度にひとり。

追いついてくる順に戦えばいい。それも囲まれないうちにだ。

足の遅い連中は団子で来る。これを馬鹿正直に待つ義理はない。またムサシは走り出した。そうか、この理屈か。

走り、一列で来る分を斬り、塊が来たら、また走る。そうなのだろうと横をみやれば、また父も走っていた。

が、違和感がある。併走しているはずだが、無二は遠ざかっていく。ああ、そうか。斜めに走っているのか。が、それでは追いつかれやすいだけではないか。

合点がいかないムサシだったが、この父の兵法は疑うだけ無駄である。

倣って、ムサシも斜めに走った。追いかけてくる兵たちも、応じて斜めの列をなした。脚力がある数人が、他を十分に引き離す。よしとムサシは草に足を踏んばった。

最初のひとりは、左斜め前から来る。それを槍で迎え撃てば、次も左斜め前から来る。

「……………！」

左を引いた返しで、すんなり右の太刀を繰り出せる。右を引いた勢いで、左の槍を戻しただけで、その穂先が三人目の喉横を捕らえている。

ただ左右の腕を回転させるだけでよいというのは、それが攻めやすいだけでなく、攻められにくい角度でもあったからだ。

さらに二度走り、二度立ち止まり、そのたび何人か斬り捨てると、大友の兵は追いかけてこなくなった。

もう実相寺山がみえていた。松井勢の本陣だ。立ち並んだ白い幟《のぼり》も確かめられる。それが動き出していた。

騎馬武者たちが山を下り始めていた。足軽隊も押し出してくる。松井勢は今度こそ出撃なのだ。いくらか離れているが、黒田勢の二番備も出てくるだろう。今や好機到来だからだ。ここまで追いかけてきて、今度は大友勢が深入りした格好なのだ。

「ムサシ、伏せろ」

無二の声だ。何か考える前に、ムサシは腹で草を滑った。兜の鉢を掠めながら、すぐ上を殺気が抜けていくのがわかった。

「パン、パラララララ、パン」

音が遅れて届いた。鉄砲だ。大友勢は騎馬武者、足軽を後ろに下がらせ、かわりに鉄砲隊を出したのだ。それで実相寺山を下りようとする松井勢の出足を止めたのだ。

「ひい、ふう、みぃ」

声が聞こえた。いくらか離れた場所に無二も伏せていた。が、なぜだか数を数えている。

「よお、いつ」

また殺気がすぎ、パン、パラララララ、パンと銃声が続く。ひい、ふう、みぃ、よお、いつ。無二が数えると、殺気がすぎ、銃声が続くのである。ああ、とムサシは了解した。

大友の鉄砲隊も今は斉射を採用している。弾込めに手間取る火縄銃だが、撃ち終えた前列と準備ができた後列を入れ替えれば、連発が可能となる。

その入れ替えに、五つを数える時間を要する。この間だけは銃弾は飛んでこない。それを利用しない手はない。

「ひい、ふう、みぃ、よお、いつ」

殺気が頭上をすぎた。パン、パラララララ、パンと遅れて音が届いたときには、もう無二は反転し、動き出していた。

やはり、そうかと、ムサシも遅れず走り出した。その間も口のなかでは数えていた。ひぃ、ふう、みぃ、よお、いつ、伏せろ。

殺気が頭上をすぎていく。が、やはり五つ数える間は走れる。敵陣までの距離を詰められる。

火縄銃の射程は、およそ五十間だ。五つで二十五間は進める。もう半分は進んだはずだ。

「ひぃ」

残り二十間もない。その敵陣では前列の鉄砲足軽が立ち上がる。

「ふう」

前列が後ろに下がるのと入れ替えに、後列が前に出ようとする。火縄銃が嵩張《かさば》るのか、思いのほかに手間どる。敵陣まで、残り十五間。

「みぃ」

入れ替えが完了する。新たな鉄砲足軽たちは地面に膝を落としにかかる。残り、十間。

「よお」

火縄銃が構えられる。ほぼ同時に引き鉄が絞られる。火縄が下りて、シュウウと白い煙が上がる。

しかし、鉄砲足軽の目は大きく見開かれた。その黒目に悪鬼が映る。いや、それは俺の顔だ。残り、僅かに五間なのだ。

「いつ」

ムサシは槍を投げつけた。喉を破られ、その鉄砲足軽が撃つ弾は頭上に逸れた。

隙から敵陣に飛びこめば、銃弾が運ぶ束の殺意も後方へ遠ざかるばかりだ。のみか攻めの後は無防備になる。それは鉄砲も同じなのだ。次の銃撃は五つ数える後なのだ。

その間は好きに暴れることができる。次の銃撃など許さない。

事実、戦列の裏に回られて、大友勢は恐慌を来たした。

無二も駆けこんでいたとはいえ、またも二人だけなのだが、撃てない鉄砲足軽に抗《あらが》う術があるはずもない。

また五つを数えてみれば、その間に鉄砲隊は崩壊していた。もう逃げることしかできなかった。

法螺貝の音が聞こえた。おおおおお、と声が続いて、ほどなく地鳴りが響いてきた。

今度こそ騎馬隊が下りてくる。松井勢の騎馬隊が、いや、その二十騎に留まらない音の厚みは、黒田勢の二番備も出馬したということだろう。

応えたのが、やはり法螺貝の音だった。

大友勢も出てきた。騎馬武者、足軽ともに前進を再開して、敵将も今こそ勝負の際と覚悟を決めたのだろう。まっこうからの戦いで、雌雄を決しようというのだろう。

あとは乱戦になった。馬が無尽に縦横する。槍が躍り、太刀が閃く。

なかでも目につくくらい、その「抱き花杏葉」の旗を背負う武者は歴然と大きかった。

下馬していたが、華やかな具足から大将格、少なくとも大身の武士と知れた。討てば手柄と多くが殺到したが、朱柄の大槍を振り回し、次から次と横打ちに仕留めていく。

ムサシは思う。凡百の輩では相手にならない。父上か、でなければ俺が行くしかない。あっ、俺なのかと呻いたのは、その大きな武者が、こちらに目を向けていたからだ。

「井上殿か、これは珍しや」

ムサシは後ろを振りかえった。

いたのが、うってかわって小柄な武者で、しかも羽を広げたような兜飾りに見覚えがあった。それは実相寺山に来ていた黒田勢二番備の将だ。

「おお、吉弘加兵衛《よしひろかへえ》殿か。さすがの戦ぶりと思えば、なるほど、そこもとであられたか」

と、井上九郎右衛門も答えた。

吉弘加兵衛統幸《むねゆき》は確かに大友勢の大将の名前である。

「いやはや、井上殿の屋敷に世話になったは、もう三年から前か。親しくさせてもろうたところ、かようなところであいまみえるとは、まったく奇妙なものでござりますな」

「まことに。しかし、貴殿がおられて、なにゆえ大友は西軍に与《くみ》したか」

「それがしも徳川殿がよいと申した。ところが、我が殿がお聞き入れくださらぬのじゃ」

「それは、なんとも無念な……」

「おお、物語しておる場合ではない。井上殿、いざ花やかに勝負いたそうではござらぬか」

いいながら、吉弘はブンと朱柄の槍を振った。手出し無用じゃ。皆、みておれ。

井上も応じざるをえない。ああ、助太刀はいらぬ。わしと吉弘殿の尋常の勝負じゃ。

とはいえ、吉弘は見上げるほどの大男、井上は小兵である。尋常な勝負になるとは思われない。

近づいたのが新免無二だった。いや、助太刀ではござらぬ。ただ得物をお貸ししいたしたく。

「鎌槍、または十文字槍と申す。ここは、これをお使いくだされ」

「新免殿と申したか。確か松井殿の配下だな。木付城で兵法を教えておられるとか」

「佐渡殿も先ほどは、この槍で奮戦なさいました」

そうかと引き取り、井上は十文字槍を受けとった。

しばし戦は本当に中断した。両軍とも、吉弘と井上の一騎討ちを見守る体になった。

戦いは、やはり吉弘が押した。井上は何度となく打たれ、よろけたあげくに二度までも草に転んだ。

勝負あったと思われた突きも何度か入ったが、そこは介者剣術の戦いである。吉弘の槍の穂先が突いたのは、ことごとくが貫きがたく硬い鎧の胸板だった。

そこで吉弘に疲れがみえた。この前にも近寄る者を全て薙ぎ倒すような、獅子奮迅《ししふんじん》の戦いぶりだった。重い具足をつけながら、消耗がないわけがない。

息荒い相手を見定め、井上は踏みこみ鋭く、喉首を突こうとした。小兵の憾みで、吉弘が斜め後方に仰け反ると、もう槍の穂先は届かなくなる。が、そこが十文字槍なのだ。

横手の刃は兜の内にかかっていた。吉弘の頰を掠り、一線の血を滲ませた。

のみならず、井上が引き戻した動きで、忍びの緒を切りはなした。ぐらと大きな鍬形が揺れて、庇《ひさし》が目にかかった。

刹那、吉弘は慌てた。みだりに大きく、槍を右左に打ちはらった。

その勢いに弛んで、今度は胴鎧がずれた。左の脇に肌着の青が覗いたことは、傍でみている分にも気づけた。井上が見逃すわけがない。

十文字槍の穂先が今度こそ的を捕らえた。左脇の下にザクと突き入れ、また抜いては突き入れして、それで勝負ありだった。

井上が涙ながらに吉弘の首を落とすと、乱戦が再開した。

酉《とり》の刻（午後六時頃）までかかって、慶長五年九月十三日の石垣原の戦いは、松井、黒田の勝利となった。

遅れて十四日に到着すると、黒田如水は実相寺山で首実検を行った。

その場で新免無二は百石を賜った。「組遁《のが》れ」の扱いで、つまりは木付で道場を開いたまま、中津の禄を食《は》めるという話だった。

黒田家中で百石――これだけやって、そんなものかという思いも、ムサシにはないではなかった。

五、宮本武蔵と吉岡清十郎

北の洛外、蓮台野《れんだいの》は、聞きしに勝る殺風景な場所である。

もっとも、化野《あだしの》、鳥部野《とりべの》に並ぶ京の古い葬送の地であれば、賑《にぎ》やかであるはずがない。

別に「紫野《むらさきの》」とも呼ばれるのは、古より紫草が生い茂るからだといい、なるほど薬臭いような草ばかりは深かった。

その高い丈に隠れるようにして、数人が待っていた。

ひとりが別れて、こちらに早足で詰めてきた。二本差しで、いかにもな風に肩肘はった武士だったが、さらには鼻孔まで膨らませて、これはムッとしているのか。

「五条大橋に高札を出された方は」

試合を求めた高札のことだが、それを承服したから来たはずなのに、確かめる声の調子は、やはり穏やかでないのだ。あるいは遅刻を咎めているのか。

いや、もう春を迎えていれば、まだ西の空はほんのり紫がかる程度でしかない。約束の申《さる》の刻（午後四時頃）から、それほど遅れたわけではない。

武士は声を強くして、問いを重ねた。

「宮本武蔵という御仁は、どちらか」

「それがしが」

ムサシが答えて出ると、武士はむっつり無言で、こちらの背後にいる数人と顔を見比べるような真似をした。

同道させたのは弟子たちだったが、それらと比べてどうかということだろう。

兵法を志すというだけに、皆むくつけき風体である。垢《あか》じみた髭面に、身につけるものは薄汚れ、のみか方々ほつれが目立ち、それなのに歳ばかりは相応に食っている。

見定めたうえで、こちらに目を戻したからとて、いや、宮本武蔵にしては若い、これで師匠なのか、本物なのかと疑われることは、まずあるまいとムサシは思う。

なにしろ、もう二十三だ。まだまだ子供というような可愛らしさは、とうに失せてしまっている。

ただ顔が綺麗すぎるとは訝《いぶか》しがられたかもしれない。

美男だとか、身綺麗にしているとかの話ではない。

実際のところ、ムサシは四白眼の奇相である。雑にまとめたきりの蓬髪に、剃刀《かみそり》も当てない無精髭の風体は、弟子に比べてどれほども上等なわけではない。

──ただ刀傷はない。

弟子たちの顔には数と大小に差こそあれ刻まれていたが、ムサシにはひとつもない。

剣に生きる者には、それ自体が腕前の証である。命のやりとりをするような試合を始めて、もう十年になるが、ムサシは未だ顔には刃を入れられたことがないのだ。

眼前にある武士の不機嫌顔にも、頰骨のあたりを横切る傷がついていた。それなのに、まさか、この男が……。

「わざわざ確かめんでもええわ」

また別な男が出てきた。やはり二本差しだが、今度は顔が綺麗だった。

造りから美男の類で、月代を丁寧に剃り上げ、着る物まで洗練された優男は、どこかの大店《おおだな》の若旦那か何かにみえるほどだ。

顔に刀傷などなくて当たり前にも思えてくるが、そこはやはり戦慄しなければならない。ムサシにはわかった。ああ、やはり、こっちか。

――吉岡清十郎直綱《せいじゅうろうなおつな》。

京の名門、吉岡兵法所の今の当主である。

それが高札を立てて、こたびムサシが挑戦した相手なのだ。

その清十郎が、とぼけた言葉を続けた。

「自信、おありなんやろうなあ、宮本さんは。そら、そうや。近頃は京でも凄い評判や」

嘘というわけではない。上京したのが二十一のときで、それから二年になる。

その間にムサシは、やはり京に上っていた兵法者たちを相手に何度か試合した。

すでに名前が売れていた相手もいたようだったが、それも含めて全てに勝った。

弟子入りを請う者が現れたというのも、今連れている三人のうち二人までは、そうして負かした相手なのだ。

が、それをいうなら、ムサシとて返すことができた。

「吉岡殿こそ、とみに試合を受けられるようになって。天流の朝山三徳《あさやまさんとく》、荒法師の鹿島村斎《かしまそんさい》と、難敵を立て続けに下されました」

「最近さかんなんは、おまえのほうやないか、いうことか。そら一本とられたな」

ははは、ははは。清十郎は自分で自分の額をペタペタと叩いた。ははは、ははは。その笑いを切り上げると、今度はやっつけ仕事を片づけたいというような調子になった。

「で、今日の試合やけど、宮本さんはどういう……」

「新免弁之助武蔵でござる」

「は？　何の話ですやろ。本当の名前は宮本やなくて新免なんやいわれても……」

清十郎の顔が変わった。なに、新免やて？

「はい。作州宮本村に暮らしておりましたゆえ、今は宮本武蔵と名乗っておりますが、元は新免でござる。新免弁之助武蔵、または無いに、三、四で、ムサシと」

「というと、新免無二殿の」

「倅でござる」

ムサシの答えに、清十郎はまた小さな笑みを浮かべた。そういうことかいな。ああ、よう覚えとるよ。忘れられへんわ。父御とうちの先代、憲法直賢《なおかた》との試合のことはな。

「無三四さんのことも、覚えとるよ。あんた、ずいぶん小さかったやろ」

いいながら、そばまで来ると、清十郎は顎を高く、わざと大袈裟に見上げてみせた。

「それが、こないに大きゅうなるんやな」

「あれから十七年でござれば」

「今年は慶長九年（一六〇四年）やものな。そら、そうやな。わしかて、まだ前髪ある頃やった。そうか、そうか。あれから色々あったなあ。はは、公方さん、あの後すぐ京からいなくならはったしな」

残念そうにいうのは、足利義昭のことだ。形ばかりの征夷大将軍が帰京を果たし、だからどうなるものではなかったろうが、それでも「将軍家兵法指南役」の看板を掲げる吉岡兵法所としては、何か期するところがあったのかもしれない。でも、まあ、ええわ。昔話なんか長々しとっても、しゃあないし。

「それで宮本さん、いや、新免さんか。とにかく、本日は、どないしましょう。先代たちのときは三本勝負やったと思うけど、この試合も同じにやりたい、いうことやろか。しかし、それやったら検分役が必要やな」

清十郎は、ぶつぶつ続けた。ああ、そんなら、所司代のところに、きちんと届け出るんやったな。こないな、たそがれの洛外に来んでよかったかもしれんし。あっ、木刀かて持ってきてへんわ。そこまで続けて、背後の弟子たちに振りかえる。

「誰か木刀、持ってきてへんか」

「真剣でお願いしたい」

と、ムサシはいった。こちらに向きなおると、もう清十郎は真顔だった。

「真剣やったら、三本勝負いうわけにはいきまへんで。まあ、検分役は必要のうなるけどな」

一本勝負にしかならないという意味だ。決まれば、一方は死ぬか、そうでなくても半死を余儀なくされてしまう。あとは、まともに動けない。一本についても、技の優劣を誰かに判じてもらう必要はない。

「ええのんか、宮本さん」

「はい、それで是非。というのも御先代との試合、もし真剣で行われていたならば、我が父の負けとなっておりました。最初の一本を取られたとき、もう死んでおりましたでしょうから」

「上段から額にスッ、やったか」

清十郎は手ぶりを交えた。なんでもない所作だったが、それだけで雷鳴伴わせるようだった吉岡憲法の上段斬り下ろしを、俄然《がぜん》彷彿とさせるものがあった。この男、できる。やはり、できる。

清十郎は続けた。負けた憲法やったけど、一本目取れたいうことで、溜飲《りゅういん》が下がる部分は確かにあったな。新免のほうの無三四さんにすれば、そこが逆に借りを返さなあかん、いう話になるんやろが、しかし、やで。

「そこまでやられてもうたら、吉岡は奪われるもん、すっかり奪われてもうて、もう何も残らんようになってまうわ」

「清十郎殿も御先代と同じように、それがしより先取なさればよいだけのこと」

「せやな。ああ、ええやろ。父子の因縁で戦う羽目になるとは思わんで来たけど、まあ、これはこれで、おもろいことになったわ」

そこで、ちらとムサシの背後を覗いた。あとは何も心配いらんな。互いに弟子ある身ぃやしな。

そういう意味は、わかる。死人として静かになるか、怪我人として呻いているのか、いずれにせよ、運んでいく者はいなければならない。いくら葬送の地の蓮台野でも、ここに捨てておくわけにはいかない――と、そういうことだ。

「ほんなら、早いとこ始めよか」


草が深い蓮台野は地面がみえない。

が、その実はデコボコしている場所も少なくない。試合の最中それに足を取られれば、すぐさま命取りになる。

ムサシは平らとわかっている場所に歩を進めた。

いうまでもなく、私闘は禁じられている。大名と大名が戦をするのは無論のこと、地侍と地侍が諍《いさか》いを起こすのも法度破りであり、それは兵法者と兵法者の試合とて例外でない。

京の都も然りで、無頓着に刀を抜けば、すぐさま所司代に咎められる。

だから洛外に出る。無人の野で戦う。

蓮台野はそのひとつ、しかも北野天満宮《きたのてんまんぐう》をすぎればすぐという便利なそれであり、京に来て、まだ二年のムサシながら、すでに何度か試合に使ったことがあった。

勝手がわかる所以だが、それに抗うことなく、吉岡清十郎もついてきた。

都生まれには先刻承知ということか。あるいは長く野試合など受けないとされた名門であり、蓮台野の事情など何もわからず、ただ無頓着についてきただけなのか。

ここと見定めた場所まで来ると、ムサシは無言で刀を抜いた。

右半身の諸手で青眼に構えると、二間ほど向こうでは吉岡清十郎も抜刀していた。右半身で、剣尖をスッと頭上高くまで動かし、そこでヒタと静止する上段の構えである。

ああ、とムサシは思う。そうだった。十七年前の新免無二と吉岡憲法も、今の自分たちとそっくり同じに構えて対峙した。それを吉岡清十郎は、あえて意図したものだろうか。

いずれにせよ、もう言葉は必要なかった。すでに試合は始まっていた。

──で。

当然ながら、清十郎は隙がなかった。打ちこみどころが、皆目みえない。攻め手のなさには、途方に暮れる思いすら覚える。

清十郎から攻めてくるかと、目の動き、肘の揺れ、膝の上下を注視しながら、その手を先んじて押さえにかかれば、その押さえを清十郎は押さえにかかる。

ムサシが自ら隙を作れば、見逃す清十郎ではないはずだったが、それにも完全に無反応だ。あらかじめ軌道を予想されているような剣撃など、端から繰り出すつもりもないのだ。

ムサシは動けなかった。要するに、当理流の免許の技が通用しない。だから、これだ。この男だ。

ようやく、みつけることができた。

父の無二にいわれていた。免許の技があれば、まず負けん。凡百が相手なら、もう斬られることはないじゃろう。しかしながら、千にひとりか、万にひとりか、その上の技量を持つ者もおる。この広い世のなかの、どこかにはおる。滅多なことでは出会わんが、もし出会えば、われ、まだ知らん域で戦わんといけんのお。

「その覚悟があるいうなら、いや、それこそ望みじゃいうなら、また廻国修行に出るのもええかもしれん」

ああ、ムサシ、われ、勝手にいってこいや。そう送り出されて、豊後を後にしたものの、「その上の技量を持つ者」などいなかった。旅の途上では、ひとりも出会わなかった。

「京でも凄い評判」になるはずで、この都でも誰と戦おうと、簡単に勝つことができた。

そうするうちに、ムサシは十七年前の試合を思い出した。というより、思い当たった。

その昔の新免無二も同じだったはずだ。「その上の技量を持つ者」になど、何度出会うことができたか。そう考えてみると、接戦を強いられた吉岡憲法は、その稀《まれ》なひとりだったといえるのだ。

——吉岡ならば……。

京を探せば、まだ吉岡兵法所はあった。今出川《いまでがわ》に健在だった。

確かに「その上」の相手であったとしても、すでに憲法は亡くなっていた。が、吉岡の当主は代々「憲法」を称するという。今の憲法こと清十郎直綱は、どうなのか。名門というが、ただ家を継いだだけの嫡男にすぎないのではないか。

案じないではなかったが、心配は杞憂《きゆう》に終わるようだった。立ち合い数秒で瞭然たるところ、清十郎は期待を裏切らない強敵なのだ。

――吉岡ならば……。

勝てば、宮本武蔵の名も上がる。そういう計算も当然ある。新免無二にせよ、吉岡憲法に勝てばこそ、その名を諸国に知られるようになったのだ。

いくら卓越した技量があり、もって無名の相手を何十、何百と斬り伏せようと、知る人ぞ知る程度になるのが関の山だ。

戦場で敵将の首級を挙げ、主君に認めてもらえるというなら別だが、さもなくば凡百を退け続けたところで、さほどの意味はないのだ。

未だ若いムサシは、なお功名を欲していた。吉岡清十郎こそ、まさに探し求めた相手だった。

――それが手強《てごわ》い。

喜ぶべき話なのだとしても、やはり手強い。先を取る、あるいは後の先を取るための神経戦に不動の構えを貫いて、それを少しも崩さない。

ならば、無理にも崩しにかかるか。未知の戦いに踏み出すために、ムサシは決めた。躱され、あるいは払われるしかない剣撃だろうと、果敢に繰り出してみる。

まずは相手を動かすことだ。連続技の目まぐるしさのなか、構えを崩し、さらに誘い、もしくは釣りかけ、清十郎にも打たせるのだ。攻めれば、そこに必ず隙は生じる。

理は同じであり、最初に攻めるムサシは、最初に自らを危険に曝《さら》すことになる。が、それは仕方がない。小さな代償でないとしても、やらなければ活路など開かれない。

ムサシは剣尖を細かく動かし始めた。上下に揺らして、打ちかけを容易に読ませず、そういえば同じことをして、無二も自分から仕掛けていた。吉岡憲法を前に、恐らくは同じ判断だったのだろう。が、父のときは木刀で、しかも三本勝負だった。今は真剣で、ひとつでも間違えれば、ただちに命を取られてしまう。

これまでも真剣勝負は度々あったが、「その上」の相手ではなかった。危うい仕掛けも、危ういうちに入らなかった。吉岡清十郎相手では、これまでと同じには行かない。とはいえ、慎重に構え、あるいは臆して小さく縮こまるなら、それこそ命取りになる。

「ヤッ」

気合もろともムサシは動いた。右足を前に放り出すような踏みこみで、二間の距離を一気に詰めながら、勢いそのままに振り下ろす白刃に、自分の全体重を乗せきった。

強打が必要だった。

強打でなければ、崩せない。中途半端な打ちこみでは、相手を揺り動かせない。剣で払う動きを強いることができたとしても、なお吉岡清十郎は身体の軸をぶれさせずに済むからだ。下手をすれば簡単に見切られて、もう身体の捌きだけで避けられてしまうかもしれないのだ。

だから思いきりの強打――振り下ろしの勢いで、刀の背に風が巻いた。低い唸《うな》りのような音を伴わせ、それは無視できない一打になったはずだった。ああ、刀で受ければ、手は痺《しび》れる。その衝撃で構えが乱れる。身体ごと、よろけてしまう。

「……………？」

なお清十郎は不動だった。

ムサシにも手応えはなかった。

完全な空振りだったということだ。が、あれだけの強打だったのだ。

触れずに躱したとするなら、清十郎の身体は大きく動いているはずだ。あるいは距離を取られたのだとしても、後ろに下がる動きなりは取らなければならない。

それなのに不動なのだ。清十郎は最初の構えを、一寸たりとも崩してはいないのだ。最初に踏みつけられたきり、足元の草が乱れているわけでもなかった。

なぜ——と考えている暇はなかった。清十郎はそこに高々と止めているために、上段に剣を構えているのではないからだ。むしろ、いつでも振り下ろせるようにするためだ。それこそ敵が大きな攻撃をしくじり、容易に取り戻せない隙をみせてしまったときに……。

ムサシの頭上が空いていた。下手に背が高いために、清十郎が構える太刀の刃から、すでに三尺もない位置だ。

白く輝くものが動いた。直後には戦慄の加速を帯びるだろう。

それが走り出す前に、ムサシは転げた。頭を低く逃がしながら、文字通り草の地面を前転した。自らの振り下ろしが、まだ前に向かう勢いを残していたことを幸いに、それを利して背中でくるりと回ることで、清十郎の横まで何とか出ることができたのだ。

——無様な……。

それでも斬られずに済んだ。危険は承知のうえであり、窮地に陥れば脱出しなければならないとの頭は端からある。おかげで、かろうじて命だけは拾えたのだ。

素早く立ち上がると、バッと動いて距離を空け、そこでムサシは刀を構えなおした。

清十郎は剣を振り下ろさずに止めたらしい。上段の構えのまま、こちらに向きを変えた相手を見据えながら、ムサシは思い出していた。

届かない——十七年前も、そうだった。新免無二の剣も、やはり届かなかった。

目測を誤るはずがない。まだ序盤であれば、疲労で脚力が落ちたとも考えられない。逆に足が奥に入りすぎるほうを、注意しなければならなかったくらいだ。その打ちこみが、なぜだか届かなかったのだ。

不思議だった。何かの間違いとも考えた。が、無二の刀が届かないという事態は、それからも何度か起きた。

――あれは吉岡憲法の技だったのだ。

それが証拠に息子の清十郎が受け継いで、そっくり同じに再現してみせた。

まさかと疑うことは許されない。あのとき無二は信じられず、それで同じ打ちこみを繰り返してみたのかもしれない。が、そうするうちに、最初の一本を取られた。

まだ半信半疑だからと、ここで自分も試してしまえば、そこで斬られて、勝負は終わる。命まで終わるかもしれない。真剣勝負に、仕切りなおしての二本目はないのだから。


夕焼けの逆光のなかだったが、ムサシにはわかった。

清十郎は薄笑いになっていた。

小袖から袴から、草だらけ、泥だらけになりながら、なりふり構わず逃げた必死の体がおかしかったということか。あるいは余裕の表れとしての笑みなのか。

相手の剣を届かせないのが技ならば、なるほど清十郎は決して斬られることがない。逆にムサシはどんな際まで追い詰めようと、止めを刺すことはできない。

――分が悪い。

それでも戦いは続く。己の負けを認め、土下座で容赦を請うのでなければ続く。

清十郎と正対する位置で、ムサシは再び剣先を上下に揺らした。

同時に次の打ちこみの間合いをはかる。まだ一歩では踏みこめない。もう少し近づかなければならない。いや、こんなことをしても無駄か。どれだけ正しく距離を詰めても、刀が届くことはないのだとすれば……。空振りに終わるたび、あの世に片足をつっこむだけだとするならば……。

動けない、とムサシは心に呻いた。また清十郎も上段に刀を止めたまま、不動の上段を貫くのだとすれば、戦いはこのまま膠着せざるをえない。先の取り合い、後の先の取り合いだけで、何時間も睨み合うことになりかねない。

――それも、やむなし。

引き分けで帰れるなら、重畳とすべきか。さすがのムサシも弱気な分別に傾いたのは、その技があることは認められても、そのカラクリは杳《よう》として知れないからである。

見当なりともつけられれば、ああする、こうすると考えられる。それが何もわからないのだ。このまま対峙しているより、他にできることがないのだ。

「………！」

ムサシはとっさに自分の刀を上に撥ねた。

驚いた。清十郎から仕掛けてくるとは。

「………？」

清十郎は動いていない。また刀も上段に据えられたまま、一寸たりとも動いていない。

しかし、攻めてきたはずだ。それを俺は確かに弾き返したのだ。剣撃を受けた重たい感触も、まだ手に残るほどだ。それなのに清十郎は微塵も動いていないのだ。

――空打ちか。

とも、ムサシは考えた。偽の打ち気をみせることで、こちらの無駄な動きを誘い出したのか。それなら合点できないではないが、なお釈然としない部分は残る。空打ちをみた覚えがないからだ。

目を逸らした瞬間があったのか。刹那に気が弛んだということか。そこで清十郎は素早く、しかも僅かな動きで、空打ちを試みたのか。

いや、おかしい。それだけの隙があったなら、清十郎は本物の攻撃を仕掛けてくる。自分にせよ、みなかった空打ちに反応するわけがない。やはり、みていない。みえなかったわけでもない。

——殺気に反応したのか。

それは、ある。秋山新左エ門と戦ってからというもの、ムサシはまず相手の動きを押さえるようになった。そうするためには、常に自分が動きを先んじなければならない。

目の動きや肘の揺れ、膝の上下等々、どんな小さな兆しも見逃すまいと、神経を尖《とが》らせる癖がつく。そうするうちに感覚は研ぎ澄まされ、目にみえる以外のものまで読み取れるようになる。未だ身体は動かずとも、どう攻める、こう仕掛けると、相手の意識が動いた時点で察知できる。つまりは殺気に反応できるようになる。

だから、吉岡清十郎の殺気に反応したということは、十分に考えられる。

「………！」

ムサシは摺り足で後退した。

また攻められた。剣先がスッと出てきて、喉突きを狙われたように感じた。が、やはり清十郎は一寸も動いていないのだ。

それなのにムサシには、目を凝らして確かめる暇もない。次の攻撃が来たからだ。籠手を狙われて、それを刀身で弾かなければならなかった。

のみか、距離を詰めて、横薙ぎの胴打ちを仕掛けてきたので、さらにムサシは半歩を退かざるをえなくなった。

が、今もって清十郎は動いていない。やはり殺気だ。吉岡清十郎は殺気を飛ばすことができるのだ。それ自体はムサシにもできなくはなかろうが、こうまで自由自在に操れるものではない。それこそ相手の想念に、つぶさに像を結ばせることなどできない。

いよいよムサシは、まずいなと考えざるをえなかった。

清十郎の殺気は空打ちの用を足す。僅かも動かないままで、空打ちできるともいえる。あるいは攻めているのに、攻めていない。殺気を飛ばすだけならば、身体は少しもぶれないからだ。自ら仕掛けようとすれば、差はあれ危険に身を曝さざるをえないのに、清十郎だけには攻めるときの隙が全く生まれないのだ。

隙が生じるのは自分のほうだ、ともムサシは悟らざるをえなかった。殺気に反応するのでも、身体は動いてしまう。その分だけ構えを崩され、つまりは隙が生じるのだ。

あるいは守りに徹することなら可能だろうか。攻めることを考えず、つまりは危険を徹底して避けるだけなら、戦いを続けることができるのか。

ムサシは感じた。清十郎は上段に構えているが、殺気は中段で青眼に構えている。そこから籠手打ちが来る。

右上に弾けば、今度は胴打ちだ。刀を下に戻して払えば、空いた喉を突きが狙う。

後ろに仰け反ることで躱せば、身体が伸びきったところに、いよいよ上段高くから面打ちが落とされる。

ムサシは踵に草の茎をかけて、思いきり地面を蹴った。尻餅をつき、背中から倒れることで、なんとか避けることができた。が、それらは全て殺気にすぎないのだ。清十郎は少しも動かず、それなのにムサシは地面に転げているのだ。

空気に敏感になっているからだろう。あたりに困惑の気配が濃くなるのが感じ取れた。清十郎の弟子たち、こちらの弟子たちも含め、戦いをみている者たちは首を傾げ、いや、唖然《あぜん》とさせられていた。それは、そうだ。清十郎は何もしないのに、ムサシひとりが大騒ぎだ。傍目には、そうとしかみえないのだ。

が、かかずらっている場合ではない。格好よいだの、悪いだのは二の次だ。

急ぎ立ち上がりながら、ムサシは心に繰り返した。やはり分が悪い。先刻に輪をかけて悪い。守るだけでは、遅かれ早かれ追い詰められる。どこかで攻めに転じなければならない。自分から仕掛けていかなければならない。そのために殺気に惑わされてはならない。

無視するか、とムサシは考えついた。

はっきり感じられるとしても、殺気は殺気だ。それで斬られるわけではない。気分は悪いが、されるがままにしても、身体が痛むわけではない。

また籠手に来た。清十郎の殺気だ。とっさに反応しかけるが、ムサシは堪えて、刀を動かさなかった。

横薙ぎの胴も打たれるままにする。臓腑《ぞうふ》が波立つ感触がよぎったが、気のせいとしてやりすごす。今度は突きだ。やはり喉が息苦しさに詰まったが、鋭く痛みが走るでも、赤々と血が流れるでもない。だから、我慢しろ。決して動くな。すぐあとに上段の刃が振り下ろされるのだとしても、こちらは中段に構えたままの剣を動かさず――にいては危ない。

ムサシは慌てて刀を高くした。頭上で横一文字にして、右手で柄を押したのみか、左手では刀身の峰を支えて、そうすることで何とか受け止められたのが、吉岡清十郎の真向斬り下ろしだった。

――本物の……。

最後に飛んできたのは殺気でなく、本物の攻撃だったのだ。

刀が使われたからといって、文句はいえない。というより、清十郎が刀を使うのは当たり前だ。これは尋常な試合なのだ。申し合わせた通りの真剣勝負なのだ。

そもそも殺気は、そのために飛ばしていた。虚実を交えた攻撃で、敵を惑わせるために使う技法が空打ちなのだ。

ならば、全て無視するわけにはいかない。本物の攻撃を見分けなければならない。

止めた刀を押し弾き、肩の打《ぶ》ちかましで清十郎を遠ざけてから、ムサシは考えてみた。虚の打ち気が殺気で仄めかされるなら、実の攻めの見分けは果たして難しいのか。

それ自体は難しくないはずだった。感じた殺気は、やはり無視すればよいからだ。相手の身体の動きにのみ対応する。いいかえれば感覚を捨てて、専ら目だけに頼るのだ。

できない話ではなかった。ただ反応は、どうしても遅れてしまう。殺気に即応するようには相手に先んじることができない。それで清十郎の攻めを凌ぎ、その隙を突くことができるのか。

――あとは予測。

誰しも攻めの癖がある。得意な手の出し方、あるいは順番がある。それを覚えられれば、相手が動き出すに先んじて、こちらが動き出すことができる。

ムサシも歴戦の兵法者であり、少しでも戦えば相手の癖は、もはや自明の段取りとして覚えてしまう。すでに清十郎は何度か攻撃を試みている。それは意識に、いや、むしろ身体に沁《し》みこんでいる。

清十郎は剣を構えなおしていた。距離も二間に詰められていたが、そこで正対して、ムサシは逃げなかった。さあ、攻めてこい。

最初は、やはり籠手打ちだった。が、殺気だけだ。無視してよいが、次に来るはずの胴打ちは、あっ、刀身に夕陽が弾けた。

動くなら、上段に構えられた刀は、斜めに振り下ろされるはずだ。ムサシは自分の刀を寝せた。清十郎の刀は予測通りの軌道を走り、そこに当たって高々と弾かれた。

次は喉を突かれるだろうが、たぶん本物の攻撃は来ない。清十郎が前後の動きを取るには、刀の位置が悪い。

殺気だけだと読むや、ムサシは息苦しさに堪えながら、青眼の構えを整えるほうを優先させた。先の防御で生じた隙は、急ぎ塞がなければならないのだ。

その間に清十郎の刀は上段に据えなおされていた。取れるのは上下の動きだ。次が斬り下ろしの順番であるからには、本物が来るかもしれない。

いや、来いとムサシは思う。それを俺は待っている。全神経を集中させて、今こそ迎え撃とうとしている。

――来た。

高いところで剣尖が動いた。それでもムサシは動かずに我慢した。

反応しないためではない。清十郎が打ちこみの動作を取り消せなくなるまで、待たなければならないのだ。すっかり剣が走り出してから躱されて、虚空に振りきらざるをえなくなった瞬間こそ、相手は完全な無防備に陥るのだ。

――今だ。

ムサシは動いた。雷よろしく直下してくる剣撃を、右斜め前に回りこむような動きで躱した。刃から額まで、もう一寸と残っていなかった。

が、そうまでギリギリで外されたからには、清十郎は術がない。大きな隙を生じさせて、それを塞ぐ術もない。

あとは簡単だ。もはや力はいらない。ここからは、ほんの指先の技で事足りる。回りこむ動作と一緒に腕を上げ、その右手に携えられた刀の切先を、清十郎の喉にスッと刺し入れるだけだ。

「……………⁉」

ムサシの右手が上がらなかった。何者かに手首が押さえられていた。

誰の手があるはずもないが、その力は確かに上から押しつけて、刀の動きを制していた。こんな真似をできるとすれば、やはり吉岡清十郎か。

──気を使えるのか。

ムサシは大きく後ろに引いた。安全な距離を確保して、なお息を吐く気にはならなかった。というのも、清十郎は殺気を飛ばして、ただ相手に気配を感じさせるだけではない。

そういえば剣を出して受けたとき、手応えを感じていた。臓腑に覚えた感触も、喉の息苦しさも、全て思いこみから来る勘違いなどではなかった。

清十郎は、重さがあり、感触がある、つまりは現実の力として働きうるもの、いうところの気を使うことができるのだ。


ありうるということは、ムサシも承知していた。つぶさに殺気を感じられる域にあれば、さらなる力の存在についても気づいていないではなかった。

事実、自分でも使うことがある。相手の動きを押さえたいと、そこに殺気を飛ばし、あるいは念をこめると、それが止まることがある。

敵は気配に臆したのか、いや、何か現実の力が働いていたのではないかと思えたことは、これまでも何度かはあったのだ。

――それにしても……。

場所を違《たが》えず手首を握れるとか、それを下に押し返せるとか、そうまで自在に操れるとは思わない。できるようになるためには、恐らく特別な訓練を積まなければならないだろう。

――それを積んできたのか、吉岡清十郎は。

先代吉岡憲法に教えられたのか。吉岡憲法もできたのか。それが吉岡兵法所が伝える京八流の技なのか。流祖の鬼一法眼は、鞍馬山の天狗だったとも伝えられるが、その通りに、まさしく妖《あやかし》の剣だというのか。

戦いの最中にもかかわらず、ムサシは呆然《ぼうぜん》とした。勝ちようがない。

殺気なのか、空打ちなのか、本当の攻撃なのか、ただ見分けるのさえ難しい。見分けても、躱すのは容易でない。躱しても、ようやく合わせてみれば、その攻撃がみえざる力に阻まれてしまう。これでは勝ちようがない。

なるほど、父の新免無二も負けた。やはり気を操れる吉岡憲法に、あえなく一本を先取された。

――しかし、二本目は……。

ムサシは思い出した。ああ、そこから無二は十手を使った。なるほど、十手は守りに優れる。それを左手で扱い、右手に太刀を持つならば、鉄壁の守りを固めながら、なお攻めることができる。攻守ともに不足なく、同時に行うことができる。

その十手を――今のムサシは持たなかった。十手は常用の器ではないからだ。

――あるのは……。

ムサシは腰の脇差を抜いた。武士なら二本差している。脇差は常用の器なのだ。それに手を伸ばしたのは、とっさの思いつきだったが、なるほど悪くないかもしれない。

この小刀を左手に構えれば、当理流の術理を使える。十手を使う要領を応用することができる。十七年前の新免無二と同じように、戦うことができる。

――二刀で……。

吉岡清十郎は苦笑いになっていた。かつての試合を覚えているのは、向こうも同じだからである。忘れられるはずがない。左右の手に得物を構える奇妙な兵法に、吉岡憲法は二本目を取られたのだ。その嫡男は、あのときから何が起きていたのか、ほぼ理解していただろう。こうまで気を使えるからには、十七年前すでに訓練を積まされていたろうからだ。

あるいは吉岡憲法の口から説明があったかもしれない。が、こちらの新免無二は丁寧に教授してくれるような師ではなかった。ムサシは今の今まで何も知らなかった。遠い試合を思い出して、そこから導き出して、何とか辿りついたのみなのだ。

――やっと互角だ。

と、ムサシは思う。してみると、吉岡清十郎の苦笑は、今頃わかったかという蔑みか。それとも自分だけ知る有利をなくした焦りを、無理にも誤魔化そうとした虚勢か。

ムサシは左手で脇差を前中段に、右手で太刀を背に担ぐような形で奥に、足は左をやや前に出し、つまりは左半身で新たな構えを決めた。

清十郎の上段構えを見据えたまま、こちらからジリジリと距離を詰めていく。

すると、来た――殺気を感じるや、ムサシは小刀で弾いた。

ガチと金属の音が響いて、清十郎の籠手打ちは本物だった。

読みからも、殺気からも、次は胴打ちと疑うまでもない。ムサシはスッと半歩を引いて躱したが、そこに刀は振られなかった。

小刀を外側に回したのは、喉を狙う突きを払うためだったが、またも殺気だけだった。

それで構わない。たとえ無駄な動きになろうと、ただ徒《いたずら》に困惑したり、無理に見送って、反応が遅れたりするよりはよい。

吉岡憲法との二本目で、無二がやっていたことが、今や完全にわかった。相手の攻めは虚実合わせ、全て阻んでやればよいのだ。

それで困らないというのは、守りに忙殺されるあまり、攻め手がなくなるわけではないからだ。得物を持つ手が二本あることの強みで、その間も右手は、いつでも攻められるようになっているのだ。

上段からの面打ちが来た。それをムサシは小刀を高く翳《かざ》すことで弾いた。手首を回すことで、剣撃の勢いをうまく流したつもりだったが、刹那、手の甲に痛みが駆けた。

一瞬とはいえ、それを気にしたことで遅れた。無駄になると承知のうえで、ムサシは奥手の太刀を振り出した。

スッと引いて、距離を空けた清十郎を睨みながら、前手の小刀を構えなおすと、その甲に赤色の線が滲んでいるのがみえた。

十手とは勝手が違う。鉤なりに左右に開いた鎌刃がないので、相手の刀をがっちり絡め取ることまではできない。

最後まで丁寧に払わないと、敵の刃は流れて、こちらの鍔を越えてくる。だから、斬られた。小刀の扱いには、さらなる研鑽《けんさん》が欠かせない。

――それは、そうだが……。

やはり二刀は悪くないと、ムサシは同時に手応えも感じていた。

斬られたが、深手というわけではない。小刀でも十分に十手に代えられるということだ。なにしろ初めて試みて、これだけ使うことができたのだ。

吉岡清十郎を相手に――その強敵は、もはや苦笑いすら浮かべていなかった。まがりなりにも刃を届けることができたなどと、喜ぶ風は皆無である。

とはいえ、追い詰められた顔でもない。慌てた風も、追い詰められた様子もなく、感じさせるとすれば、なお崩れない余裕のほうか。

現に清十郎は再びの攻撃を躊躇しなかった。

殺気だけだが、籠手打ちが伸びてきた。弾きながら、次の胴打ちは本物かと思いきや、それは刀身を下げただけの空打ちだった。

殺気が感じられなかったので、ムサシは釣られずに済んだ。むしろ次だ。

剣尖が下りた分だけ、清十郎の刀は前に走りやすくなっている。やはり来た。突きの軌道をムサシは小刀に絡めながら、丁寧な動かし方で外に逸らした。

ならば、次の上段は虚にしかならない。実際のところ、頭上には殺気しか降ってこない。しかし、ここなのだ。

攻めの癖を覚えられたことは承知している。が、それも清十郎にすれば、覚えさせたということになる。次はこれだと思いこませることができれば、簡単に裏をかくことができるからだ。

しかし、もう俺は予測頼みでは動いていない。すでに殺気に即応している。だから、わかる。

それは中段から押し出されてくる。刀を振りかぶる動作もなく、そのままの高さからスッと前に出される。いうところの「石火の当たり」だ。まさに神速の剣撃だが、ムサシは少しも遅れなかった。

それをこそ待っていたからだ。期待して、むしろ誘いこんだ。小刀を丁寧に、というより悠長に扱うことで、そこにポッカリ隙の穴を作っておいたのだ。

清十郎の刀は、その穴に導かれるようにして進んだ。あらかじめわかっていた軌道であれば、躱すのは簡単だ。

刀身が近づいていた。ほんの点でしかないはずの剣尖が、みるみる大きくなって迫る。が、まだだ。まだだ。もう止まれなくなるまで待つのだ。

――よし。

ムサシは左に回りこんだ。右頬に風ばかり感じさせて、清十郎の刀はすぎた。

こちらが担ぐように構えていた太刀が、ちょうど振り落とされる場所に、綺麗に月代が剃られた髷の頭があった。

それを狙えと右手を動かそうとすれば、その手首はみえざる力に押さえられるに違いない。が、もはや腕は二本ある。

ムサシは同時に左手を上げていた。ゆるやかに弧を描く指先の軌道で、狙うは清十郎の喉である。

どうだ、ふたつは押さえられまい。

「うおっ」

胸が押された。空気の塊のようなものを抱えさせられ、と思うやムサシは後ろに一間も飛ばされていた。

何とか転ばず地面に降り立つも、瞠目せずにはいられない。俺の目方は二十貫（約七十五キロ）を超えているのだ。腕力に物をいわせる場合を考えても、それを投げ飛ばせる輩が、この世にどれだけいるものか。

――それを気だけで、ここまで……。

恐ろしいまでの威力である。戦慄しながら、ムサシは再度思い知らされる。そうだ。そうだった。これで剣は届かないのだ。

どれだけ正しい目測で踏みこんでも、気の力で押し返されれば、決定的な剣撃もついぞ届くことがない。気の力があるかぎり、吉岡清十郎は決して斬られることがない。

こんな怪物を相手に、勝つ術などあるのかと自問したとき、ムサシは気づいた。いや、怪物ではない。清十郎も人間だ。きちんと生身の人間なのだ。

それが証拠に疲れている。距離を置いた向こうで、肩が上下していた。清十郎は呼吸を荒らげて、明らかに消耗していた。

殺気を飛ばすといい、気を使うというが、ある意味では人間の業《わざ》を超えたものだ。あえてやるなら、体力の消耗は凄まじいのだ。

吉岡憲法も、そうだった。三本目を迎える頃には疲労困憊《こんぱい》していた。

多用できる技ではないと、心得ないではなかったろうが、他面そうまで使わなければならないとは、夢にも思わなかったのだろう。新免無二ほど粘る相手など、それまで真実ただのひとりもいなかったのだろう。

この超絶した技を使えば、簡単に勝負がつく。疲れる前に試合は終わる。それは清十郎にしても同じで、こうまで長引かされた戦いは初めてなのだ。

――この俺が……。

追い詰めたのだと心に呻くも、そこでムサシは立ち止まった。

しかし、あのときは新免無二も疲れていた。三本目を迎えるときは再び一刀に戻し、それというのも、もう十手を構えられないほど消耗していたからだった。

虚実を問わず、全ての攻撃を阻むなら、左手には休みがない。しかも、その手に扱う十手は重かった。常用ならざる、戦場の武器だからだ。鎧武者を攻めなければならないために、大きく、重くならざるをえないのだ。

いわゆる介者剣術の武器なわけで、そのかわり動きは遅くて構わない。が、素肌剣術に持ちこむならば、その大きく重いものを、精妙な扱いで素早く使わなければならない。どれだけ鍛えた腕であろうと、著しい消耗は避けられない。

――しかし、俺は疲れていない。

と、ムサシは発見した。筋肉にいくらか張る感じはあるものの、まだ左手は疲れたというほどではない。もう扱えないとか、持ち上がらないとかいう消耗は全くない。そうか、小刀は軽いのだ。

当理流では重い十手を自在に扱い、戦場では柄を長くした十文字槍さえ振り回せるよう、左手を徹底的に鍛え上げる。その腕で小刀を使うのだから、簡単にへこたれるわけもない。

――俺に三本目はいらない。

ムサシは、もはや有利歴然たる二刀の構えを整えた。

向こうで刀を構えなおした清十郎は、変わらずの上段だった。

最後の攻防が始まる。そのとき吉岡憲法は青眼に変え、守りを意識することになった。が、清十郎は攻めの構えを、とことん貫くつもりのようだった。

守りは気の力に頼る気だ。まだそれを発せられるということだ。今もって、いくらかの余力は残しているのだ。

――ただ、そう多くではない。

もう清十郎は無闇に殺気を飛ばさなかった。不必要な気は打てないということだ。そのかわり太刀に全身全霊の力が籠められたことが感じられた。

ムサシは察した。強打が来る。清十郎にせよ、最後は強打で打開を図るしかないのだ。

刹那に感じられた殺気は、あたかも雷鳴のようだった。轟音《ごうおん》まで耳に届きそうな圧倒的な勢いが、高いところから叩きつけられる。

それをムサシは左手の刀で、がっちり受けた。火花は散ったが、力を籠めた腕は微動だにしなかった。

動いたのは奥の手だ。このときと右手は太刀を振り出したが、やはり来た。

ムサシは空気の塊を抱えさせられた。用意して身構えたが、それは前回に増して巨大な力だった。大きな身体とて、術もなく飛ばされる。しかも今度は高い。足をすくわれるような飛ばされ方で、空で天地が逆になる。

二間も先で落ちたとき、ムサシは肩から転げてしまった。

構えが崩れるどころか、これでは何もすることができない。急ぎ身体を起こしたが、誰もいない。空を飛ばされた間に方向まで見失った。とっさに後ろを振り向くと、みえたのは飛びくる左右の眼光だった。

恐らくは、こちらに気を打ちつけた直後だろう。清十郎は膂力のかぎりに地面を蹴った。一足飛びで一気に二間の距離を詰めると、先に飛ばされた巨体を追いかけて、上段に構えなおした剣もろとも、こちらの頭上に落ちてこようというのだ。

まだムサシは左右とも刀を下げたままだった。弾けない。払えない。躱せない。何をやっても、間に合わない。それでも力は、この身の内にありあまる。

「むん！」

と呻いて、刹那にムサシは息を詰めた。

清十郎の刀は目の前を素通りした。ああ、俺の額は打てない。俺まで届くわけがない。というのも、こういうときこそ使うのだろう。気を発して、相手の身体を外に遠ざけるのだろう。

刀を振りきった姿勢のまま、清十郎は瞠目していた。なんや、おまえも使えるんか。そう問いたげな顔だったが、言葉はなかった。

「気を使うのは初めてだ」

「……………」

「ときに、いいのか、吉岡清十郎」

問うたのは、その相手が攻めたあとの完全な無防備になっていたからだ。

ムサシは右の太刀を振り下ろした。清十郎はハッとした顔になるや、とっさの動きで首を横に捻った。が、なお身体までは回らず、躱しきれずに刃を左の肩に受けた。

血まみれの身体を、兵法所の弟子たちが戸板で運んだ。

急ぎ医者にもみせたので、何とか一命は取りとめた。が、もはや左の腕は使いものにならなかったという。

吉岡清十郎は隠居を決意、ほどなく髪を落としたと後に聞いた。

六、宮本武蔵と吉岡伝七郎

五条大橋の高札は、今度は吉岡のほうから出された。

当主の吉岡清十郎が倒された。半死にまで追いやった「宮本武蔵」という男を、このままにしておくわけにはいかない。

それが十七年前に先代の憲法を下した、あの新免無二の係累ということであれば、なおのこと勝たせて終わらせるわけにはいかない。

吉岡兵法所の沽券《こけん》に懸けて、何としても一敗地に塗れさせなければならない。

それくらいの理屈なのだと、ムサシにも察せられないわけではなかった。

現に試合を挑んできた男は吉岡伝七郎直重《でんしちろうなおしげ》、聞けば先代憲法の次男にして、清十郎直綱の弟ということだった。

「その吉岡伝七郎殿がみえられました」

上品蓮台寺《じょうぼんれんだいじ》――蓮台野にあるので、試合をするのに便利と、しばらく逗留していた寺で弟子に告げられて、ムサシは思わず身構えた。

もう夜になっていたが、その昼に試合は受けると、吉岡兵法所に返答を届けていた。であれば、もう勝負は始まったという論法か。

もちろん高札にあった期日でないが、まだ先だと油断させることで、まんまと不意を討つのも、また兵法のうちという口上なのか。

――つまりは、やる気か。

試合に次ぐ試合、斬り合いに続く斬り合い、それこそ不断に蓮台野に臨んでいるようなムサシには、当たり前の受け止め方でしかなかった。

ところが、吉岡伝七郎は丸腰でやってきた。「やる気」などないことは、一見して明らかだった。得物の有無の以前に、微塵の殺気も感じさせなかったからだ。

その一間に通され、「宮本武蔵」の姿を目にしたなら、兄を倒された恨みひとつを理由にしても、刹那カッと滾《たぎ》る気配くらいあって然るべきだった。

それが昂《たか》ぶりひとつない。無理して抑える風でもない。今に笑みさえ頬に浮かび上がってきそうな気がする。

土台の容貌が武張るわけでもなかった。そこは清十郎の弟か。あるいは京の人間らしいというべきか。丁寧に剃られた月代や小綺麗な装いからも、やはり商家にいそうな、若旦那でないならば、如才ない手代のような印象だった。

「吉岡伝七郎でございます」

そうやって辞儀までされれば、対坐するムサシも応じざるをえなくなる。

「宮本武蔵です」

「御初に御目にかかります、と始めたいとこですが、宮本さん、あの新免無二殿の御子息であられるとか」

「養子ですが……」

「十七年前の御前試合にも来ておられましたな。まだ子供でいらした宮本さんのこと、覚えとりますわ。あの日の二条第には、父や兄と一緒に私もおって……」

「御用の向きは」

と、ムサシは早めに遮った。「やる気」でないのは、よい。それでも和気藹々《あいあい》と昔話に興じる謂れはない。

憎み合うゆえに行うものでないとはいえ、遠からず試合を控えて、親しく語り合うというのは馴染《なじ》まない。「やる気」で来られるより居心地が悪いといおうか、不意の訪問に戸惑《とまど》っているというのが、正直なところでもあった。

「試合のことで何か……」

ムサシが続けると、伝七郎は左右の膝を並べて揃えた。そこから、いきなりの土下座だった。いかにも、試合のことでございます。

「宮本さん、負けていただくわけにはまいりませんやろか」

「負けて……。それがしに負けろと……」

驚きのあまり、ムサシは話をうまく咀嚼《そしゃく》できなかった。それは、つまり、なんというか、わざと負けろと……。それがしに、イカサマを働けと……。

「馬鹿な。そんなこと、できるわけがない」

「無理は承知で、お願いしております。宮本さんを同じ剣の道に生きる者、いうてみれば仲間や思うて、こうして頭を下げておるのです」

「仲間と……。だから大人しく因果を含められて、負けろと……」

いや、意味がわかりかねる。ムサシの困惑も、いよいよ極まる。

そこで吉岡伝七郎は顔を上げた。

「徳川さまが征夷大将軍にならはりました」

唐突に話が飛んだが、そのこと自体は万人周知の事実だった。

内府徳川家康が、新たに征夷大将軍の宣下を受けたのは、慶長八年（一六〇三年）二月十二日のことである。ほんの昨年の話であれば、記憶に新しい出来事でもある。が、それが、どうした。試合に何の関係がある。

「吉岡兵法所は『将軍家兵法指南役』の看板を掲げております。それが、もう物笑いの種ですわ。看板に偽りありやないか、吉岡が徳川さまに剣を教えとるんか、いわれて」

「しかし、貴殿のところの将軍とは、足利の室町将軍のことで……」

口に出してから、ムサシは悔いた。世人とて、それくらいは知っている。知っていて、あえて揶揄しているのだ。

伝七郎のほうは唇で一度悔しさを噛みしめた。いかにも、足利将軍のことですから、笑われるのも今に始まった話やありません。

「義昭公が、織田右府様に京を追放されてもうて、吉岡も、どこの将軍に指南する気ぃやいうて、そのときから陰口叩かれんではなかったようで。それでも将軍は将軍やったんです。形ばかりでも、足利将軍はおったんです。太閤さんの時代になって、義昭公は形のうえでも将軍でのうなりましたが、なおまだ他に将軍はいてへんかった」

「ところが、今は足利でない将軍がいると。徳川が将軍だと。しかも京でなく、東国の江戸にいると」

ムサシに確かめられて、伝七郎は大きく頷いた。

「『将軍家兵法指南役』いう看板は、もう柳生《やぎゅう》のもん、小野《おの》のもんですわ。時代は新陰流や、一刀流やいうことにもなります。京の吉岡いうて、なんぼのものや。京八流いうて、どこの昔話や。そないいなふうに、わてら、笑われるしかのうなったんです」

「しかし、吉岡は今も強い。『将軍家兵法指南役』の看板など必要ないはずだ」

そう返したとき、ムサシの声は大きくなった。

吉岡は今も強い。それは吉岡清十郎と手を合わせた、偽らざる実感だった。

これまで戦ってきた、どんな相手とも比べられない。吉岡清十郎こそ、まさに最強の敵だった。かかる確信は自分が勝利を収めた今にして、些かも揺るがないものなのだ。

伝七郎は洟《はな》を啜《すす》った。兄のこと、そういうてくれはりますか。ああ、やっぱり、宮本さんは、わかってくれはる御仁や。

「ええ、清十郎も吉岡の当主の名に恥じない兵法者やったと思います。その証を立てることも、厭《いと》おうとはしませんでした。ええ、ええ、そうやったんです。もう『将軍家兵法指南役』の看板では商売でけへんわ、いいながら、兄が京に流れてきた兵法者たちと試合するようになったのは、吉岡兵法所は健在やと広く世間に知らしめるためやったんです」

今にして頷ける。野試合など受けないとされた名門が、俄に態度を変えたからには、そうせざるをえない苦しい事情があったのだ。ええ、兄は強いんです。戦えば、もう吉岡は落ち目やなんて軽口は、よう叩かせへんのです。

「やっぱり吉岡は強いんやと、京での評判も取り戻しかけた矢先やった。兄は宮本さんの挑戦を受けてもうた」

「……」

「吉岡清十郎は強かった、いうてもらいましたが、そないなこと、世の素人にはわかりませんわ。わかるのは勝ったか負けたか、それだけです」

伝七郎は続けた。十七年前、新免無二殿に負けた後かて、ずいぶん苦しかったたて聞いとります。将軍さんが京にいなくならはって、指南役の剣も錆《さ》びたのと違うかいわれて、やっぱり笑われたそうですわ。それでも何とかやってきたんです。門人も減らさんで済んどったんです。父も頑張りましたし、その後は兄も頑張りましたから。しかし、その清十郎が宮本さんに負けてもうて……。先代憲法に続いて二連敗いうことになって……。

「いや、このままやと三連敗になりますやろ」

「それは、どういう……」

「自分で高札出しといて何や、いわれると思いますが、この私では宮本さんにかないませんから」

「それは戦ってみないと、わかりませんでしょう」

「わかりますわ。恥ずかしながら、私は兄に及びませんでした。兄の技のことは……」

ムサシは頷いてみせた。

「おわかりですな。さすがは宮本さんや。ええ、兄は気を使えます。しかし、あれは一子相伝いうことやったらしくて、私は何も教えられてへんのです」

「しかし、気など使わなくても……」

「勝てませんよ。仮に余人に勝てたとしても、宮本さんには勝てません。気を使える清十郎を倒した男に、気を使えない私が挑んで、どうやって……。しかし、三連敗を喫してもうたら、いよいよ吉岡兵法所は終わりやし……」

伝七郎は再びの土下座だった。せやから、助けていただきたい、いうてます。

「宮本さん、どうか負けてください。そうすることで私を、いや、吉岡兵法所を助けてください。ここで宮本さんに勝てれば、わてら一門、なんとか救われることになるんです」

「し、しかし、それがしとて負けるわけにはいかぬ。もとより負けるとは、そんな簡単な話ではない。負ければ、最悪の場合、すぐさま死にいたる」

「死んでくれとは申しません」

伝七郎はまた顔を上げた。今度は、さらに膝でにじりよってきた。

「つまり、試合しますな。けど本気やなくて、ただそれらしくみえるよう、何度か打ち合いますな。そんなら、宮本さん、まいりました、かないませんいうて、私に降参してほしいんです」

「そ、そんな面目ない真似はできない」

「もちろんタダでとは申しません。金をお支払いいたします。銀一貫でどないですやろ」

「一貫と……。いや、たとえ四貫、五貫ともらえても……」

「将来は台無しや、いうことですな。わかっとります。世のなか、評判がすべてやいうことは、誰よりわかっとるつもりです。ですから、こないやったら、どうですやろ」

伝七郎は早口で続けた。宮本さんは降参します。そんで、吉岡兵法所に入門なさるのです。半年か一年か、頃合いをみて、私どもは免許を出させてもらいます。吉岡の免許、もっとったら、廻国修行かて楽になりますよ。そこは腐っても鯛《たい》ですわ。吉岡の名前は世に聞こえとりますから、その免許で信用して、日本全国津々浦々、寺でも、地侍の家でも、豪農の家でも、どこでも泊めてくれるようになります。いや、宮本さんは、どこぞに仕官をお望みですか。それも吉岡の伝で探しましょう。然るべきところを、責任もって紹介させていただきますわ。ああ、それでも負けを刻まれたことに変わりはないと。黒星は容易なことでは消えへんと。わかります。わかります。確かに負けは痛い。うちかて苦労しとりますから、わかります。そんなら、こないな方法は、どないですやろ。

「宮本さん、免許皆伝の暁に、また私と試合するんです。そんで、今度は私が宮本さんに降参するんです。ええ、まいりました、かないませんて、大声でいいますわ。だって、いえへんわけがない。そのとき私は吉岡の京八流に負けるんですから」

むっとして暑い。すっかり夏の夜である。

熱風そよぐ暗闇に、浮かび上がるのが白い歯だった。

女が小さな声で喚《わめ》けば、その赤い唇の上下の狭間に覗きみえる。ふたつ並んだ小さな前歯の裏の白さが、何故《なぜ》だか瞼に焼きついている。

果てた後の安らぎのなか、なお合わない息にムサシの肩は揺れている。それを宥《なだ》めるのか、労《ねぎら》うのか、それとも慈しもうというのか、背中にかけて点、点、点と続けて跡をつけていくのは、いつの間にか伸びた女の指先だった。

焼けるように熱いけれど、柔らかで心地よい。ついた指の数が増え、それが掌の大きさに広がりゆくほど、狂おしく高じていく思いがある。

力の萎えた腕にまたぞろ力を籠めて、抱きしめないではいられない。きつく、きつく、火照《ほて》る身体の隅々までを自らに押しつけながら、心のうちでは叫ぶように繰り返す。俺の女だ。俺の女だ。雪は俺の女なのだ。

――この俺の……。

ムサシは引き攣る笑みを、その夜も闇に隠した。

こんなことばかり思い出す。もう三年も会っていないのに、雪のことは少しも忘れることができない。

眠れない夜ともなれば、必ずといっていいほど思い出す。布団をかぶって、もう一刻からすぎるというのに、まんじりともしないのだから、やはり考えないではいられない。

ひたすらに剣の道を究めるムサシだが、そうすることの理由ははっきりしていた。

剣名を上げたい。もって身を立てたい。恥ずかしくない立場を占めたら、男として雪を迎えに行きたい。それを雪も望んでいるのだから、あの女と夫婦《めおと》になって暮らしたい。

――それだけだ。

剣の道は難解にして究めがたいが、ひきかえに手に入れんとする人生は、単純にして、わかりやすいものだった。

悪いとも、情けないとも思わない。正直に望まないほうが、かえって卑怯者なのだと思う。まっとうな人生に背を向けるのに、求道だの、専心だの、さかんに唱えてみたところで、そんなもの、端から手段と目的を履き違えているのだから、言い訳にもなっていない。

――手が届かぬ望みでもない。

とも、ムサシは考えていた。少なくとも十六のときは考えて、できると疑いもしなかった。

すぐには無理でも、数年すればかなっている。いきなりは無理でも、ひとつ、ひとつと積み重ねていけば、かなり高いところまで行ける。それこそ所帯を持たずにいられない歳までには、楽々と達している。

――それが思うに任せない。

というのが、二十三を数えた今の懊悩である。

剣名を上げるなど、簡単な話ではなかった。それで出世するなど、まして至難の業だった。

戦さえ起これば、全て解決するとも考えていた。

実際に戦は起きた。慶長五年（一六〇〇年）九月十三日、豊後木付にいたムサシは、石垣原の戦いに加わった。

かなりな働きも示すことができたと思うが、禄を得たのは父の新免無二だけで、しかも黒田家中から百石にすぎなかった。

まあ、よいと当座はムサシも考えた。戦はそれだけではないと思われたからだ。九州の戦いは飛火にすぎず、元々の大きな火は畿内近くに燃え上がっていると聞かされたのだ。

事実、大戦が行われた。九月十五日というから、まさに豊後での戦いの直後に、美濃《みの》国不破《ふわ》郡関《せき》ヶ原《はら》では、徳川家康率いる東軍と石田三成率いる西軍が、まっこうから激突していた。

さあ、盛り上がってきた。また戦の世になる。腕に自信ありの漢《おとこ》は出世し放題だ。そうやって色めき立つも束の間、その関ヶ原の戦いで全てが決した。

大戦すぎたといおうか、たった一度、たった一日の合戦で、勝者と敗者が完全に分かれてしまった。徳川方は盤石の覇者となり、石田方は完膚なきまでに叩かれたのだ。

その雌雄の決し方たるや、黒田如水、いや、千里眼を謳《うた》われた太閤秀吉の軍師、黒田官兵衛さえ唖然とさせた。

関ヶ原からの報せが届いたとき、まだ豊後に滞陣していたから、その場でムサシは見聞きしている。黒田家では、さらに一年、あるいは二年、ことによると数年は戦が続くような話になっていた。ああ、まだ終わりではない。戦国の生き残りが、もう一暴れと大枚叩いて、大量に兵を雇い、同じく大量に武器を買い入れた。さて、まずは九州を平らげようか、畿内まで進軍しようか、天下を懸けた大勝負もできないとはかぎらないと、皆が大きな声で気勢を上げたものなのだ。

その声が一瞬にして消沈した。いや、まさか、何かの間違いだろうと反駁《はんばく》する声も、数日うちに聞こえなくなった。

——戦は終わった。

これから先も、さほどの戦は期待できそうになかった。なお豊臣は大坂にいたが、もはや徳川の世であることは、日を追うごとに明らかになるばかりだったのだ。

それが証拠に大改易が行われた。

九十の大名が、全部で四百三十八万石を没収された。除封も四家を数え、こちらからも全部で二百二十万石が取り上げられた。

徳川に敵した者には悪夢としか思われない奪われ方で、その分で徳川に与した者は嘘のように報われたのだ。

ムサシがいた九州でも、その地図が一変した。

豊前中津に十二万石を得ていた黒田家は、徳川の勝利に貢献すること大だったとして、筑前に移封、一気に五十二万三千石の大大名になった。

空いた豊前中津に入ったのが、それまで丹後他で十八万石を占めていた細川家だった。徳川の力になったとその豊前も加増され、三十九万九千石にまで大きくなった。

中津では手狭ということで、小倉の城を改築、そこに新たに城下を造成する運びになったほどだ。

二万六千石を給付されて、豊後木付は変わらず松井康之に委ねられた。

同じく新免無二も、そこに留まった。黒田家中から組遁れとして百石をもらいながら、木付城下に開いた道場で、松井家、細川家、黒田家から学びに来る弟子たちを教える日々になった。

無二は、それでいい。いや、ムサシとて構わないといえば構わなかった。

父の手伝いで、弟子に剣を指導する。そのまま、いつの日か道場主の後を継ぐ。当理流あしからずと、ご愛顧が変わらなければ、黒田家中からの百石だって、引き継げるかもしれない。

――しかし、木付にいれば……。

いつも見上げていなければならない。どこをといって、城の高い石垣の上をである。そこに暮らしている女のことを、未練がましく思いながら……。こうして世が固まれば、もう手の伸ばしようもないのだと、自分に言い聞かせながら……。

そんなのは嫌だ。俺はまだ終わりじゃない。このままで終われない。あきらめられない。

「じゃから、木付を離れる。剣の道で出世する。名を上げて、立派な位を手に入れたら、きっとおまえを迎えにくる。それまで待っとってほしい」

そう雪に告げて、ムサシは旅に出たのである。

戦がなくなったから、どうだというのだ。ただ元に戻っただけだ。豊臣秀吉が天下を平らげて以来、はじめから戦などなかったのだ。

一人前に刀を振るえるようになった頃には、太閤の朝鮮出兵までが終わりかけていた。街道筋に高札を出して、誰彼となく試合して、そこで名を上げるしかなくなっていた。それを元通りに、また繰り返していけばいい。

――それも、もう三年か。

うまく行かない。やはり簡単な話ではない。元通りでさえなかったからだ。以前とは比べられないくらいに、浪人者が増えていたのだ。

当たり前だ。関ヶ原の後で、大改易が行われたのだ。取り潰され、あるいは知行を削られれば、大名家は臣下を放出せざるをえないのだ。

浪人者が増えるなら、剣の技量を売りたいと考える者も増え、つまりはムサシの競争相手も増える。それでもめげずに戦い続け、仮に抜きん出ることができたとしても、なお世人の目は冷たい。

戦がないなら、剣など無用の長物よ。武芸者とはよくいったもので、他の芸事と変わりない。技は確かに大したものだが、何の役にも立たないではないか。そうやって、鼻で笑われるようになったのだ。

いや、戦国の世が遠い昔でないならば、なお尚武の気風冷めやらず、試合に勝てば、やいの、やいのと持て囃《はや》されることもないではない。

が、それが新たな仕官の口であるとか、石高の上積みであるとか、中身のある話に結びつくことは、やっぱりないのだ。

「苦しいのは、吉岡だけじゃない」

ムサシは夜闇に吐き出した。裏を返せば、吉岡の苦悩も理解できないではない。

すでに確たる地位を築いている分だけ、吉岡のほうが恵まれているとは思うが、時代の逆風にさらされるのは同じことだろうからだ。いや、その地位さえ揺らぎ出すなら、頼る気分があった分だけ、あえなく吹き飛ばされるのは、かえって早いかもしれないのだ。

——だから、必死だ。

みんな、必死だ。肩身が狭い武芸者同士、だから助け合おうというのか。生き残りを懸けて、ともに手を取り合おうというのか。

止まない自問に、やはり眠れない夜になった。一考の余地もないかに思われた吉岡伝七郎の談判が、あにはからんやでムサシの心を捕らえて、しつこく放さなかった。

試合の場所に指定されたのが、蓮華王院《れんげおういん》三十三間堂だった。

南東の洛外に建つ天台《てんだい》寺院で、本尊に千手観音、つまりは「蓮華王」を祀《まつ》るので、その名がある。

三十三間堂というのは、本堂の柱間が三十三あるからで、本堂には長い縁が沿う。えんえん沿うので、また庭も長かった。剣の試合は縦に進退することが多い。思えば好都合な造りだ。

見物人も多く入れる。実際、多く入っていた。

ムサシは定められた酉の刻より、大分早くついたつもりだったが、そのときにはもう人、人、人の背中に遮られ、庭も本堂も見通せなくなっていた。

人垣を弟子たちに掻き分けさせ、なかに進み入りながら、ムサシは思う。まるで、みせものだ。というより、みせものにしたいのだろう。京中に触れて、わざわざ招き寄せたのだろう。誰が何のためといって、吉岡兵法所が我ら健在なりと、広く天下に示すためだ。

開けたところまで進んで、そこから振り返れば、試合場の周囲には即席ながら杭《くい》まで打たれていた。仕切りということだろうが、連なるそれには丁寧に縄が渡され、まず間違いなく吉岡の門弟たちが設営したものである。

筵《むしろ》まで敷かれ、もはや客席の感さえあり、あるいは観戦料まで集めているかと疑わせる。

吉岡伝七郎は来ていた。

門弟と思しき数人に囲まれながら、床几《しょうぎ》に腰を下ろして待っていた。多分こちらが来たことに気づいて、その門弟たちがさっと左右に分かれたので、試合らしく鉢巻をつけた顔がみえたのだ。

抱えるようにしていたのは木刀だった。

それは、よい。その気になれば、木刀でも相手の命を奪うことができる。使い方によっては、真剣より容易に奪えるくらいだ。

普段の稽古で使い馴れているというだけでも、それを選ぶ十分な理由になるだろう。

——にしても大仰な代物だ。

まずもって長い。一見して、五尺（約百五十センチ）は超えている。先を地面につけていたが、そうすると、他方は頭より高いところに突き抜けるのだ。

すでに刀の感はない。木の拵えなので、なおのこと刀にみえない。槍にしては短く、杖というのが最も近いかもしれないが、それでも一方が柄になり、他方が切先になっているのだ。

伝七郎が床几を立つと、ほとんど背丈ほどもあった。座して対面したときの印象より、伝七郎が小さかったこともあるが、それだけに尋常な長さでないことが、あらためて痛感された。

伝七郎は試合に先がけ、ぶんぶんと素振りを始めた。あるいは特殊な操り方があるのかとも考えたが、普通に剣の振り方だった。

「えらい長物やな」

「おっかない、おっかない。吉岡さんのとこの二番目、こら、本気やで」

「本気にもなるやろ。兄貴の清十郎は片腕きかへんようになってもうた聞いたで」

「同じ目、みせたるいうことか。あないなもん打ち当てられたら、骨なんか簡単に砕けてまうやろしな」

見物人の声が聞こえていた。ムサシは思う。なるほど、そうみえるか。剣を振らない人間には、そうみえるのか。

実際をいうなら、ただ長いだけでは意味がない。剣として振れなければ役に立たない。してみると、どう考えても、五尺の木刀は長すぎだった。

六尺から上背があるムサシにして手に余る。吉岡伝七郎は小柄な部類であり、その素振りをみるにつけても、敵を下せる剣撃にはなっていない。

これでは凡百の剣士にも簡単に見切られる。なんとか素振りになっている、そのこと自体に感心させられるくらいで、長すぎる得物の勢いに身体が持っていかれないようにするので、恐らくは精一杯である。

長尺の扱いに馴れているとも思われなかった。吉岡は京八流だからだ。

この都で伝えられてきた剣法である。いたるところ建物が犇《ひし》めき合う場所であり、屋内での戦いとて多く想定される。ぶつかり、ひっかかり、または支える長い刀が、重宝されるわけがないのだ。

事実、吉岡清十郎の刀は常寸より、やや短かったように思う。その弟である伝七郎とて、十全には扱えない長い刀で稽古を積んできたとは、やはり考えられない。

虚仮脅《こけおど》し——長尺の木刀を解釈するなら、やはりそれしかないようだった。

脅したいのは見物人だ。ひいては京の物見高い人々だ。恐ろしくみえる武器を持ちこんでいれば、相手が唐突に降参しても、それらしくみえるというのだ。あれなら戦意を挫かれて当然と、皆が納得するというのだ。

当然ながら、「宮本武蔵」に効くと考えているわけではない。伝七郎は脅す必要があるとも考えていないはずだった。すでに話が通じているからだ。何をいわずとも、全て伝わっていると思うのだ。

「それでは宮本さん、もったいつけとっても仕方ありませんし」

伝七郎が声をかけてきた。笑みさえ浮かぶのではないかと心配になるくらい、穏やかな表情だった。

ええ、まだ約束の時間やありませんが、始めましょうか。

伝七郎は構えた。

右半身の青眼、つまりは中段にすぎなかったが、それでも剣先は高く上がった。こちらのムサシからみても頭上の位置であり、あるいは長尺の木刀は背が低い分を補うつもりだったのか。

——ないしは、そうみせたいのか。

大きな相手と対峙しても、遜色ないくらいの迫力が必要だったのか。「宮本武蔵」も降参して当然と、やはり周囲を納得させる工夫なのか。

ムサシも抜刀した。青眼に構える動作で白刃が閃いたが、見物人からは声ひとつ上がらなかった。真剣とはいえ、五尺の木刀からは見劣りするということだろう。

——さて、どうするか。

まだムサシは心を決めかねていた。

出来試合など容れられない。そんな真似をするなら、今日まで兵法を鍛錬してきた意味がなくなる。何か汚い物に堕落するようにさえ感じられる。ことさら正義や美徳を振りかざす質ではないが、やはり出来試合だけは、どうやっても肯《がえ》んずることができないのだ。

ただ単純に負けたくない。その気持ちも強かった。己《おの》が人生に負けを刻みたくはない。たとえ嘘でも、事情がある話でも、負けだけは刻みたくない。しかし、だ。

——吉岡伝七郎の話も一理ある。

それを認められるくらいの歳は、ムサシとて重ねていた。汚れても、恥ずべきでも、生涯の悔いになるとしても、それは他面で利口なのだ。

ああ、この負けは取り返せる。免許をもらい、再試合で伝七郎に勝てば、面目は回復できる。苦しい思いをするのは、ほんの僅かの間だけだ。それさえ我慢すれば、見返りは少なくないのだ。

銀一貫、それに仕官——父の無二が黒田家からもらったような百石ほどでは話にならない。百五十石、二百石でも、まだ足りない。千石、最低でも五百石はもらいたい。贅沢《ぜいたく》に暮らしたいという以前に、雪がいる高さまで届かなければ、仕官する意味がない。

——名門吉岡の紹介があれば、それがかなうか。

いや、そんなに甘い世のなかではあるまい。吉岡からして、生き残りに四苦八苦しているのだ。が、生き残ることさえできれば、やはり名門である。「将軍家兵法指南役」として培ってきた人脈は広いだろう。

いや、いや、もう夢をみることさえ、かなわない話なのかもしれない。五百石、千石と手に入れても、もう雪とは夫婦になれないのかもしれない。

というのも、あの女は二つ上だから、もう二十五になる。世間並みにいえば、行き遅れだ。それが悪いというのでなく、それが放っておかれる境涯ではないというのだ。

細川家の家老ともあろう松井康之の娘に、縁談が持ちこまれないわけがない。心ならずも、どこぞの惣領息子に娶《めあわ》せられたかもしれない。

それさえ甘えた夢想で、明日をも知れない武芸者のことなど、とうに忘れているかもしれない。もとより廻国修行と打ち上げたきり、もう三年も文ひとつやらない勝手者にして、愛想つかされたからとて文句をいえた義理ではない。

「……？」

目の前に黒いものがあった。

ムサシは慌てた。意味がわからなかった。その実は慌てている暇さえなかった。

思わず声が出た。一緒に刀が出たのは幸いだった。反射的な動きでしかなかったが、白刃は木刀の打撃を弾いてくれた。

「うおっ」

手に伝わる重たい感触で、ようやく出来事を理解してから、ムサシは今度こそ意図して足を後退させた。ああ、距離を取らなければならない。

五尺の木刀が元いた高みに戻っていった。吉岡伝七郎は攻撃していたのだ。さっき目の前に迫った黒いものは、振り下ろされた木刀の切先なのだ。

もう少しで打たれるところだった。ぎりぎりで阻んだのみで、当たれば怪我をするところだ。いや、狙われたのは脳天であり、一撃で昏倒《こんとう》、場合によっては即死していたかもしれない。

伝七郎を責められる話ではなかった。試合は始まっていた。出来試合だとしても、それらしくみえるよう何度か打ち合うと、はじめに告げた通りのことをしたまでなのだ。

だから、伝七郎は悪くない。というより、わざわざ改めるまでもない。ああ、俺が悪い。

――試合中に考え事など……。

心が捕らわれるあまり、伝七郎の攻めに気づけなかった。さほど厳しいわけでない、ぶれずに何とか振れる程度の剣撃にも、ぼんやりして反応できなかった。なんたる失態か。

土台が、もう迷っている場合ではない。迷いなど、はじめから持ちこむべきではない。ひとたび試合が始まれば、それに集中しなければならない。イカサマであれ何であれ、互いに武器を手にするからには、一瞬の油断で怪我をする。いや、ときには命さえ落とす。

ムサシは青眼の構えを整えた。切先の向こうを見据えなおすと、伝七郎は一瞬おやと思うほど近くにいた。いや、正確には伝七郎自身でなく、その木刀が近かった。

そうだ、長いのだ。十分離れたつもりでいたが、五尺の長さに対しては、なお指呼の間のうちだ。すぐ打ち合いに入れる。こんな近間で泰然としてなどいられない。

ムサシはさらに数歩を引いた。同時に、さっき不覚を取らされた理由も合点できた。ああ、ただ考え事をして、ぼんやりしてしまっただけではない。

五尺という常識外れに長い木刀に馴れないのは、こちらも同じことである。にもかかわらず、取るべき距離を見究めないまま、いつもの位置で対峙した。所詮は出来試合だ、少なくとも伝七郎は本気で打たないと思うからだが、それにしても無頓着にすぎたのだ。

加えるに、動きの起こりがわかりにくい。木刀は近くとも、相手は遠いからだ。

身体という大きな全体が動き出し、近くに押し出してくるからこそ、こちらは恐怖を覚えるし、急ぎ対応しようとする。が、それが遠くにあって、動きにも乏しいまま、小さな剣先だけが先に動いたなら、それが五尺の長さを利して危険な近間にあったとしても、人間の神経は働かないものなのだ。

それはムサシにとっても発見だった。五尺の長木刀など虚仮脅しにすぎないながら、それでも新たな気づきはあるのか。

苦笑しながら、ここで理を踏まえたからには、もう後れを取ることはないとも思う。わかってさえいれば、長尺すぎて、まともに扱えない木刀の打ちこみなど、簡単に防御できる。

――しかし、俺は……。

そのとき打ち返すのか。ムサシに再び自問が湧いた。伝七郎の木刀を弾き、あるいは躱し、そうしてから俺は刀を振るうのか。出来試合は断るということなのか。

「……………」

心が決まらないうちは何もできない。ただ相手の攻めを凌いでいるしかない。

「うわっ」

眼前に黒いものがあった。伝七郎の木刀だ。また攻めてきた。そして俺は、また遅れた。

今から腕を動かしても間に合わない。木刀を剣で弾くことはできない。ムサシは大きく仰け反った。

その勢いで尻から落ちて、あえなく砂利の地べたに転んでしまった。

見物の列から笑いが起きた。あまりに必死で、あまりに無様で、それが滑稽だというのだろう。が、笑われても、馬鹿にされても、脳天への痛打を逃れられたのだから、それでいい。悪くても、かかずらう余裕はない。これで終わりではないからだ。

ムサシは急ぎ立ち上がった。刀を翳し、追撃を迎えるつもりだったが、伝七郎は二の太刀を打たなかった。ああ、そうか。これは出来試合か。

少なくとも向こうは、そのつもりでいる。ここぞと追いかけ、一気に止めを刺そうとするはずがない。

――しかし、どうして、こうなる。

何か、おかしい。また迷いに捕らわれたのは確かだ。が、ぼんやりするほどではなかった。伝七郎のこともみていた。いや、先に木刀だけが動くと、意識もしていた。

ああ、わかっている。得物の異様なほどの長さで、はじめから距離は詰まっている。伝七郎の身体は遠く、また動かない。ついつい油断していると、木刀だけが押し出してくる。気づいたときには、もう目の前にあって……。

「えっ」

右の中指に痛みが駆けた。半歩ほど引いたが、また遅れて、今度は籠手打ちを躱すことができなかった。

しまった。打たれた指が、ひどく痛む。刀を握っているのが辛いほどだ。じき腫れてくるだろう。もしかすると、骨まで折れたかもしれない。

が、木刀だから、これで済んだ。真剣だったら、綺麗に落ちて、五本の指が揃わなくなるところだ。

――侮りすぎたか。

ムサシは今さら自らを戒めた。出来試合だ、相手は本気で打たないと、決めつけたことで端から気持ちに弛みが生じた。五尺もの木刀など虚仮脅しにすぎない、まともな武器になりえないと、得物のことも甘くみていた。

しかし、たとえ出来試合でも、その相手は吉岡伝七郎である。名門吉岡兵法所に生を享《う》け、そこで鍛え上げられた一級の兵法家なのである。

五尺の木刀であろうと、それなりには振れる。常寸の太刀のようには扱えなくても、敵を傷つけ、さらに撲殺するくらいの剣撃は、簡単に発することができる。

兄には及ばないと自ら口上するも、それは気を使えないからであって、剣の技量そのものは恐らく吉岡清十郎と同等、でなくとも大きく劣るものではないはずなのだ。

「あっ」

また打たれた。今度は左の肩だ。ハッとした刹那、とっさに首を捻ることができたのみで、それが瞬きほども遅れれば、今度こそ脳天を打ち砕かれていた。

しかし、どうして、こうなる。これほど深いところに木刀を刺しこまれるまで、どうして俺は何もしないでいたのだ。

やはり何か、おかしい。吉岡清十郎と同等、いや、それ以上の技量の持ち主であったとしても、五尺の木刀を振るのには限界はある。躱して躱せないほどの剣撃にはならない。それなのに、どうして打たれるばかりなのだ。うまく躱せないどころか、どうして反応すらできないのか。

――わからない。

ムサシは、もはや狐に摘まれたような思いである。ああ、不可解を通り越して、すでに不可思議だ。よもや夢でもみているのかとまで疑いたくなる。が、全て現実なのだ。そうと認めざるをえないのは、今この瞬間も己が身体が、悲鳴を上げているからだ。

打たれた左の肩は、すでに痛いという感覚さえ失せていた。ただただ痺れに冒されて、もう自分の身体の一部ではないようだ。

右の中指は痛みの脈動を打ち続け、こうなると、ただ剣を構え続けることさえ心もとない。

あれよという間に窮地だった。打ちこみが鈍く、また巧みでなくとも、木刀が長く、重い分だけ、ひとたび当たれば、その衝撃は途轍もなく大きいのだ。

――これで戦い続けることができるのか。

それこそ見物人たちに逃げ腰と笑われ、臆病者と馬鹿にされようと、堪えて大きく距離を取れば、なお打たれないでいることはできるかもしれない。が、これだけ痛んだ身体で攻めに転じられるのか。イカサマは拒絶すると心を決めても、尋常な勝負など挑めるのか。

――いっそ降参してしまえば……。

との考えまで、よぎらないではない。参りましたと謝れば、それで終わる。もう楽になる。ああ、はじめから、その予定だった。吉岡伝七郎とて、ただ意を容れてくれたとしか思わない。もしや「宮本武蔵」は追いこまれていたかとは疑わない。

ああ、まだ決定的な一打を許したわけではない。打ちのめされて昏倒したわけでもない。死なずに済んだと胸を撫で下ろすのは、まだ自分ひとりだけなのだ。

今のうちに降参すれば、負けたことの見返りさえ手に入れられる。だから、ここは……。

「駄目だ」

と、ムサシは声に出した。駄目だ、駄目だ、これでは駄目なのだ。

やはりムサシは負けを容れられなかった。出来試合の結果でなく、これでは本当の負けだからだ。

なにせ何もできないでいるのだ。

余人が気づく気づかないではない。誰より自分は誤魔化すことができない。

本当は自分のほうが強いのだと、自負が揺るがないならば、あるいは利口な負けも認められたのかもしれないが、これでは駄目だ。降参などしてしまえば、後には何も残らない。本当の負け犬として、顔を上げることすらできない。

――やりなおしだ。

まず攻めさせてはならない。本気で試合をするなら、それこそは常道だった。

先に打たせて、上手に躱し、それから打ち返すなど、実力に格段の開きがある相手にしか通らない。まず打たせない。常に先を取り、あるいは後の先を取る。

五尺の長木刀と安全に正対できる距離を保ち、そこからムサシは伝七郎の呼吸を読んだ。吸う、吐く、吸う、吐く。拍子を計ると同時に、遠くにある相手の身体の、どこの、どんな動きも見逃さないよう、総身の神経を尖らせる。

全体としては不動でも、剣を打ちこもうとするなら、肘なり、膝なり、肩なり、手首なり、どこかは必ず動かさずにはいられないはずなのだ。

「………」

伝七郎は動かなかった。どこも動かない。そうか。はじめから勝つ気がない。先を取るつもりも、後の先を取るつもりもない。

ならばと、ムサシは隙をみせた。中段に構えた刀を下段まで下げた。不用意な動かし方で、また右の指と左の肩が働かないので、実際ここで打ちこまれたら、防御のために刀を上まで戻せるか自信がなかった。

まさに危ない橋を渡る思いで仕掛けたが、それでも伝七郎は動かなかった。隙を突く気などないからだ。やはり打ちのめして勝つつもりは皆無なのだ。

ムサシは剣を青眼の構えに戻した。楽ではなかったが、なんとか戻せた。

「あっ」

伝七郎の木刀が動き出した。さほど速い打ちこみではない。それでも、みるみる近間に迫る。何も阻むものがないからだ。ムサシは刀を構えていたが、その白刃のすぐ横を素通りして、あれよという間に懐のうちまで進み入るのだ。

こうまで無造作な剣撃に、どうして抗えないのだろう。ああ、もう風を感じる。額まで、あと一寸もない。俺は打たれてしまうだろう。脳天を打ち砕かれるだろう。

――それで、いい。

それこそは心地よい。あたたかな指先に撫でられて……。傷ついた俺は癒されて……。だから、雪、もっと、この俺の身体に触れて……。

不意の幻影に包まれかけて、ハッとムサシは覚醒した。

「むん」

息を詰めて、飛ばしたのは気だった。五尺の木刀ごと、伝七郎は後ろに飛んだ。

「おお」

と、人垣が沸いた。なんや、あれ。今、なにやったん。勝っとる伝七郎のほうが、なんで下がらなあかんかったん。

ざわめきのなか、向こうの伝七郎はといえば、思わず浮かべたという感じの苦笑だった。これ、宮本さんも使うんですか。そこまで、ものにしはったんですか。さすがに、ずるいんやないですか。

「ずるくはない。手加減などしては勝てない」

はあ、はあ、と息を荒らげるムサシに閃きが降りていた。

つまるところ、伝七郎は簡単に勝てない相手ということだ。今にして思えば、全てが伝七郎の兵法であり、また剣技だったのだ。

最初に出来試合を持ちかけて、こちらに迷いを生じさせた。そのせいでムサシは一気呵成《いっきかせい》の勝負に出るに出られなくなった。

その隙に伝七郎は打ちこんだ。起こりの読みにくい五尺の長木刀に物をいわせた。それこそ降参に誘われるほどの痛手まで、まんまと負わせた。

が、それは本気とみえない剣撃だった。躱して躱せないとも思わせない。気づいたときには、すぐ間近に迫っていたが、実はみえていないわけでもなかった。みえてはいるが、反応ができないのだ。

――殺気がないから。

打つ、斬る、殺すの念で振られる剣だから、こちらの神経は一切を見逃さない。が、その剣に全く殺気がないならば、人間は、いや、生きとし生けるものの全ては恐らく、容易に反応できないものなのだ。

「しかし、そんな剣があるのか」

長木刀の相手を見据えながら、ムサシは声にまで出した。

考えられない。手で触れるような殺気を、自由自在に発した清十郎の剣技なら理解できる。が、まるで殺気を感じさせない伝七郎の剣技となると、俄には受け入れがたいのだ。

それは出来試合のつもりだったからか。戦いで勝つつもりがないから、打つ気からも、斬る気からも、殺す気からも免れて、伝七郎の剣は殺気を感じさせなかったのか。

――恐らくは違う。

出来試合の持ちかけが、こちらを動揺させる策であったならば違う。その策を策と疑わせなかったのは、殺気を籠めない剣技あったればこそなのだ。吉岡伝七郎という男は、一切の殺気を消し去る境地に達しているのだ。

そう認めて、なおムサシは信じられなかった。そのとき剣は剣たりうるのかと思うからだ。殺気なくして、剣として振るいようがあるのかと疑うからだ。たとえ、ただそれらしくみせるための剣撃であったとしても……。

いや、ありえないわけではない。ムサシが考えなおしたのは、今にも打たれんとした刹那に、幻影に襲われていたからだった。

戦いの最中、どうして雪のことなど思い出したのか。そのときは解せなかったが、今にして思えば、伝七郎の剣に触発されてのことだったかもしれない。そこには雪の指先に通じる感触があったのかもしれない。

つまりは、女が好きな男に愛撫《あいぶ》の手を伸ばすように、剣を振るえるのだとしたら……。あるいは親が可愛くてならない子供の頬をさするように……。もしくは病んだ者の痛みを軽くしたいと、そこに手を当てるように……。

そんな剣なら、なるほど殺気がない。慈しみに満ちているなら誰も逃げない。遠ざかるどころか、かえって近づく。慰めてくれ、癒してくれ、もっと愛してくれと、自分から最も弱いところを差し出して……。

――そんな剣を会得したのか、吉岡伝七郎。

ならば、この男も紛れもない達人である。清十郎のような魔物にまして戦えない。仏と向き合うようなものだからだ。いわんや勝てるわけがない。

ムサシは構えを解くと、その刀を鞘に戻した。

みてとるや、向こうの伝七郎は頬を弛めた。いよいよ降参すると考えたのだろう。ようやく終わると、人心地がついたのだろう。

が、ムサシは口を開かなかった。参りました、とはいわない。いうつもりもない。

伝七郎は下げかけた木刀を構えなおした。それが間違いでないというのも、ムサシが刀を収めたのは、負けを認めるためではなかったからだ。

むしろ新たな挑戦のためだ。ああ、その剣を振るいたい。この俺も殺気のない剣を振るいたい。伝七郎に達せられた境地であるなら、俺にも達せられないわけがない。少なくとも試すこともしないで、終わりたくはない。

伝七郎の表情が困惑に捕らわれた。何をすべきか悟れず、それで動くこともできない。

その相手にムサシは近づいていった。構えなく、つまりは無防備なまま、ゆっくりゆっくり歩を進めるのは、何のためかといえば、伝七郎を抱きしめるためだった。

「ガッ……」

身体ごと寄せた刹那、ただムサシは木刀を手で押した。構えられていたものに、上背を利して総身を預け、そのまま直下に押しこんだ。

伝七郎は自らの得物で脳天を割られた。即死だったが、大きな男の腕のなか、恐らくは自分が死んだことなどわかっていなかった。

七、宮本武蔵と吉岡一門

三たびの高札が出された。

二度目に続いて、吉岡が出したもので、清十郎、伝七郎と二連敗を喫して、もはや「宮本武蔵」ばかりは倒さないでは、夜も日も明けないということだ。

名乗りを上げたのが吉岡又七郎《またしちろう》で、清十郎の息子ということだった。

清十郎が「宮本武蔵」に負わされた深手を理由に隠居したため、吉岡の家を継いで、今の当主になっているが、当然ながら若い、というより又七郎は幼いくらいなはずだった。

実際、まだ八歳の子供という話であり、試合人としての名乗りも、形ばかりとみなければならなかった。

それが仇討ちに通じる試合であるからには、名義人でも理屈は立つ。はじめから代役が用意されると、考えておいたほうがよい。

――かわりに誰が出てくるのか。

それをムサシは気にした。どんな男か。どれくらいの年齢で、どれほどの体格で、どんな剣を使うのか。

知りたい。みておけるものなら、みておきたい。少しでも多く、少しでも深く、相手のことを知らなければならない。さもなくば勝てないと、思い知らされていたからだ。

――吉岡清十郎、そして伝七郎との試合。

勝ちは収められたとはいえ、二試合とも苦戦だった。

清十郎の評判ならば、ある程度までは聞こえていたが、それでも実際の剣技のほどは想像を絶するものだった。

伝七郎に関しては、出来試合を持ちかけられたこともあって、ほとんど何も知らないままに向き合った。あげく不覚を取り、危ういところまで追い詰められたのだ。

二試合とも事前に相手を知っていれば、もっと楽に戦えた。それなのに、油断か、それとも驕《おご》りなのか、慎重に構えて探る努力を払わなかった。

それでは、駄目だ。仮に勝てても、綱渡りのような勝ち方しかできない。いつ奈落に転げても不思議でない。

今度こそムサシは調べた。弟子たちにも京を奔《はし》らせ、あちらこちらを探らせた。

「よく話に出てくるのは、祇園藤次《ぎおんとうじ》です」

告げたのは、落合忠右衛門《おちあいちゅうえもん》だった。

弟子のなかでは年嵩で、実は師匠のムサシより上である。そのせいか、むさくるしい髭面も分別くさいところがある。

虫も鳴かなくなっていれば、もはや冬の夜である。

相応に寒くもあり、もう火鉢が欲しいくらいだ。居候する身であれば、もちろん贅沢はいえないわけだが、その上品蓮台寺の奥の間に、皆の調べの首尾が持ち寄られた。

落合の報告に、ムサシも返すことができた。ああ、その名前なら俺も聞いた。

「吉岡兵法所の師範代という男だな」

「はい。先代憲法の頃からの高弟で、清十郎、伝七郎の兄弟に剣を基礎から叩きこんだのも、実はこの師範代だったのだとか」

「腕前は間違いないと」

そう受けながら、ムサシは思う。基礎を侮るわけではないが、その域で手堅い程度であるならば、なんら恐れることはない。問題は、その上だ。さらなる境地に達しているか、どうかだ。

上の域での技をいうなら、清十郎が受け継いだのは、明らかに先代吉岡憲法の剣だった。となると、伝七郎の技のほうは、もしや祇園藤次に授けられたものだったか。あの殺気のない剣を、祇園藤次はもっと使いこなせるのかもしれない。

「先代ゆかりといえば憲法の弟で、清十郎、伝七郎の叔父もおるようです。吉岡の分家筋になりますが、その吉岡又三郎《またさぶろう》は豪剣を振るうとの評判で」

今度告げたのは道家角左衛門《どうけかくざえもん》という弟子で、育ちの良さか、それとも性格か、修行の日々にも月代を綺麗に剃り上げ、身につけている小袖や袴にしても、よれたなりに身綺麗な感じがある。それで若くみられがちだが、歳はムサシと変わらない。

「そうか」

と受けて、またムサシは考える。

豪剣か。これまで何人かみてきたが、吉岡の剣を豪剣の類と感じたことは一度もなかった。してみると、室町の名門は、まだ別な剣を隠していることになるか。その強さや速さに拠《よ》る剣が、吉岡の技で繰り出されるなら、全体どんな攻めになるのか。

「いずれにせよ、練達の剣というわけだな。ひとつ下の世代の名義人にかわり、ひとつ上の世代が出てくるわけだな」

「清十郎、伝七郎と同世代ということでいえば、吉岡清次郎《せいじろう》という従兄弟《いとこ》もおるようです。さきほどの又三郎の子でございます」

そう加えた青木《あおき》城《じょう》右衛門《えもん》も、ムサシと同い年の弟子である。さらに続けたことには、ただ清次郎というのは血の気が多い短気者で知られた男で、方々で問題を起こすので、一門から放逐されているという話も、一再ならず聞かされましたと。

「それだけに喧嘩無敗とも呼ばれていたそうですが」

「筋金入りの実戦派ということか」

受けて、ムサシは腕組みである。そうか。やはり、そうか。

師範代の祇園藤次、清十郎、伝七郎兄弟の叔父である吉岡又三郎、その子である吉岡清次郎、その三人の誰かが幼い吉岡又七郎の代理になるだろうことは、自分の調べとも相違しないものだった。

「吉岡そのものが出てくるという声もありました」

そう言を投じた多田《ただ》半三郎《はんざぶろう》は、最も若い弟子で、まだ十代も半ばである。ムサシに倣うつもりでか、総髪にしているので判然としないのだが、辛《かろ》うじて元服は済ませたか、本来まだ前髪ある身なのか、それさえ疑わしい歳だ。

その幼さが濃い顔に、ムサシは怪訝《けげん》そうに眉を顰《ひそ》めながら確かめた。

「吉岡そのものとは？」

「吉岡一門といいますか、つまりは兵法所の門弟たち……」

「総がかりで来ると？　おいおい、半三郎、馬鹿も休み休みいえよ」

割りこんだ落合は、窘《たしな》めるような口調だった。というのも、おまえ、吉岡兵法所に全体どれだけの門弟がいると思っておるのだ。累代の名門道場だぞ。免許の弟子だけで、数百は下らないといわれておるのだぞ。

「名前だけの門弟を含めた全員じゃありません。今京にいて、戦える者が全員ということです」

「それが何人になるというのだ」

「百人ほどではないかと」

「百人だと。ムサシ先生ひとりに、百人でかかるだと」

はん、そんな試合は聞いたことがないわ。落合は切り捨てる調子だったが、そこで話を戻したのが道家だった。

「今出川の兵法所に、最近とみに人の出入りが多いという噂は、それがしも聞いております」

「それは本当です。私は自分の目で確かめてきました。ぞろぞろ列をなす勢いで、確かに連日集まっております」

と、青木まで続いた。落合は不服げな顔になり、なお認めようとはしない。

「それは皆で話し合っているということではないのか」

「何を話し合うというのですか」

「だから、道家、ほら、それは一門の危機と申すか、窮地に追いこまれておるわけだから、今度こそ負けられないと、どれだけ話しても話し足りないくらいなのだ」

「つまりは、えんえん相談しているというわけですか。吉岡は誰を試合に出したらよいかと。考えられるのは、せいぜい三人くらいのものだというのに」

「いや、無論、それだけではあるまいが……」

「というか、それじゃないんですよ。話し合うとすれば、皆でどうやって『宮本武蔵』を倒すか、それに尽きるんじゃないですか」

「うん、半三郎のいうことは見当外れじゃないかもな。私は覗きついでというか、聞き耳も立ててきたんですが、道場のほうでは稽古が行われている様子でした。しかも、そうとう激しく。囲め、囲め、皆で一斉に打ちかかるぞ、なんて言葉も聞き取れましたから、ひとりをムサシ先生に見立てて、それを如何に仕留めるかの稽古だったのかもしれません」

青木が言葉を足したので、多田半三郎はいよいよ勢いづく。ええ、そうなんです。そうなんです。

「庭では弓の稽古も繰り返されていました。ええ、あの風切り音は間違いありません。いや、弓だけでなく、銃声まで聞こえてきて……」

「待て、待て、待て」

落合は今や膝立ちで、大きく手を振り振りである。馬鹿な、馬鹿な、馬鹿な。

「百人で一斉にかかるだの、弓鉄砲まで持ち出すだの、それでは、まるで戦ではないか」

「そうなのだろうな、もはや吉岡にとっては」

と、ムサシがまとめた。

吉岡又七郎の代役を探るつもりで、期せずして突き止められた真相――百人で戦を仕掛けてくるという衝撃的な真相こそ、考えれば考えるほど、最も起こりうる展開といえそうだった。

吉岡兵法所の、いわば身内たちが、清十郎、伝七郎の強さを知らずにいたわけがない。あの兄弟以上の兵法者を、簡単に揃えられるとは思われない。

なにしろ真剣勝負を日常としてきたムサシにして、初めて体験するほどの強さだったのだ。達人が清十郎、伝七郎と二人まで続いた事実からして、すでに信じられないほどなのだ。

――もはや吉岡に人はいない。

それでも負けたままではいられない。「宮本武蔵」だけには絶対に勝たなければならない。ならば残された手は限られる。「宮本武蔵」に覚える激しい怒り、恨み、憎しみから、それを躊躇する謂れもない。総がかりの戦で行こうというのは、むしろ当然の帰結である。

「し、しかし、ひとりに百人で襲いかかるなど、尋常な勝負ではない。もはや卑怯という言葉ですら足りないほどだ。ええ、ムサシ先生、こんな非道は許されることじゃありませんよ」

そう落合が返せば、同調する者はいる。道家角左衛門も続いた。なるほど、許されません。

「百人となれば、さすがに京都所司代も動きましょう」

「しかし、吉岡が試合場所に指定してきたのは、もちろん洛外であるものの、今度は一乗寺下り松《いちじょうじさがりまつ》だ。北の洛外、それももう比叡山《ひえいざん》に向かう道しかないところだ。蓮台野や三十三間堂どころでなく、京から大分離れている」

「そうだが、青木、その一乗寺下り松を目指して、ぞろぞろ洛中を練り歩いた時点で、所司代が見咎めずにおかぬのではないか」

「門弟として、試合を見届けに行くだけだと口上するに決まっています」

多田半三郎が答えると、道家も、もちろん落合も黙っていられない顔になる。が、声を出せなかったのは、先にムサシが続けてしまったからだった。

「そう言い訳されれば、役人たち、引き下がらざるをえまいな。吉岡の者たちも、鎧兜で出かけるわけではなかろうからな」

「しかし、先生、それでも帯刀はしているわけです。誰が考えたって、手を出さないわけがない」

「わかっていても、それが言い訳として成立するなら、所司代も言葉通り引き取るしかあるまい。帯刀というなら、俺も、落合、おまえにしてみても、普段から帯刀しているわけだからな」

「しかし、こうまでに非道ですと。さすがに目撃者がいれば……」

「いるか、道家よ」

「……」

「洛中といい、洛外といっても、所詮は役人による線引きの話でしかない。無論、一乗寺下り松は遠いといって、京から何日とかかるわけではない。見物に行こうなんて物好きがいないともかぎらないが、それこそ吉岡の連中が街道に張りついて、ことごとく京に引き返させるのではないか」

「……」

「他に誰もみていなければ、どんな物語でも拵えられる。『宮本武蔵』の骸さえあれば、それこそ吉岡又七郎が倒したという話にだってできる」

「まさか八歳の子供が……。いくら何でも……」

「しかし、落合、それなら祇園藤次でも、吉岡又三郎でも、吉岡清次郎でもいいわけさ」

「その実は嬲り殺しにしておいて、一対一で戦ったと嘘を広めるわけですか」

青木が声を上げた。最後のほうは裏返り、ほとんど悲鳴に近かった。百人総がかりで来るだろうと自ら見立てても、そのせいで師匠が不名誉な最期を強いられるとなれば、これは容認できないということだろう。

「いや、汚い。なんて汚いことを考えるんだ」

「ムサシ先生、こんな試合、やることなんかありませんよ」

若い多田半三郎となると、もはや涙声だった。が、それに年嵩の弟子たちまで頷きで続いたのだ。そうだ、その通りだ。ああ、馬鹿らしい。端から話にもならない。いや、ムサシ先生、調べてきて、よかったですよ。尋常な勝負と騙されたまま向かっていたら、ひどい目に遭うところでした。

「それでも行かないわけにはいかない」

と、ムサシは返した。

皆が絶句するなか、さらに言葉を続けたことには、俺が行かなければ、吉岡の連中は「宮本武蔵」は恐れをなして逃げたと触れ回るだろう。自分たちの勝ちだと、吹聴するだろう。

「最初から、そのつもりなのかもしれん。百人を集めたり、これみよがしに荒稽古をしてみたり、弓鉄砲まで持ち出してみせたりすれば、さすがの『宮本武蔵』も来ないだろうと、それを端から期待しているのかもしれん」

よく考えられている、とムサシはまとめた。吉岡一門、やはり皆で集まって、よくよく相談したようだな。


夜道を行く。しかも山道である。

京洛を東に出て、それから北に進んでいくと、やがて比叡山に至るという山々が現れる。木々鬱蒼たるなかに踏みこみ、越えてきた白鳥山《しらとりやま》、これから向かう瓜生山《うりゅうやま》とも、ムサシにとっては在京中しばしば修行した山野である。

もはや自分の庭のように馴れている。濡《ぬ》れ落ち葉に足を取られる心配はない。みえない谷へと隘路を踏み外すとも思わない。僅かな月明かりさえあれば、道に迷うということもない。

また達した分かれ道も、これと定めて目指してきたものだった。

右に折れれば、比叡山を抜けて、その先の近江《おうみ》に至る。左に折れれば、京洛の北に出て、やがては一乗寺下り松に至るだろう。

「では、ムサシ先生、我らは、ここで」

吐く息を白くしながら、落合忠右衛門は告げた。道家、青木、多田という残りの弟子たちも同じように、分かれ道に立つ爪先を右のほうに向けている。

「うむ、後ほど」

短く告げると、ムサシは左に折れた。

山歩きで汗を掻くほどになっていたが、その温まった身体を冷えさせたくはなかった。それきり振り返るつもりもなかったが、呼び止める声があった。いや、ムサシ先生、お待ちください。

「本当に行かれるのですか」

木々の狭間から洩れる月光に照らされながら、一番若い多田半三郎は、今もって泣くような顔をしていた。

「行く。いった通りだ」

「ならば私も行きます」

「ええ、私も。やはり先生をひとりで行かせるわけにはいかない」

「百人が相手では、私たちが加勢したところで、無意味かもしれません。ただ斬られるばかりかもしれません。それでも私たちはムサシ先生にお供して……」

「無用だ。かえって足手まといになる」

と、ムサシは返した。おまえたちが窮地に陥れば、俺は助けなければならん。しかし、百人と戦う最中に、そんな余裕はない。ああ、さすがの俺にも荷が勝ちすぎる。

「ひとりなら、勝てるのですか」

「そういったはずだ、落合。吉岡一門の奴ばらが群れをなし、隊をなすとも、何も怖いことはない。そんなものは浮雲と同じだと。簡単に吹き散らしてみせると」

「疑うわけではありませんが……。いや、しかし、いくらなんでも、ひとりで百人など……。やはり、わざわざ死にに行くようなものとしか……」

年嵩の落合が、がっくり地面に膝を突いた。

それほどか。それほど救いがない話なのか。振る舞いには多少の驚きまで余儀なくされたが、なおムサシは平然と自分の理屈で言葉を続けた。

「みていたければ、山頂からみているがいい。おまえたちとて兵法を志す身だ。些かの勉強にはなるだろう」

「そんな恐ろしいことは……」

「みていられないなら、やはり先に近江に向かえ。打ち合わせた通り、俺とは大津宿《おおつ》で落ち合え」

ムサシは今度こそ歩き出した。

進んだのは、やはり左に折れる道だ。瓜生山を越えて、そのまま一乗寺下り松に向かう道なのだ。そこで俺は試合をやり、その後は近江に向かう。ああ、そうだ。これを最後に京を出る。

——京に来て三年。

最初は都に流れてくる数多《あまた》の兵法者が目当てだった。ひとり、またひとりと勝ち続けていけば、「宮本武蔵」の名は上がると思われたからだ。

実際、いくばくかの高名は得られたが、それが何かになるでもなかった。

なるほど、大したことはしていない。考えていたような強豪とは出会えていない。これでは駄目だ。凡百の徒と何百回戦おうと、実を結ぶことなどない。

そこで思い出したのが剣の名門、京八流吉岡兵法所だった。

かつて父新免無二が、そこの吉岡憲法と試合をした。幼心にも、ただならぬ試合だった。今もって京で戦う意味があるとしたら、この吉岡だけかもしれない。

そう考えて挑戦し、当主の吉岡清十郎、その弟の吉岡伝七郎と戦った。望み通りの強豪だったが、それを相手にムサシは連勝することができた。

やはり意味ある試合になった。それはムサシに多くをもたらし、さらに向後もたらし続けるはずの勝利だ。

が、その吉岡との戦いも、これが最後である。終われば、京に留まる意味がない。もう本当に相手はいなくなるのだから。文字通り吉岡兵法所は空になってしまうのだから。

——本当に百人が出てくるならば……。

不意に視界が開けていた。踏み出す足も楽になって、もう上り坂ではなかった。

瓜生山の峠に差しかかっていた。なお生い茂る木々の枝も多少なりとも邪魔を控えて、この高みからは洛外の風景が一望できた。

とはいえ、まだ暗い。夜明けまで、もう少しある。黒々とした景色のなか、みえたのは点々と続いている橙色だった。

篝火が焚かれている。あるいは燃やされているのは松明《たいまつ》か。

いずれにせよ、無数の火を頼りに集う吉岡一門は、五人や十人ではないはずだった。ああ、百人くらいは本当にいるかもしれないな。

「まさに戦だな。まるで合戦だな」

あらためて、吉岡も大仰な真似をしたものだな。そう苦笑をこぼしかけて、ムサシは自問に囚われた。本当に戦と同じか。合戦の要領で戦えば、そのまま通じてくれるのか。

合戦なら豊後で経験している。石垣原でも多勢を向こうに、ひとりで戦ったことがある。戦い方は承知している。その思いがムサシをして、こたびの戦いを受けさしめていた。

逃げるなど笑止と自信も揺るがなかったが、本当にそうなのかと、今にして自問を免れえなくなったのだ。戦と同じで済んだなら、それは望外の幸運といわれるべきではないのかと。合戦より楽な処し方など、まずは期待できないのではないかと。

それというのも、一乗寺下り松にいる百人は、ただ駆り集められた雑兵ではない。清十郎や伝七郎のような達人ではないにせよ、皆が吉岡の男たちだ。まがりなりにも剣の道を志し、ひたすらに木刀を振る日々を繰り返してきた剣士たちなのだ。

――それが百人……。

例えば吉岡清十郎の剣――あの虚実合わせた絶え間ない攻撃は、何人分に相当するものだったろうか。二人分、三人分、いや、そんなものでは収まらないと振り返ったものの、ならば十人分もあったのかと確かめられれば、答えに窮してしまう。

あるいは例えば吉岡伝七郎の剣――あの殺気を感じさせぬがゆえに予測不能な攻撃も、来るのは前からだけだった。後ろから、または右から、左から、しかも同時に来たならば、その全てを予測できるのか。百の攻撃、百の殺気を全て読み切れないならば、あのよけられない剣撃をもらったも同然ではないか。

「……………」

息が詰まりそうになる。

それをムサシは何とか吐き出すことができた。いや、そうではない。百人と一度に戦うわけではない。一対一の戦いを百回やる。勝つ方法は、はじめからひとつなのだ。

それを貫けるなら、変わらない。戦と同じで構わない。剣の技量に多少の優劣があったとしても、それは恐れるべきではない。一対一の勝負をやって、かなわない相手でないかぎり、剣士も雑兵も何ら変わるものではない。

ムサシは坂道を下り始めた。

なお左右を森に囲まれる九十九折《つづら》りの山道が続いたが、やはり迷う恐れはなかった。じき狸谷不動《たぬきだにふ》だ。水行ができる滝があって、何度か打たれたことがある。

下り坂では足の運びも軽やかで、どんどん進むことができた。

ややあって、今度は左手に鳥居が見えてきた。下がる提灯《ちょうちん》には火も入れられていて、「八大《はちだい》神社」の文字が読めた。

幾度となく通りがかって、そこもムサシは知っている。須佐之男命《すさのおのみこと》、稲田姫命《いなだひめのみこと》、八王子命《はちおうじのみこと》を祀る神社で、京の表鬼門を守っている。

「ああ、そうだ」

ムサシは参道に足を向けた。せっかく通りがかったのだ。神前に勝利を祈願していこう。

やや進んでから、左に折れると、その先に石の階段がみつかった。上っていくと、左右に狛犬《こまいぬ》がいて、やはり八大神社で間違いないようだった。

夜明けが近づいているらしく、闇が薄まり始めていた。

なお黒いのは社殿の色で、彫金の飾り板は、昼にみれば金色に輝いているだろう。いずれにせよ、ここだ。ここで間違えてはいない。

いざ詣でんと、ムサシは神前に進み出た。鰐口《わにぐち》の綱をつかんだところで、不意に身体が固まった。

あまりにも覚えがない感触だった。だから、ちょっと待て。ムサシ、おまえ、おかしいぞ。

「これまでは神仏など拝んでこなかったではないか」

この八大神社も来たのは初めてだ。どれだけ通りがかっても、立ち寄ろうと思いついたことはなかった。

他の神社も、他の寺も然りであり、勝たせてほしいと願をかけるなど、これまで一度としてなかったのだ。それを今回だけ……。とんでもない難事に、俄に信心深くなって……。全て自分の都合であれば、神が聞き入れるはずもないのに……。

ムサシは綱から手を離した。踵を返すと、社殿の前から逃げるように立ちさった。

「なんと見苦しい」

神頼みなど見苦しい。神仏に縋《すが》らずには、戦いに向かうこともできないならば、見苦しい。というか、今このとき俺は臆しているというのか。弟子たちの前では強がってみせたものの、百人と戦わなければならないという現実に怯《おび》え、正直な心はといえば、とっくに追い詰められていたのか。

「それでは勝てん」

呻いたとき、ようやく元の道まで戻れていた。ああ、神仏に縋っていては勝てない。勝つのは神でなく、己を信じられる者だけだ。そうだろう。そうだろう。そうだろう。

心のなかで無理にも己に畳みかけると、直後にムサシは走り出した。

山歩きで、せっかく温めてきた身体が冷えた。これでは戦えない。汗が冷えて、風邪《かぜ》さえ引きかねない。鼻水を啜り啜りでは、剣を振るえるわけがない。だから、走れ。全力で走れ。そうすることで事前に振りきるべきものは、確かに抱えているようだった。

森が切れると、ついさっきまでの坂が嘘のように平らになり、道の左右にも刈り取りが済んだ田ばかりが、えんえん続くようになった。

いうまでもなく、見通しが利く。そこで、もう一本松がみえる。何もない冬枯れの景色のなかに、ほとんど頼りない感じで立っている。

――一乗寺下り松……。

自然に生えたものではない。目印にするために、人間が植えたものだ。

その昔は「一乗寺」という寺があったらしいが、廃寺とされた今は建物という建物もなく、そこで道の分岐を示すものとして残されたのだ。

京洛から北に上ると、この一乗寺下り松に達する。

その横をやりすごし、さらに北に進んでいけば、道は琵琶《びわ》湖沿いに、やがては近江に至る。左に折れて西に向かう道が曼殊院《まんじゅいん》通、右に折れて東に向かう道が狸谷不動明王道ということである。

が、ムサシは京洛の北東を大きく迂回《うかい》して、わざわざは通らないような山道を来た。一乗寺下り松にも東から西に、つまりは狸谷不動明王道を逆向きに近づいている。

いうまでもなく、今は身体を低くしながらだ。これだけ見通しが利くのだから、こちらも簡単に発見されてしまうのだ。

大きな身体が、我ながら歯がゆかった。田に水がないのを幸いと、ムサシは畦《あぜ》の陰に隠れることにした。低く低く身を伏せながら、一本松に近づいていった。

すると、白いものがみえた。下り松の根元を隠しているから、より手前の位置、つまりは分岐をこちらの狸谷不動明王道に折れた位置である。

白いものは上のほうを黒線が横切り、中央には家紋らしき模様もあしらわれている。ああ、これは白布だ、陣幕が張られているのだと、ムサシは気づいた。まさに戦の心づもりで、吉岡が張ったものだ。

そうみてとれるくらいに、空が明るくなっていた。じき夜明けだ。約束の刻限は日出卯の刻だから、まずまず時間通りに来られたことになる。

――それにしても白い。

布の白さが目に眩いほどだったのは、ひとつにはパンと張られて、切れ目がないからだろう。狸谷不動明王道を跨《また》ぐように張られた陣幕は、凹の口を西に開けて、こちらの東には背を向ける格好なのだ。

左右には人影も覗いていた。

畦を越えて、田に下りて、点々としている稲の切り株を踏みつけながら、やはりといおうか、吉岡一門は相当な人数である。

朝の静けさのなか、何だか騒々しいくらいだ。ひとりひとりは小声でも、それが無数に重なるので、ガヤガヤ騒がしい感じになっているのだ。

――いいのか、それで。

新たな物音に気づけないが、いいのか。「宮本武蔵」が近づいてくる足音も、刀を鞘から抜きはなつ音も、ましてや気合いを籠めた呼吸の音も、何も聞こえなくなってしまうが、いいのか。

吉岡の門弟たちは、ことごとくが襷がけの交差をみせて、こちらに背を向けていた。みているのは、陣幕の口と全く同じ方向ということになる。

――吉岡は西を睨んでいる。

京から出た「宮本武蔵」は西から来る。逗留する上品蓮台寺は北の洛外だが、それも西寄りだ。近江に向かう道を一乗寺下り松まで進み、そこで右に折れて、狸谷不動明王道に入り、つまりは開けておいた陣幕の口のなかに飛びこんでくる。そう決めつけているのだ。

裏を返せば、大きく北東に迂回して、山道から来るとは、ちらとも考えなかった。そういう可能性があると、吉岡一門は疑うことすらしなかった。

――どうして。

疑わないことのほうが、かえってムサシには解せなかった。

もしや罠か、とも考えてみた。西ばかり睨む構えは、そうみせかけたものにすぎないのか。東は警戒していないといわんばかりの態度で、つまりは、わざと隙を作っているのか。

ガヤガヤしているのも、油断しているとみせる工夫のひとつなのかもしれない。よもや気づかれることはあるまいと、東から近づいてきた「宮本武蔵」を、いよいよの距離まで引きつけてから、ここぞと反転、まんまと討ち取る策なのかもしれない。

ムサシは神経を張り詰めさせた。いつ振り返られるか、わからない。あるいは自分と同じように、畦に身を隠した伏兵がいるかもしれない。

不断に注意を払いながら、慎重に、慎重に進んでいったが、それが途中で遮られることはなかった。東に向かっては、やはり完全に無防備だった。誰に邪魔されることも、誰に気づかれることすらなく、とうとうムサシは陣幕のすぐ後ろに張りつくことができた。

気配を殺して、その場に潜んでみると、白布の向こうから声が聞こえた。空気が乾いているせいか、はっきりと言葉になって耳に届いた。

「ええか。みな、気ぃ引き締めや。そろそろ宮本武蔵が来るころやで」

そういうが、こちらの接近に気づいたわけではないようだ。そんなに切迫した声ではない。「宮本武蔵」がとっくに背後に達しているとは、夢にも思っていない。

「いや、いうても、祇園はん、ここまでは来られへんやろ」

「そうですな、又三郎殿。この一乗寺下り松までの街道沿いには、畔や草むらに隠れて、うちの門弟たちが、びっしり張りついておりますよって」

陣幕の西側にということだろう。向こうには、やはり伏兵が仕込まれていたのだ。

吉岡又三郎に答えてから、祇園藤次と思しき声は、また別な者に告げた。

「弓、鉄砲の者は抜かるんやないで。もし来たら、打ち合わせ通り、街道筋で仕留めてまうんや。そういうて、おまえ、念押ししてきいや」

命じられて、駆け出す足音が響いた。やはり、うるさい。油断とみせかける工夫でないなら、音は極力立てるべきではない。それを頓着する様子もなく、これは本当に警戒心に乏しいということなのか。

そもそも祇園からして、そろそろ敵が来ると打ち上げた割に、声を潜める様子がなかった。無駄な念押しのために、騒々しく伝令を走らせることも躊躇しない。仮に西から来るとしても、これでは「宮本武蔵」に全て聞き取られてしまうだろう。伏兵がいるのかと用心されて、避けられてしまうだろう。

あるいは、もう一枚あるのか。さらに裏の裏をかく秘策が用意されているのか。

──それにしても……。

なおムサシは引っかかりを覚えずにはいられなかった。剣の名門ともあろう吉岡兵法所にして、弓鉄砲の飛び道具を頼みにし、刀は抜くつもりがないとは……。

「いや、その弓、鉄砲いうて、はたして出番なんかありますやろか」

続いたのは、吉岡又三郎の声だった。若い声は聞こえず、事前の話に出ていた清十郎や伝七郎の従兄弟、清次郎は来ていないようだった。

答えたのも、やはり祇園藤次の声だ。

「篝火に、松明、かなり遠くからでも、みえましたでしょうからな」

「それに明るうなってきた。吉岡の陣の様子かて、おいおいみえてくる。はったりやない。ほんまに人数出したんや。そうわかったら、宮本武蔵かて阿呆やない。もう逃げてまうやろ」

そういう見込みで臨んでいるなら、吉岡の弛んだ空気もわからなくはない。これだけの人数とあえて向き合うはずがないという判断も、ありえないわけではない。

「なるほど、全部で百八人ですからな。どこの誰が戦えるんかいう数を集めましたからな」

「そうですねん。ただ祇園はん、又七郎殿のことは、どうか数に入れんといてや」

そういって、二人で笑う。その声は朝の静寂に、いやが上にも大きく響くが、だからと遠慮するような素ぶりは、やはり皆無だ。

本当に何も心配していない。その判断も筋が通らないではなかったが、ムサシは変わらず問わずにいられない気持ちである。つまるところ、全て自分たちに都合がいい物語ではないか。

甘えた見方にすぎないかもしれないと、少しは省みないのか。もとより戦いでは何が起こるかわからないと、気を引き締めるところはないのか。

あるいは、これが今の吉岡兵法所なのか。名門の末路ということなのか。吉岡清十郎、吉岡伝七郎、あの非凡な兄弟を最後の徒花《あだばな》として、あとは堕落していくしかないのか。自らは達人の域にいた両名をして、吉岡は危ういと焦らせたものの正体が、これだったというわけか。

「いや、ほんまの話、この又七郎殿がおられるかぎり、吉岡は安泰なんや」

吉岡又三郎が続けていた。なんぼでも、やりなおせる。仮に今日しくじっても、次がある。

それで続いていくならば、なるほど名門は名門であり続けるだろう。そして、体面だけ守ろうとする。戦う技量も、そのための気概まで廃《すた》れていても、己が勝ち名乗りを上げられるまでは、執拗に「宮本武蔵」に挑み続けて、決してやめようとはしない。

――だから、ここで終わらせる。

やはり、終わらせる。ムサシは音もなく刀を抜いた。

白布に己の影が薄墨色に浮かび上がった。ちょうど夜明けだ。比叡山に連なる峰々の陰から抜けて、サッと朝日が射しこんだのだ。

ムサシは振り上げた刀を、スッと縦に走らせた。切り裂かれて、陣幕の布は左右に分かれた。狭間に覗きみえたのは、ちょこんという感じで床几に座る小さな背中だった。

吉岡又七郎だろう。

着せられている鎧兜は、八歳の小さな身体なりに誂えられたものである。それでも鍬形の黄金色から、忍びの緒や揺糸の朱色から、目に鮮やかにして美々しいばかりで、まさに陣幕の飾りだ。ただの名義人であり、数には入れないといいながら、それでも試合場には洩れなく同道させたのだ。

いかにも名門がやりたがりそうなことだ。

ムサシにせよ、又七郎が来ているだろうことは疑いもしていなかった。「宮本武蔵」の骸を転がし、さあ、一太刀入れなされと、この子供に形ばかり止めを刺させる。さすが武門の子であられると煽《おだ》てあげ、それをまた吹聴の種にする。ああ、いかにも、やりたがりそうなことなのだ。

あるいは又七郎は八歳にして達人だとか。父清十郎、または叔父伝七郎の薫陶を受け、幼くして妙境に達しているとか。「宮本武蔵」を倒せるほどの技量を有し……。少なくとも対等の勝負を演じられるほどの……。

――馬鹿な。

ありえない。もし達人であったなら、子供であろうと躊躇なく斬れる。殺《あや》めても、心は軽い。だから、そうであれと望んだところで、ありえないものはありえない。

ならば、斬らないのか。又七郎を斬らずに終わらせられるのか。いや、この又七郎を斬らずに始められるのか。

ムサシは強く奥歯を噛みしめた。やるしかない。

右足で間合いを詰めると、刹那ザッと土が鳴った。その音に兜の鍬形が少し揺れた。錣《しころ》も動いて、又七郎は小さな頭を回そうとしたようだった。

こちらに振り返ろうとしている。が、その幼い瞳をみては、また斬るに忍びなくなる。

正面を向かれる一瞬前に、ムサシは刀を走らせた。

それは殺気のない伝七郎の剣だった。又七郎を哀れと抱きしめるような心で、それをムサシは振っていた。

無論、そうまでする必要はない。やはり子供だ。ただの子供だ。吉岡に生まれた男子として、幼少から剣の稽古を免れたとは思わないが、それでも八歳の子供なのだ。

殺気など読めない。躱しようなどない。大人を凌ぐ剣技を持つはずもない。が、だからこそムサシは、幼い又七郎に欠片《かけら》ほどの恐怖も与えたいとは思わなかった。

首筋を打たれて、小さな身体が、小さな音とともに倒れた。

血は多く噴き出したが、ほとんど即死であれば、痛みは感じていない。又七郎は恐らく、自分が死んだことすらわからないはずだった。

が、わからないのは、大の大人も同じだった。陣幕の内だけで二十人近くいたが、ほとんどが大口を開け、あるいは目を丸く見開きながら、きょとんとしているだけだった。

というのも、どうして又七郎が倒れるのか、わからない。なぜ血を流しているのか、わからない。

――というより、みえない。

ムサシは東から来た。昇る朝日の光も東から射しこんでくる。

ムサシから前は明るい。はっきり全てがみてとれる。しかし吉岡の面々からは、ムサシがみえない。完全な逆光になっているので、朝日との境目も茫々《ぼうぼう》たる曖昧《あいまい》な影でしかない。

ムサシは刀を鞘に戻した。

「宮本武蔵と申す」

大声で宣してやると、陣幕の空気が一瞬にして沸騰した。ムサシや。ムサシが来おったわ。どういうことや。ああ、又七郎殿が斬られて。ああ、やられてもうた。どういうことや。どないなってんねん。もしかして山のほうから来たんか。おまえ、汚いで、ムサシ。

「後ろから襲うなんて、そら、卑怯や」

聞きながら、ムサシは皮肉を独り言《ひとご》ちかけた。都人というのは、口だけは動くものだ。声に出さなかったのは、そうする前にシャリリ、シャリリと刀を抜く音が、連なり始めたからである。

――そうこなくては……。

きっと「宮本武蔵」は逃げると決めつけていたとしても、そうこなくては……。万が一にも現れれば、そのときは弓鉄砲で仕留めると算段していたとしても、そうこなければ……。自ら刀を振るうことはないと安心しきっていたとしても、腰に二本も差してきたからには、そうこなくては……。この幼い当主だけはと念じた又七郎が、いきなり斬り捨てられてしまったからには、そうこなくては……。

――吉岡一門たるもの。

戦わざるをえなくなった。ところが、それぞれに刀を構えたきり、誰も斬りかかってこなかった。

二十人が二十人、こちらに切先を向けたまま、その場で固まっているのだ。

怒気に弾かれて、動き出すというわけにはいかない。容易に斬りかかることができない。やはり、みえないからだ。真正面の朝日が眩しくてならないのだ。

ムサシがいる大体の場所はわかっても、なお影のなかにある手はみえない。腕もみえない、構えも確かめられないので、どうやって斬りかかればいいやら、見当がつけられない。

だから——とムサシは思う。太陽を背負うのは兵法の常道ではないか。ゆえに俺は東から来たのではないか。わざわざ山道を越えて、大きく遠回りしてきたのではないか。

それを予期することができず、つまりは理を思い出すことすらできないなら、吉岡一門、おまえたちは道場に籠もりすぎた。典雅な名門でありすぎた。

みえないなりに斬りかかればよいではないか、ともムサシは思わないではなかった。この陣幕にいるだけで二十人を数えるのだから、さあ、皆、いくぞと、一斉に斬りかかればよいではないか。

実際のところ、それこそはムサシが恐れる攻めだった。一度に二十の刃を向けられた日には、さすがに無傷でいられるとは思えないのだ。みえないことで、いくらか狙いがずれたとしても、二十もある刀のうちの数振りは、この身を刻むに違いないのだ。

それは吉岡の門弟たちとて、わかっているはずだ。それなのに、やらないのだ。

よくみえずに味方を斬りつける恐れがあるから——そう心に呟《つぶや》いたならば、吉岡一門、おまえたちは垢抜けた都を出なさすぎた。これだけの数を頼みにした時点で、何人か犠牲にするもやむなしの覚悟を決めたのではなかったのか。それでも「宮本武蔵」だけは倒さなければならないと、怨念に近い思いで来ているのではなかったのか。

あるいは味方を案じる理屈が、自らが斬り合わないための口実であるならば、とうに刀を手にする資格を失くしている。やはり俺が、ここで引導を渡してやる。

ムサシから右手、一番近いところにいたのが、びっしり顎までの髭面だった。

がっちり大柄な体軀からしても、一見する分には柔和な優男という、吉岡家の男の系譜ではない。

とすると、これが祇園藤次か。豪剣を使うという吉岡又三郎は、左手にいる商家の隠居めいた男か。

ムサシは髭面のほうを選んだ。

眩しくてみえないなりに目を凝らし、祇園藤次は先を、あるいは後の先を取ろうとしていた。隙を探られたムサシは実は刀を抜いてもいないが、この際は関係ない。

試みに殺気を飛ばすと、青眼に構えた刀を斜めに跳ね上げ、あやまたず防御した。きちんと反応する。腕前は確かで、さすがは祇園藤次である。これはムサシであろうと、おいそれとは手を懐に入れられる相手ではない。

だからこそ、ムサシは歩いた。一気の踏みこみで間合いを詰めるでなく、神速の動きで円を描き回りこむでなく、眩さのなか、ただ歩いて、髭面の前まで近づいていった。

祇園藤次は動かなかった。というより、動けない。ムサシに殺気がないからには、動けない。あげくが、眩さのなかから伸びてきて、恐らくはみえもしなかったであろう手刀を、鼻の頭に打ちつけられた。

うっと呻くと、祇園藤次は左手で鼻を押さえた。一緒に目もつぶったので、このときムサシは相手の懐に手を入れて、その腰から脇差を引き抜いた。

燦々《さんさん》と注ぐ朝日のなか、刀身が白々と光を弾いたが、それも刹那のことだった。直後にムサシは得物を戻した。が、その先は帯に括られた鞘でなく、祇園藤次の腹だった。

「ぐおお、おお」

大きく開けられた口のまわりで、髭が血と涎《よだれ》に汚れた。祇園藤次が抱きかかえていたのは、こぼれた自分の臓物だった。それこそ大事そうに両手で拾ったので、太刀はといえば、手放されて土に弾まざるをえない。

それを右手で拾い上げ、ムサシは思う。まずひとり。いや、吉岡又七郎を数に入れれば、これでふたり。あと残りは百六人。

――さあ、どんどん数えていこうか。

ムサシは左手に小太刀、右手に太刀を構えた。

この二本の得物で十人斬る。刃が欠け、あるいは脂で斬れなくなる前に、また次の得物を奪う。十人斬れば、また得物を奪い、また十人――それを十度繰り返す。最後の六人になってから、いよいよ自分の刀を抜いて、それで終わりだ。

「きさま、何してくれたんや」

左手で殺気が動いた。上段から一気の振り下ろしで、これが噂の豪剣か。来たのは吉岡又三郎というわけか。

ムサシは思う。まだ貴様は死なせない。もう少し生きてもらう。

「むん」

気を叩きつけてやると、又三郎の小柄な体軀は三間も飛ばされた。

どよめきながら、何人かがそちらに目を釣られた。又三郎のすぐ後ろにいた若侍も、そのひとりだ。いかにも素性のよさそうな、小綺麗な男だったが、それが次の標的だ。

ムサシは鳥が飛び立つ刹那のように、背後で左右の腕を開いた。バッと動いて距離を詰めれば、若侍には、大きな身体が胸板からぶつかってくるようにみえるはずだ。

眩しくて、腕はみえない。もとより恐怖を感じるのは、身体が近づいたときだ。人間の神経は、小さなものより大きなものに反応するようにできているのだ。

動かずにいられる余裕は、一気になくなる。若侍は我慢できずに、早々に刀を振り出す。止めず振りきったとき、そこに取り消せない隙が生まれた。

ムサシは僅かに右へ回り、その首筋を指先の剣で仕留めた。これで三人。

噴き出す血を避けながらの踏みこみで、また胸板から向かったのは、ずんぐりの首が太い男だった。恐怖に見開かれた白目に、赤い血管が浮き立つ。やはり焦って剣を振り出してくる。

ムサシは背後に隠した二本の刀を、はばたくかのような動きで、ほぼ同時に前に出した。右の太刀が相手の斬り下ろしを弾き上げると、短い分だけ遅れた左の小太刀が、がら空きになった腹に刺さる。これで四人。

猪首《いくび》の男が倒れたあとに、白刃が飛びこんできた。目を血走らせているのは、少し顎がしゃくれた男だ。

ここぞと勝負を賭けた勇敢さは認めるが、惜しむらくは、こちらが二刀であったことか。一方を振りきっても、そこで無防備にはならない。もう一方が次の攻めを用意している。

ぎりぎりまで引きつけてから、ムサシは躱した。右回りのまま、右に踏みこみ、右の太刀で横首を斬り下ろし、これで五人。残りは、あと百三人だ。

ムサシは右斜め後ろ、肩の骨の先あたりに殺気を感じた。

陣幕の左側にいた吉岡又三郎は、その身体を気で飛ばした。このあと後ろ、陣幕の向きからいえば、前というべきかもしれないが、とにかく列をなしていた三人までを、立て続けに斬った。

かたわら、右側は祇園藤次の腹を裂いて捨てたきりだ。その後ろ、あるいは前に並んでいた数人も無事だ。それが今、ムサシの真横から、やや後ろの位置にいるのだ。

向こうが回りこんだのではない。ムサシが前に斬り進んだので、立ち位置が変わった。それで、ひとりはこちらの背中を狙える。向こうも気づいて、俄に殺気を発している。

ぶんと風を鳴らしながら、ムサシは右手の太刀を背後に回した。剣先で牽制しつつ、思う。敵に背中をさらすのは、うまくない。

いっそう悪いのは、他の者たちまで状況に気がついて、四方八方を取り囲みにかかることだった。そうなったら勝てない。同時に無数の刃を振るわれては、なす術がない。それだけは回避しなければならない。ここで、これ以上は深入りできない。

なおムサシは奥をみた。右に十人、左に七人、まだ尻もちをついている吉岡又三郎を合わせて、今は陣幕の内に十八人というところだ。

さらに向こうの狸谷不動明王道には、いっそうの数で群れている。鉢巻、襷がけの侍たちが、道いっぱいを埋めているのみか、路傍の田にまで食み出している。

が、動き出す様子はない。陣幕の内の出来事に、まだ気づいていないのかもしれない。あるいは逆光で、よくみえていないではないか。じき誰かが知らせるだろうが、そのときになって、どう出るか。

――賭けだな。

それでも賭けられるだけの仕込みはした。ムサシは踵を返し、もう直後には走り出していた。向かったのは陣幕の裏、自ら切り裂いた幕の彼方《かなた》だった。

「あっ、逃げたで」

と、背後で声が上がった。ああ、俺は逃げる。それで吉岡一門は、どうする。逃げたものは仕方ないと、見送るのか。吉岡又七郎が生き返るわけではないと、あきらめるのか。ことによると、これで戦わずに済んだと、密《ひそ》かに安堵《あんど》の息を吐くか。

そこで声が飛んだ。何ぼんやりみとんのや。

「追え、追え、皆でムサシを追わんかいな」

ガラガラに潰れた濁声《だみごえ》は、吉岡又三郎だった。指図できる立場の者、それも「宮本武蔵」を逃がしてよいとは考えない吉岡の血統を生かしておいて正解だった。

直後に地鳴りが起きた。陣幕の内の門弟たちは一斉に駆け出した。いや、それに留まらない。

「宮本武蔵はこっちや。こっちにおるで」

「当主を殺《や》られた。又七郎殿が斬られてもうた」

「だから、こっちや。宮本武蔵を逃がしたら、あかん。早う、皆、早う、こっちやで」

足裏に伝わる揺れに実感させられる。百からの人数が動き出すとは、こういうことか。まるで巨大な怪物か何かに追われる気分だ。圧倒的な力を予感させて、まさしく否も応もない。


ムサシは走り続けた。

すぐ道から左に逸れて、畦を越え、水が抜かれた田に下りる。そのまま斜めに、方角でいえば北東に、全速力で走り続けた。

銃声は響かなかった。矢の風切り音も聞こえてこない。追撃するのに、吉岡一門が飛び道具を使わなかったことに、まずムサシはホッとした。

やはり朝日が眩しくて、狙いをつけられなかったのか。仲間に当たることを危惧して、手控えたか。

大方は、弓鉄砲の輩を専ら陣幕から西に、つまりは「宮本武蔵」がやってくると考えていた方角に潜ませていたため、こちらに呼び寄せるのが遅れたからだろうが、いずれにせよ、すぐさま飛び道具が使われたなら、さすがのムサシも危ないところだった。

さしあたり追いかけてくるのは、刀を手にした者たちだけだった。

ムサシは走る速さを少し落とした。ほどなく追いかける足音が大きくなった。吉岡の門弟のなかで、陣幕の内あるいは陣幕近くにいて、しかも脚力に秀でた手合いが、何人か追いつこうとしているのだ。

その気配が十分近くなったとき、ムサシは草鞋の裏を滑らせながら止まった。

身体を反転させて、もはや彼方に遠ざかった狸谷不動明王道と正対すれば、真南を向いたことになる。前の右手に太刀、奥の左手に小太刀と、構えは右半身である。

そこに右斜め前から、足が速い順で鉢巻の列がやってくる。

駆けてきた勢いで止まれない、いや、止まるつもりもない。すでに抜刀していた先頭の侍は、駆け足のまま踏みこんだ。

敵ながら、剣の出し方が不用意だ。止まらない剣は致命的な隙を生む。ムサシは右斜めに踏み出すだけで空を切らせた。ほぼ同時に太刀が相手の喉を突いて、六人目。

倒れたところに現れたのが長身の男――ひょろりとしているが、背丈だけならムサシより大きい男だった。

やはり斬り下ろしの動作に入っていたが、その殺意が落ちる先には誰もいない。ムサシは右にずれている。朝日が眩しくて、それがわからなかったのか。

こちらは、ただ左肩を後ろに引くだけで躱せる。かたわらの男の細長い首はガラ空きだ。小太刀で、その刃先だけチョンと立てても、太い血管から大量の血が噴き上がる。これで七人。

悲鳴を上げる身体を押しやると、次は突きごと直進してきた。また右に回り、身体が交差する刹那に、ムサシは右の太刀を相手の右脇腹に押しこんだ。これで八人。

仲間の背中越しに剣を振るった九人目は、ムサシが肩で打ちかました骸を抱かされ、腕を下ろせなくなった。その空いた脇腹を、左の小太刀で抉りこむ。これで九人。

懐に二人の骸が重なった。それを盾に身を守りながら、ムサシは続いて駆けこんできた男に太刀を槍のように投げた。倒れた男のあとから、またぞろ飛びこんできた男には、続けて小太刀を投げつける。

父無二の当理流では、槍も、手裏剣も教えられる。当を得た投げ方に、二人とも恐らくは心の臓を貫かれたはずだった。これで十人、そして十一人。

ムサシは抱えた二人の遺体を放り出した。先がけて、手前の骸からは、手に握られていた太刀と腰の脇差を奪っていた。得物を取り換える余裕があったのは、あとの追手が少し離れていたからだ。

ムサシは、また走り出した。

左に向かい、やはり斜めに走るも、方角としては今度は北西に向かうことになる。

応じて追手たちも曲がった。いっそう遅れていたなかには目端の利く輩がいて、最短距離で「宮本武蔵」に追いつこうと、走る向きを端から北に変えていた。それを横目で確かめながら思う。ああ、来い。早く追いついてこい。

逃げるために逃げているのではなかった。それは斬るため、迎え撃つためだった。

逆に追うなら、相手のほうが逃げる。しかも吉岡一門は多勢であるから、各々が散らばって逃げるだろう。

それをムサシは追いかけなければならない。誰かひとりに追いつき、それを斬り捨てたとしても、次のひとりは近くにいるとも、同じ方向にいるとも限らない。それどころか、恐らくは全く別々に追いかけなければならない。

次から次と斬り続けるなど、もはや望むべくもない。もたついたが最後、その間に多くに取り囲まれる恐れもある。

——だから逃げる。

そのとき追いかけてくる者は、一列になって来るからだ。二人、あるいは三人と並走してくるかもしれないが、いずれにせよ自分に向かってくる。散り散りにばらけたり、大きく広がったりはしない。遠ざかろうとすることもなく、それどころか自ら進んで、こちらの剣が届く距離に飛びこんでくる。後から後から来るので、こちらは一所にいながら、何人も斬り続けられる。仕留め損じなければ、後ろに回られることもない。

——父無二の見様見真似で、石垣原で試した通り。

それも斜めの位置が斬りやすい。数人の列を長四角に見立て、その張り出した角を削り落とす感じで、左右の刀を振るい続ける。ああ、そうだった。

ムサシは再び枯れ藁《わら》に草鞋の裏を滑らせた。無理にも止まり、身体を反転させてみると、吉岡の門弟たちも次の数人が追いついてきた。

脚力に物をいわせて肉薄してきた者たちも、最短距離を一気に抜けてきた者たちも、途中で合流したらしく、今は一列である。

ムサシが再び真南を向いたので、左斜め前から駆けこんでくる。よし、今度は左半身だ。

それは襟の折り目も正しく、みるからに神経質そうな若侍だった。

踏みこむ足を整えるつもりか、二間ほど手前から歩幅が小刻みになった。右足を大きく踏み出したときには、左に変化しながら、同時に距離を詰めたムサシに、小太刀で胴を横薙ぎにされていた。

十二人目になった骸は、剣の衝撃で右に飛んだ。次も左斜め前から来た。

ムサシは左手を引き戻す身体の回転を利用して、間断なく右の太刀を出した。相手は刀を振り上げたばかりで、その首を斜めに斬り下ろされた。

恨みがましい目ばかりみせて、十三人目は今度は左に倒れた。ムサシが右手を戻すと、左手は勝手に迫《せ》り上がる。そこに飛びこみ、十四人目も小太刀で脇を抉られた。

右に倒れたあとに飛びこんだ十五人目は、返しの太刀で首を斬られた。

小太刀で突いて、十六人。太刀で斬り下ろして十七人。また小太刀で十八人、太刀で十九人。ただ左右の手を回転させているだけで、ムサシの左右にみるみる死体が折り重なる。

小太刀で二十人、太刀で二十一人と、己が無残な運命が頭をよぎらないではなかったろうが、吉岡の門弟たちはまるで吸いこまれるように、ムサシの剣域のなかに身を投じ続けるのだ。

多人数を斬り伏せるには、やはり、これだ。ムサシは動く必要もなかった。

攻めやすいだけでなく、それは攻められにくい構えでもある。ああ、完全に思い出した。勘を取り戻した。太鼓を打つように左右交互に刀を振り出すのだ。ああ、調子が出てきた。

――ただ楽ではない。

敵が駆けこむ場所を常に空けておかなければならないからだ。斬り伏せた相手は、速やかに左右にどけなければならない。が、差こそあれ重たい大人の男だ。生半《なまなか》な力では弾き出せない。いちいち刀を強振しなければならない。

それは常に一撃で倒す必要からも求められる。

二撃も使っては、拍子が狂う。もたつけば、次の敵にしっかり構える余裕を与える。手こずれば、そのまた次の敵に、横に、さらに後ろに回りこまれる。それは、うまくない。強振の一撃で全て片づけていくしかない。

だから、疲れる。あるいは消耗が激しいのは、一太刀として受けることはなくとも、殺気ばかりは常に浴びせられ続けるからか。

いや、石垣原の戦場では、これほどは疲れなかった。ならば消耗が著しいのは相手が吉岡一門だからか。

浴びせられる殺気も、すでに怨念に近いのか。それらが、斬られ、無念のうちに死してなお、同じところに血煙として漂いながら、ムサシの身体を、また心を蝕《むしば》んでいくというのか。

二十二人目は気取り髭の侍だった。その正面からの斬り下ろしを左の小太刀で払い、それからムサシは右の太刀を突き出して、丁寧に仕留めてやった。

流れが止まったようだが、これはよい。腹に太刀を突き立てたまま、その身体を盾にしたところに後続が衝突してきた。がっちり受け止めた刹那に、その首筋に上から小太刀を鍔まで埋める。これで二十三人。

右の太刀を胴から抜き取り、それを手裏剣の要領で次に投げつけ、これで二十四人。

首から抜いた小太刀を投じて、二十五人。ああ、この刀は投げていい。脂がついて、もう斬れない。先刻から切れ味が鈍くなっていた。あるいは骨に当たって、刃こぼれしたのか。

ムサシは気取り髭から二刀を奪った。追いかけてくる吉岡一門が、ちょうど途切れたところだった。

またムサシは走り出した。身体を反転させるや、今度は右に折れて、また北東の方角だ。

走る最中にも感じることには、やはり身体が重い。ただ走るのも容易でない。速く走らなくてよいのが救いだ。目的は逃げることでなく、追いかけさせることだからだ。

ああ、早く来い。鈍足の徒も追いついてこい。横着者は最短距離を直進してこい。ついいいたくなるのは、その間も走らされるからだ。吉岡の新手は、なかなか追いついてこないのだ。

すでに二十五人を数えるからには、陣幕の内にいた連中は、吉岡又三郎以外は全て斬り伏せたろう。今追いかけてくるのは、陣幕の西にいた面々、ことによると一乗寺下り松より西にいた連中だ。大声で呼び戻されて、陣幕に戻るまでで、もう走らされている。陣幕を通り抜けて、東側の田に踏みこみ、そこから走らなければならない距離も、最初より長い。なかなか追いついてこないのも道理ではある。

足音が近づいてきたのは、田も途切れ、比叡山に至る山々が、もう間近という場所だった。枯れ藁を鳴かせながら止まり、ムサシは思う。距離を走れば、時もすぎる。敵は前より手強くなる。日は高く、もう直に目を射る角度ではなくなるからだ。敵もこちらを、しっかりみることができるのだ。

ムサシは右半身に構えた。右斜め前から走ってきた男は、充血した目を濡らしていた。これは涙か。文字通り仲間の屍《しかばね》を踏み越えて、もはや泣かずにいられないというのか。

「おのれ、ムサシぃ」

自ら目を曇らせては仕方がない。ムサシの剣撃も恐らくはみえていなかったろう。

枯れた田に横倒しになってから、はじめて自分の脇腹が裂かれていることに気づいた。それが末期の意識となって、これで二十六人。

続いたのが、白髪交じりの総髪だった。何もさせず、ムサシは返しの左で小太刀を首横に刺しこんで、二十七人。

あとが潰れ鼻の男で、鼻孔まで膨らませた気合の上段だった。剣圧も感じられたが、それが振り下ろされる前に右の太刀で胴を打ち、これで二十八人。

ムサシは、すぐ骸を脇におしやった。やはり調子は悪くない。次は右の太刀で胴を斬り、二十九人。

次はまた左の小太刀で鳩尾を刺し、三十人。右で斬り、三十一人。左で突き、三十二人。よくぞ走ってこられたと思う太鼓腹の男も、右の太刀で……。

――斬れない。

刃が臓腑に届く前で止まった。男が胴に蓄えた、ぶよぶよの肉の厚みのせいばかりでもない。もう刀が斬れなくなった。ナマクラだ。あの気取り髭め、みてくれだけの安物を差していたか。心で毒づく間も、動きを止めるわけにはいかない。

ムサシはすかさず左で突いた。顎の下から刺しこんで、剣尖は恐らく脳髄に達したろう。太鼓腹の男は倒れた。これで、三十三人。

しかし、まずい。拍子が狂ってしまった。二撃を要したために、次に駆けこんできた頬に刀傷のある男は、もう斬り下ろしの動作に入っているのだ。

躱すのは造作ない。が、また一呼吸遅れる。仕留めたときには、次に来る者が、ここぞと刀を振り下ろす。受ければ、もう完全に流れは止まる。もたつくうちに、取り囲まれる。

「むん」

と、ムサシは気を発した。刀傷の男を一歩だけ下がらせ、そうすることで刃を空転させる。その間に太鼓腹の男から大小の刀を奪う。

刀傷の男の陰から前に飛びこんできたのが、今度は細目の男だった。当然ながら、すでに刀を振り上げている。

ムサシは鳥が羽ばたくような動きで、背後で左右の腕を同時に開き、そして閉じた。剣を振りきった刀傷の男、これから振らんとしていた細目の男、ともに空いた首筋を小太刀、そして太刀の剣尖で突かれた。

ぶわと大量の血が噴き上がった。この新しい得物は斬れるようだ。これで三十四人、そして三十五人。

数え続けられたこと以上に、拍子を取り戻せたことが大きかった。次に突進してきた太眉は、右の太刀で胴を横に薙いだ。これで三十六人。

後ろの三白眼は喉を左で突いて、三十七人目。返しの右の太刀で腹を破られて、臓物をこぼした輩で三十八人。小太刀で首を横から貫かれたのは、京雛《きょうびな》のような美男だったが、それが赤黒い血に汚れて三十九人。

「阿呆か。なんで、ひとりずつなんや」

と、濁声が轟《とどろ》いた。吉岡又三郎だ。さすが、吉岡の血を引く者というべきか。

「おまえら、ただ斬られに行っとるだけやないか。なに行儀ようやっとんのや」

そうした怒声に吉岡の門弟たちは足を止めた。皆がハッと我に返るような顔だった。

ムサシの面前まで詰めていた、まだ十代ではないかと思う若侍も同じだったが、それを容赦する義理はない。相手の刀が届くところで、動きを止める方が悪い。

ムサシは右の太刀で肩を斬り下げた。膝から崩れた四十人目から大小を奪う間に、吉岡又三郎は次の指示を飛ばした。皆で一斉にかかるんや。まわりを取り囲むんや。

「だから、走らせるんやない」

御名答、それが肝だ。ムサシに走られたから吉岡の門弟たちは、皆で取り囲むことも、一斉に斬りかかることもできず、ひとりずつで向かわざるをえなくなっていたのだ。

「囲め、囲め」

吉岡又三郎は続けた。命じてもムサシに走り出されたが最後、かなわなくなるのだが、今度ばかりは無駄ではなかった。というのは、もう走るに走れない。

一陣の風に、がさがさと音が続いた。騒いだのは木々の葉だ。もう森は間近なのだ。

田が尽きていた。吉岡一門を引き連れて、走りに走ったムサシは山裾に達していた。ここから先は森だ。思うようには走れない。

――これも予定通り。

ムサシは肩で息をしながら思う。いや、いくらか予定を超えたというべきか。

体力の消耗は考えていた以上に激しい。走るだけなら何でもないが、途上で人を斬りながらとなると、とたん楽ではなくなった。そうなるかもしれないと自ら案じるところはあり、だから策を講じていたが、それも自分の思惑では念のためというくらいだった。

今にして胸を撫で下ろす。用意していて、正解だった。ジグザグに走りながら、ムサシが北東に向かったのは、このためでもあった。

つまり北東には森がある。この比叡山に続く森こそ、最後の頼みと縋る命綱である。

ムサシは迷わず動いた。田の際を越えて、まっすぐに森のなかへと駆けこんだ。

吉岡又三郎の声が轟く。追え、追え、宮本武蔵を逃がしたら、あかん。

「今度こそ、皆で取り囲むんやで」

ムサシは木々の間を抜けた。さほど急ではないものの、もう山の斜面だ。下草を踏みつけるようにして登らなければならない。やはり脚は辛い。しかし、もうすぐだ。

ほどなくして、森の暗がりにみえたのが、一本の杉の巨木だった。

それをムサシは、山で稽古したときにみつけた。三日ほど前にも、一乗寺下り松を検めに来ていたが、街道や畦の様子、田の状態を調べるのと一緒に、その巨木の場所も抜かりなく確かめておいたのだ。

目当ての杉まで辿りつくと、そこでムサシは立ち止まった。木の幹を背に、それによりかかりながら、まずは乱れる息を整えなければならない。

そうする間に、吉岡の門弟たちが追いついてきた。ムサシの姿をみつけるや、次から次に抜刀したが、いきなり斬りかかる者はいなかった。シャリリ、シャリリと連なる音に、くどいくらいの濁声が重なっていたからだ。

「囲むんやで。囲むんやで」

吉岡の門弟たちは、ばらばらと散開した。が、森のなかだ。途切れなく並ぶ木々に邪魔されて、好きに囲めるわけではない。

のみか、狭い。まともに刀を構えられる場所からして、もう限られている。

巨木が常緑の葉の茂る枝を広げて、他の木の生長を許さないので、ムサシの前面だけはいくらか開けていた。それでもせいぜい幅一間ほどで、いうまでもなく剣域に入るので、容易に足を踏み入れられる場所ではない。

吉岡の侍たちは、ムサシのほぼ正面の一箇所、そこから右に半間（約九十センチ）ほど離れて一箇所、左は正面から一間ほど離れて一箇所と、全部で三箇所で刀を構えた。

最前の三人を除いて、あとは各所で列をなしているしかない。多人数の利も森のなかでは相当程度まで削られる。

「ええぞ、ええぞ、囲め、囲め。宮本武蔵を、とうとう追い詰めたで」

吉岡又三郎は続けていた。木々に隠れて姿こそみえなかったが、それは頬の喜色さえ目に浮かんできそうな声だった。

なるほど、すっかり囲んだとまではいえず、正面の三箇所からだけではあるものの、ほぼ同時に行われるであろう攻撃は、いうまでもなく厳しい。一度にひとりを相手にすればよかった先刻までの戦いと比べても、格段に難しい。

杉の巨木に背をつけたムサシは、退路がないようにもみえた。追い詰められたといわれて然るべき形勢だが、それも見方を変えれば、どうか。

――背後を取られることはない。

そこは常に巨木に守られていた。後ろに回りこむ輩もいるだろうが、それも真横に出てからでなければ、ムサシに斬りかかることができない。

その左右を合わせれば、全部で五箇所からの攻撃がありうるが、残らず視界のうちだ。みえない位置まで、すっかり取り囲まれることはない。

さて――ムサシは右半身で構えた。左手に小太刀、右手に太刀と持つのは変わらないが、森のなかで二刀を振り回すつもりはない。片手ながら、右は一刀のときの青眼の構えだ。

「ええか、みな、一斉に行く……」

吉岡又三郎の声の途中で、もうムサシは動いた。肩に担ぐようにしていた小太刀を、左斜め前の敵に投げつけた。

一斉に攻めかかられる瞬間を、大人しく待つ馬鹿はいない。左の目尻に、胸から棒を生やした敵が、どうと倒れるのがみえた。これで四十一人。

合図に応じて無数の怒号が上がった。森のなかは音が籠もる。うるさいくらいだ。

というか、息が臭い。踏みこみが早かったのは右斜め前にいた男だったが、その熊のような髭面は口臭で動き出しが知れたほどだった。

ムサシは右の外に回って、斬り下ろしを外した。直後に右の太刀で首筋を薙いで捨てた。これで四十二人と数えると同時に、今にも倒れようとするその身体に左手を伸ばした。

脇差を抜くや、右斜め前から続いた童顔に投げつける。哀れ眉間を割られざるをえなかったのは、振り上げた刀が木の枝にかかって、動けなくなっていたからである。これで四十三人。

正面の敵がすかさず斬りこんできたが、躱すのは造作もない。さすが吉岡の門弟で、過たず隙を読む。こことムサシがみせた通りに狙うので、はじめから軌道は読めている。右の太刀で胴を横薙ぎにして、これで四十四人。

前に倒れこもうとする身体を肩で押し返し、左手でその腰から脇差を奪い、そのまま目もくれずに左に投げる。

「ぎゃっ」

と短い悲鳴が聞こえて、四十五人目。

敵が来る方向は限られている。それをムサシは五感で完全に把握した。

右斜め前から、新手が来る。枝にかけたか、髷が乱れていたが、刀はうまく木を避けたようだ。頭上が開けた場所で振り上げ、こちらの脳天を打ち据える軌道で振り下ろしたが、それをムサシは低くしゃがみこむことで外した。

刀は振りきられず、途中で杉の巨木の幹にかかった。刃が食いこみ、容易に抜けない。まごつくところに、ムサシは低いところから太刀を出した。これで四十六人。

腹を貫かれた男の腰から脇差を抜き、すぐ投げつけたのは、左からも次が斬りかかってきたからだ。喉を突き破り、これで四十七人。

右半身では左からの剣撃に応じにくい。そこは、なるだけ小太刀の投げで、片づけなければならない。思う間に、ムサシの正面で腹を突かれた男は事切れた。

まだこの男には役に立ってもらわなければならない。というのは、右斜め前、それに後ろから回りこんで、右横からも斬りかかってきており、しかも全く同時だったからである。

ムサシは太刀を引き抜きつつ、前の骸を蹴り出した。右斜め前から来る月代が伸びかけの男は、それで足を止められてしまった。眉の薄い男が振り出す刀は横から襲ってきた。それを太刀で撥ね上げて止めたのは、やはり腰の脇差が欲しかったからだ。

脇差を抜くや、ムサシは薄眉の男の腹を抉った。これで四十八人。すぐそれを引き抜くと、背後になった左に投げつけ、また悲鳴だけ上げさせて、これで四十九人。

右斜め前の無精者は、ようやく仲間の骸を踏み越えたが、刀を構えなおす前に先《せん》を取られ、ムサシの太刀で額を割られた。これで五十人。

正面の新手は突きの構えで突進してきた。が、足元ではすでに斬られた仲間が、胴から臓物を零《こぼ》していた。それに滑り、あえなく腰から転んだところに、ムサシは上から斬りつけた。五十一人目。

すぐさま太刀を背後に投げつけたのは、やはり後ろから回りこんで、左の真横からも剣が振り出されていたからである。鳩尾を貫かれ、どうと倒れて、これで五十二人。

ムサシは丸腰になったが、ちょうど刀を取り換える頃合いだ。転ぶまま斬られた男から二刀を奪うと、そのまま鳥が羽ばたくように腕を左右に広げれば、ここぞと同時に飛びこんだ右斜め前の敵、左斜め前の敵、ともども脇を斬り上げられる。堪らず倒れて、地べたで悶絶《もんぜつ》することになる。

「ごおお、おおお」

獣のような声を上げながら、まだ二人とも生きていた。死ぬより悪いのは、仲間に案じさせるからだ。敵に攻めかかるより、まず救わなければならないと思わせるのだ。

「おい、おまえ、こっちに……」

右斜め前で、男が血塗れの仲間を助けようと屈《かが》みこんだ。その肩口を斬り下ろして、五十三人目。左斜め前では怪我人を庇うつもりか、前に出てきた男がいたが、その額に小太刀を投げつけられて、あえなく卒するばかりになる。これで五十四人。

正面と左横の新手は、ほぼ同時に斬り下ろしの動作に入った。が、どちらも止められない。投げつける小太刀はない。骸を抱えているでもないので、それを放ることもできない。

ムサシは左手を伸ばした。空手であれば、殺気もない。撫でるのと変わらない。その手は払われることがない。左の侍の襟をつかみ、ぐいと引き回した先が正面だった。

味方同士で正対したとき、もう剣は止まれないところまで走っていた。もはや互いに互いの肩を斬り下ろすしかない。この同士討ちで五十五人、そして五十六人。

血を噴き上げて倒れる直前、ムサシは手前の男の腹を探った。脇差を引き抜くと、左斜め前でまごついていた若侍に、それを投げつけてやる。これで五十七人。

「がはっ、げええ」

ムサシは嘔吐《おうと》した。いきなり胃袋が迫り上がり、逆流してくるものを我慢できなかった。

やはり消耗が激しい。やはり稽古とは違う。もとより人など簡単に斬れるものではない。百人となれば尋常な話でない。楽でないのは、むしろ道理なのだ。

幸いにしてといおうか、吉岡の門弟たちが攻めかかる勢いも、俄に鈍り出していた。次から次と飛びこんでこようにも、地べたには仲間の骸がいくつも転がっているからだ。二人、三人と折り重なっている場所さえあり、それを避けなければならないのだ。

というより、土台が無数の木々が茂る窮屈な森のなかであり、もはや足の踏み場もない。吉岡の門弟たちは、ほぼ常に柔らかなものを踏んで、刀を構えなければならない。まともな剣撃になるはずがない。

右斜め前の胡麻《ごま》塩頭もまた、枝に刀をかけた。気をつけてはいたのだろうが、踏みつけた死体の厚みで感覚が狂ったのだろう。

慌てたあげく得物をあきらめ、かわりの脇差で斬りこんだが、ムサシの腕と太刀の長さに先んじられて、首を斬られるしかなかった。これで五十八人。

正面からの侍は、骸の腕に草鞋をかけてしまい、斬りかかるのか、つんのめるのか、わからない体になった。その刀も見当を狂わせて、脇を斬られて虫の息でいた仲間の息の根を止め、五十九人目としたのみだ。

唖然としたところで、ムサシの太刀に眉間を割られるしかなかった。この六十人目が前に倒れる途中で、その腰の物を奪い、左斜め前に投げてやる。折り重なる骸の山を越えんとして、まだ刀も構えられず、心の臓を貫かれたのが六十一人目だ。

脇を斬られたもうひとりも、呻き声を絶やした。事切れたので、これで六十二人。

その間に右斜め前から、小柄な男が来た。刀も京侍らしく短めで、枝にかけることはない。横たわる身体を踏み越えても、重心が低い分だけグラグラしない。放たれる剣撃も腰が入ったものだったが、これくらいなら腕の長さで先んじられる。

そうやって振り出したムサシの太刀は、確かに肩を斬り下ろした。が、小柄な男の刀も、ムサシの袖を切っていた。六十三人は数えられたが、危なかった。油断しては駄目だ。雑になっては、そこから綻《ほころ》びが生じる。

ザンバラ髪の男が巨木の裏から左横に抜けてきた。そこで柔らかいものを踏み、よろけたところに、ムサシは右手の太刀を槍投げにした。これで六十四人と数えてから声に出す。

「拝借いたす」

小柄な男の大小を手に取ると、小太刀のほうは、いきなり右斜め前に投げた。目を見開き立ち尽くしたのは、うってかわって大柄な男だった。

回転しながら突き刺さる刃に、鳩尾を深く貫かれてしまえば、もうバタンと前に倒れこむしかない。六十五人目だが、この巨漢に寝そべられて、右斜め前の木と木の間は、もう塞がったとみてよいだろう。

正面の敵は跳んできた。両足を揃えて踏ん張り、膂力のかぎりに地を蹴って、文字通りの跳躍に訴えたのは、骸を踏んでは攻めの形をつくれないと考えたからだろう。

が、それで高く躍っても、行く手に杉の枝が横切っている。したたか額をぶつけたあげく、後頭部から仲間の骸のうえに落ちれば、その無防備な腹をムサシの太刀で串刺しにされざるをえない。これで六十六人。

六十七人目は右横になるか。動き出しは左のほうが先だったが、こちらは左斜め前の新手が骸を踏んで出るのを待って、同時に斬りかかるつもりのようだ。

いや、それをいうなら、右も同じか。慎重に半歩、また半歩と詰めて、左の二人と攻めかかりを合わせるつもりかもしれない。

ムサシは右の男に完全に背を向けた。左の二人をみれば事足りるのは、こちらが動いたときに背後も動くからだ。しかし、正面からも新手が出てきた。こちらも同時に動くつもりか。四方からの一斉攻撃か。ああ、覚悟はええか、宮本武蔵。

「おどれ、思い知るがええ」

左手の二人がバッと動いた。ムサシは真上に跳躍した。左の手で杉の枝につかまると、ぐいと引いて、同時に身体を折り畳んだ。空いた地上近くでは二重の交錯が起きていた。

真横から来た二人は右が左を、左が右を突き刺した。完全な刺し違えで、これで六十七人、そして六十八人。

左斜め前から近づいて、一気の斬り下ろしを試みた侍は、虚《むな》しく空振りしたのみか、その上腕を左右とも、正面からの剣撃に切り落とされた。

「ぎゃああ、ぎゃああ」

悲鳴のなかに下り立ち、ムサシは正面の狼狽《ろうばい》顔を肩から斜めに斬った。これで六十九人。

肘から先をなくした男は、この森では手当てもなしに、ほどなく失血死するだろう。これで七十人と数えながら、その脇差だけ抜いて、左斜め前の新手に投げる。

一瞬みえた顔は唇の厚い男だったが、眉間を割られながら、後ろ向きに一回転して、恐らくは即死だろう。これで七十一人。

森のなかでも、だいぶ斬った。いよいよもって骸が山をなしている。

目に痛いほど鉄臭さも充満している。それは我慢するとして、閉口するのは自分の足の踏み場さえ、なくなりつつあることだった。

ムサシは杉の巨木の前だけ、骸をどけた。そこを狙うのが、裏から回る右からの新手だった。

太刀の槍投げで仕留めて、七十二人目。ちょうど換えどきと、さっき刺し違えた二人からそれぞれ大小を奪い、その剣尖を地面に刺した。

また骸をどかしにかかれば、また隙を狙う者がいるだろう。が、すかさず土から引き抜いて、小太刀、小太刀と投げつければ、それで二人は仕留められる。左斜め前と左横から来たのが、七十三人目、そして七十四人目だ。

残る二本の太刀を、ムサシは右手と左手に一刀ずつ構えた。

こちらを真似ることにしたか、あるいは骸を踏み越えるより早いと考えたか、正面に続いた四角顔は己の脇差を投げつける構えだった。

実際に飛んできたが、それを前の右手の太刀で払い、直後に左の太刀を槍投げにして、その侍も鳩尾を串刺しにした。これで七十五人。しかし、厄介なことになった。

ひとり四角顔に留まらず、吉岡の門弟たちは皆が得物を投げ始めた。右横から投げられて、またムサシは樹上に逃れた。

小太刀が通りすぎたところに下りれば、そこに正面が、左斜め前が、あるいは左が得物を投げるだろう。即席にやったところで、うまくは刺さるまい。とはいえ、それも刃物だ。今は掠り傷とて負いたくない。

ムサシは樹上を渡ることで、右の侍の頭上に下りた。もちろん太刀の斬り下ろしと一緒にだ。これで七十六人目。

その新しい骸から太刀を奪うと、右の位置から槍投げにして、巨木の正面で小太刀を投げる構えをしていた男の喉を貫いてやる。これで七十七人。

ムサシは樹上に戻った。枝々の間から覗くと、左は斜め前の位置にも、真横の位置にも新手は来ていなかった。

元いた巨木の前に戻れる。そこは少なくとも背後は守られる場所だ。

葉を鳴らして、ムサシは下りた。地面に草鞋の裏がついたときだった。

「…………！」

殺気を感じた。とっさにムサシは、骸の山の陰に伏せた。頭上を戦慄が横切っていった。

「ダン」

身代わりに杉の巨木が震撼《しんかん》していた。僅かに顔を上げて確かめれば、樹皮に穿《うが》たれた黒穴から灰色の煙が上がっていた。ムサシが立っていれば、ちょうど胸の高さだ。

——鉄砲か。

一乗寺下り松から西に伏せていた連中か。呼び戻されて、遅れながらも田を横切り、ようやく山中に到着して、いよいよ「宮本武蔵」の始末にかかったわけか。

「よおく狙いや。焦ることないさかい、よおく、よおく、狙《ねろ》うてな」

吉岡又三郎の濁声だった。悔しいが、その通りだ。杉の巨木の前は、もはや安全でもなんでもない。かえって背後の退路を断たれ、そこに立つなら、お誂え向きの的となる。

ムサシは少し頭を上げた。とたんにまた空気の塊が飛んできた。樹皮を弾いて、きな臭さをあたりに広げた。

「ダン」

ザッ、ガン、グッと、今度は遅れて矢も飛んできた。地面に刺さり、木にめりこみ、あるいは骸の背中に矢羽根を揺らす。そうだ、吉岡の飛び道具は鉄砲に加えて弓もあった。

いずれも狙いを杉の巨木に定めているようだが、こちらからは、どこで構えているのかみえない。恐らくは木々に隠れているのだろうが、身体を起こして、目を凝らすことも許されない。神経を研ぎ澄まし、殺気を丁寧に読んで、各々の場所を突き止められたとしても、こちらに反撃の術がないのは同じだった。こんなところにいるかぎりは……。

脱出しなければ、とムサシは心を決めた。ああ、森を出る。この窮地を脱する。

ムサシは伏せた姿勢のまま、目の前に横たわる骸に手をかけた。折り重なる身体と身体の隙間に手を差しこみ、そこから肩、頭、胸と入れながら、自分の身体を一番上になっていた骸の下に潜りこませていったのだ。

いや、骸ではない。微かに呻き声が聞こえる。ああ、同士討ちで、両手を斬り落とされた男か。失血死を迎えるだけと、すでに死体に数えていたが、虫の息ながら、まだ生きていたか。これは、うまい。いっそう役に立つかもしれない。

手を伸ばして、その襟をつかむと、ムサシは力任せに引き上げた。一緒に自らも立ち上がるのは、その手のない男の身体を盾に使えるからである。

「ダン」

衝撃が来た。どんと重たい感触が、背後にいるムサシにも伝わってきた。同時に、

「ぎゃあああ」

と叫び声が上がった。当然だ。撃たれた男は、まだ生きているのだ。

銃声は続かなかった。湧き上がるのは木々の葉に隠れた向こう側の声だった。斎藤《さいとう》さんだ。ああ、斎藤さんだ。まて、撃つな、斎藤さんだ。まだ生きておられるぞ。

吉岡の銃手、射手は躊躇していた。今だ、とムサシは駆け出した。斎藤とやらの身体を盾にしたまま、右のほうに、つまりは西の方角に走り出す。吉岡又三郎の声が響く。

「撃て。斎藤は、しゃあない。撃つんや」

遅れて一発だけ銃弾が飛んできた。その数秒にもならない間も、ムサシは動いた。戦っていた杉の巨木の前、その僅かながらも開けた場所を抜けていた。

もう齋藤とやらは、いらない。その先は木が並んでいるからだ。その狭間を抜けて走る者に、幹や枝を正確に避けて、過たず銃弾を届けられる銃手、矢を射かけられる射手が、この世にどれだけいるものか。それほどの名人を剣の吉岡兵法所が育てていたのか。

事実、立て続けの銃声、そして風切り音に傷つけられたのは、壁のように立ち並ぶ木々だけだった。

あっという間に森を抜けて、再び田に踏み出すことができた。が、そのままムサシは走り続けた。

もはや開けた場所である以上、どんどん田を横切って、森の際から離れなければならなかった。

――まず五十間。

それだけの距離を取れば、弾も矢も当たらない。吉岡一門も森に隠れたままでは攻められない。

十分な距離を走ると、ムサシは立ち止まった。振り返れば、こんもり迫り上がる森は変わらないようにみえた。

いや、こちらが逆光を受ける番で、わけても山裾の暗がりはみえにくかったが、よくよく目を凝らせば、それでも動く影はあるようだった。ああ、出てきた。

吉岡の門弟たちも薄暗い森を出て、田の明るみに歩を進めた。

ひとり、またひとりと姿を現すと、南北に横並びの格好で全部で三十人ほど、いや、より正確を期せば二十八人いた。

銃手が八人、射手が十人、残りの十人は手に刀を提げている。全部で百八人という言葉とは、いくらか数が合わないが、まあ、こんなものなのかもしれない。

さて――安全な距離は確保した。吉岡が前に出れば、その分だけムサシは下がる。ムサシが走れば、吉岡は今度も追いかけるしかない。

が、吉岡又三郎の差配が行き届いている今は、縦一列に連なりはしないだろう。あくまで横一列で押し出してくるだろう。ムサシが立ち止まり、誰かと戦い出したなら、あとの二十七人はここぞと囲みにかかるのだ。

——ならば今度こそ本当に逃げるか。

このままムサシが走り続けるなら、吉岡の二十八人は多分追いつけない。五十間の距離を詰めるところか、逆に広げられて、ついには背中を見失うだろう。斬り合うのでなく、ただ走るだけなら、体力も何とか持つに違いない。

それで悪いことはなかった。七十人からを斬り捨てて、すでに勝負はついている。みやれば、田には烏《からす》どもが群がる死体が今も数多連なっている。山の獣が貪り喰《く》らう骸とて、森のなかに山と折り重なっている。

それは、じき誰かが必ずみつける。吉岡兵法所の門弟たちだとも判明する。やったのは「宮本武蔵」だ、勝ったのは「宮本武蔵」だと、もう誰も疑わない。

——しかし……。

それでは、まだ終わりにならない。ここで終わらせるという誓いを果たしたことにはならない。

またムサシは走り出した。が、逃げるべき西の方角へではない。北を指して走り出した。

五十間の距離を保ったまま、ゆるやかな弧を描いて、右に切れこむ軌道を辿り、ムサシが駆けこもうとしていたのは吉岡の列の北端から、さらに北の位置だった。

「撃て、撃て、撃て、撃て」

号令に応じて、火薬が爆発した。吉岡一門としては、とにかく逃げられたくない。何かしないでおれないのだろうが、五十間の距離が詰まらなければ、弾も矢も全て無駄だ。どこに走るか、何をしようとしているか、判然としないなら、狙いのつけようもない。

銃声が虚しく響いた。それも八度だ。風切り音も遠く、笛の音と変わらない。その間にムサシは目指す位置まで走りきった。吉岡の門弟たちは、もう銃も撃てず、弓も射れない。

ムサシを見据えるために、北に向いた二十八人は、縦に並ぶことになっていた。これでは前の仲間を傷つけることなしには、武器に物をいわせることができない。

できるとすれば、列の北端にいる男だけだが、それは銃手だった。

銃声が八度鳴ったからには、銃手全員が一度は撃ち放している。この短い時間で次の弾込めはできていない。

ムサシは吉岡の列に向かった。やや右から回りこむように駆けこめば、先頭の銃手は目を剝くばかりで、銃を半端に構えたまま、袈裟に斬られるしかなかった。これで七十八人。

銃手が倒れる寸前に、その腰から脇差を引き抜いて、ムサシは再び二刀になった。右半身の構えから、今は斬れるだけ斬ることだ。

手が震え、矢をつがえた弓弦《ゆづる》をブルブル遊ばせるだけの射手は、左の小太刀で喉を突かれた。これで七十九人。

次も射手で、すでに弓を引き絞る動作に入っていたが、放たれた矢は左に外れて、あとはムサシに太刀を横薙ぎにされるだけだった。これで八十人。

その後ろでは刀を振りかぶっていたが、空いた腹を先に小太刀に刺し貫かれた。この八十一人目の右から、ほぼ並んで出てきたのが、鼻の尖った侍だったが、勢いあまって前にのめり、その後ろ首を太刀で斬られた。これで八十二人。

次に現れたのが銃手で、得物を木刀よろしく振り出したが、重すぎて、逆に身体が振られてしまう。あげくムサシの左の小太刀に、自ら飛びこむことになる。これで八十三人。

しょぼくれて、冴《さ》えない顔の侍が次だったが、今度は前に出てこなかった。怯えたというより、声を聞いたからだろう。

「せやない、せやない、囲むんや」

吉岡又三郎が指図していた。聞き留めて、手を止めたからと、容赦する義理はない。ムサシは冴えない顔の侍を、肩から縦に斬り下ろした。これで八十四人。

その後ろは背を向けていたので、太刀を槍投げにして胸まで貫き、これで八十五人。

冴えない顔の侍の手から太刀を外し、腰からは脇差を抜く。得物を取り換える余裕があったのは、その間に残る敵は、それぞれ遠巻きに動いたからだ。ムサシから二間の幅だけ取ると、まわりを輪に囲んでしまったのだ。

二人が遅れて加わったが、二人とも銃手で、恐らくは弾込めをしてきたのだろう。ひとりがムサシの正面、ひとりが背後で、まさしく逃がさないという構えだ。

残る八人の射手も輪のなかで、それぞれ弓を引き絞っていた。刀を構えている者が十人いたが、弾込めできなかった銃手は武器を捨てて、腰の物を抜いたということだろう。

もはや吉岡又三郎の一声を待つのみだ。

その商家の隠居のような男は右斜め前にいた。ならばと、ムサシは気を飛ばした。喉を詰まらせ、声を出なくしてやった。多勢が強いのは、差配する者がいるからだ。が、それは弱みにもなる。指図がなければ動けなくなる。

そうして全体の動きを封じながら、ムサシは銃手のひとりに向かった。右足を飛ばして、一瞬で二間の距離を詰めると、着地と同時の斬り下ろしで、筒を支える左の手首だけ落とした。

「ぎゃああ」

悲鳴が号令の代わりになった。背後の銃手が今こそと引き金を絞ったが、近間では、火縄が落ちたな、シュウウと火薬が燃えているなと、わかるくらいの時間差が鉄砲にはある。

「ダン」

音が鳴るとき、鉄砲が向いた先にムサシはいない。いたのは手首を斬られて、火縄銃を落とした男だ。仲間の銃撃で命を絶たれて、八十六人目になるだけだ。

ムサシはといえば、吉岡一門の輪に加わっていた。そうすれば、また線上になるからだ。やや外側から左回りに、再び二刀で斬り進むのだ。

まだ横を向いている射手の脇腹を左の小太刀で抉り、これで八十七人。輪の反対側にいた射手がムサシを狙ったつもりで、内にいる仲間の目を射ぬいてしまい、八十八人目。

「がっ」

と、ムサシは息を吐いた。吉岡又三郎を気で抑えるのも限界だった。

又三郎がゲホッ、ゲホッと咳《せ》きこむ音を聞きながら、切ないのはこっちだとも思う。ああ、これ以上の消耗は命取りだ。

ムサシは動き続けた。次の男は何とか身体を回したが、太刀が遅れて、胴を斬られるしかなかった。これで八十九人。

次の若侍は、上段で溜めた力を一気に落とした剣撃こそ見事だったが、やはり反対側の仲間に矢を射られてしまった。これで九十人。

突然目の前に立ったムサシに迫られ、慌てて刀を振り上げた粗忽者は、取り返せない隙に小太刀で喉を突かれた。これで九十一人。

次の男は気合顔で、いっぱいに弓を引き絞りながら待ち受けていたが、これも輪の反対側から放たれた矢に指を弾かれてしまった。つがえた矢を落としたところに、ムサシは正面から鳩尾へ太刀を入れた。これで九十二人。

「何やってんねん。何やってんねん。仲間に矢射かけて、どないすんねん」

吉岡又三郎が声を取り戻していた。もう弓はええわ。刀でええわ。いや、そんなことより、せやないやろ。

「おまえら、まわりを囲め、いうたやろ」

ハッとしたような気配とともに、ムサシの背後が動き始めた。吉岡一門は、また慎重に二間の距離を置いて、ぐるりと囲みにかかった。

させるかと手裏剣の要領で、まだ弓を握る男に小太刀を投げ、仲間を殺した武器を抱いて、目を充血させている銃手には太刀を槍投げにしたものの、九十三人、九十四人と、あと二人を数えられただけである。

残りの十一人には、やはり囲まれてしまう。

ムサシは腰に手をやった。自らの大小を引き抜いて、これが最後の戦いになるはずだった。左の小太刀を前、右の太刀を担ぐような格好で奥に構える。それにしても疲れた。構えの位置で刀を静止させているのがやっとだ。

吉岡又三郎に気を使うべきではなかった。あれで残りの体力が一気に枯渇してしまった。

「宮本武蔵、恐ろしい男や。鬼みたいな男や。けど、ここで退治させてもらうで」

吉岡又三郎は今や自ら剣を構えていた。この豪剣の男が来る。いや、他の十人に号令をかけ、前後左右より一斉に襲いかかってくる。

ああ、とうとう取り囲まれてしまった。これだけはと阻んできたのに、最後の最後で窮地に追いこまれた。それも、こんなに疲れてから。

心に続けながら、怒るでなく、嘆くでなく、そればかりか、どこか他人事のようにも感じられた。あるいはムサシは意識朦朧《もうろう》としていたかもしれない。

実際のところ、目がおかしい。色がなくなって、全て白と黒だ。耳も、よく聞こえない。せやから、みんな、一斉に行くで。いち、にの、さんで。

「行け」

吉岡又三郎が吠《ほ》えたようだったが、もう何も聞こえなかった。

それでも、たぶん間違いではない。一緒に上段の剣が振り下ろされたからだ。ああ、これが噂の豪剣か。確かに触れるもの、全て両断するかのごとき迫力だが、それにしても、どうして、こんなにゆっくりなのか。

ムサシは躱した。いや、それも億劫《おっくう》で、あまり動きたくなかった。ただ、こんなにもゆっくりなので、しっかりと見極めながら、ぎりぎり最小限の動きで躱した。

ああ、本当に、だるい。力要《い》らずの指先は、こういうときのための技か。吉岡又三郎の首に赤い花が綻んだ。ゆっくり、ゆっくり大きく開いて、これだけ血が噴き出せば、死んだか。又三郎は九十五人目になったのか。

それにしても吉岡一門は、一斉に斬りかかるのではなかったか。どうして、こうもバラバラに攻めるのか。

というのも、後ろの髭面は吉岡又三郎の剣が止まれなくなった頃に、ようやく剣を走らせた。同時だから躱しがたいのであって、こんなにもずれていれば、外すのは造作もない。

が、やはり、だるい。できれば動きたくない。そうか。脇構えで太刀を背中に出しておくから、自分で刺さりにきてくれると助かる。手応えがあって、ああ、これで九十六人。

残りも、いうことを聞かなかったようだ。各々てんでに打ちこんで、拍子を合わせるつもりもない。だから、ひとりずつ丁寧に相手ができる。

吉岡又三郎の右隣りにいた男には、小太刀を首筋に走らせた。髭面の腹から抜いて差し出すと、その太刀に自らかぶさりにきたのは、左隣りにいた男だ。これで九十七人、そして九十八人。

ああ、次は突きか。しかし踏みこみが遅すぎる。ああ、おまえは死角を取れたのに、上段で溜めすぎだ。これじゃあ駄目だが、こっちも身体が重すぎる。

もう腕が上がらない。それどころか、よろよろする。ムサシの身体が流れたところで交錯し、突きと上段は同士討ちだ。これで九十九人、百人。

百一人目には眉間に小太刀を突き立てた。硬い骨で刃こぼれすることを恐れもしたが、ゆっくりだったので、丁寧にやれた。

あれっ、百二人目は、どうして倒れているのだ。ああ、そうか、思い出した。太刀で袈裟斬りにしたのだ。

百三人目は、そうか、朧に覚えている。小太刀を鳩尾に押しこんだのだ。

えっ、ここに倒れているのは百四人目か。何もしていないのに、この百五人目は何故こうまで目を剝いているのか。

——それでも……。

みんな、ゆっくりだったから。そうまで考えてから、ムサシはハッとした。一斉にかかったのに、なんで全部躱せるんや。

「あんた、幽霊かいな」

鬼やのうて、と音が戻った。男はいったが、直後には赤い血を吐き出して、すでにして瀕死《ひんし》だった。色までが戻ったとき、ムサシが右手で振るう太刀は、その男の肩の骨を砕きながら、鳩尾のあたりまで斬り下げていた。

くる、くると頭を回して、さらにムサシは見回した。枯れて乾いた冬の田に、骸が輪になって転げていた。その彼方にも、また彼方にも、横臥《おうが》する骸は無数に続いている。

本当に百余人——その数を確かめて回ろうとは、さすがのムサシも思わなかった。

八、宮本武蔵と宍戸又兵衛

「伊勢《いせ》も兵法がさかんと聞く」

ムサシはいつになく口数が多かった。なにしろ塚原卜伝ゆかりの土地だ。一昔前の話になるが、国司の北畠具教《きたばたけとものり》が秘術一の太刀を授けられたというのだ。当今、真の鹿島新当流をみたければ、伊勢に行けといわれる所以だ。

「いや、大和《やまと》に行くつもりなのは変わらん。柳生の新陰流は是非みたい。南都では宝蔵院の槍も体験したい。ただ、この道は大和だけでなく、伊勢にも通じるのだなあと思うと」

「伊賀に抜けましたからな」

受けたのは、落合忠右衛門だった。

旅装で山道を歩むムサシは、やはり旅装の弟子たちを連れていた。

皆と近江で落ち合い、そこで一冬をすごしたが、春を迎えて、再び動くことになった。

さしあたり南に下り、伊賀の山道に進んだが、そこから先は西向きに大和に向かうか、東向きに伊勢を目指すか、迷いどころだというのである。

「しかし、大和であれ、伊勢であれ、先生の相手が務まる者などおりませんでしょう」

道家角左衛門が続ければ、青木城右衛門も深く頷く。

「務まる、務まらない以前に、相手を探すことができない。一冬をすごした近江でも、稽古試合ひとつ組めませんでしたからなあ」

「そりゃ、そうでしょう。都から『宮本武蔵の吉岡百人斬り』が聞こえてきたわけですからね。吉岡清十郎で駄目、吉岡伝七郎でも駄目、吉岡の門弟が百人でかかっても駄目となった日には、一体全体どこの誰が、ひとり先生の面前に立ちたいと思うんですか」

若いだけに、多田半三郎の声は無邪気に聞こえる。が、語られたのは、改めて凄まじい勝負だった。冬枯れの洛北に折り重なる百余体の骸――血腥《ちなまぐさ》さを伴う圧倒的な現実に、人々は戦慄した。御伽噺《おとぎばなし》でもあるまいし、その人数をひとりで斬り果せるなどと、誰も考えていなかった。

吉岡一門総がかりの噂を聞いたときは、嬲り殺しにされた死体が、ひとつ投げ出されるか、さもなくば逐電した宮本武蔵を嘲笑《あざわら》う声が、京の巷《ちまた》に響き渡るだけだろうと思われていたものが、戦場さながらの景色となって決着したのだ。

「恐るべし、宮本武蔵」

衝撃の顛末《てんまつ》は、その日のうちに京に、のみか近江に、丹波に、摂津に、河内に、和泉《いずみ》に広まった。三日とたたず畿内にあまねく知れ渡り、恐らく七日のうちには六十余州で報が届かぬ土地もなくなった。

「宮本武蔵こそ最強」

今やいたるところで囁《ささや》かれる。刀を抜かれたが最後、もはや太刀打ちできる者もないと。

「ですから、大和であろうと、伊勢であろうと、近江と同じでござろうよ。はじめから『宮本武蔵先生、ひとつ御教授願いたい』となるのが専らだ。でなければ、『宮本武蔵先生、どうか弟子にしてください』か」

続けた髭面は村田久兵衛《むらたきゅうべえ》といい、自身が近江で新たに弟子入りした口だった。他にも数人の新顔がいる。弟子は今では十人ほどまで増えている。

「そうだな。円明流《えんめい》を広めていく。はじめから、そのつもりで行かねばならんだろうな」

落合忠右衛門が一番弟子といった顔で、そうまとめた。

円明流――と事実ムサシは称することに決めていた。

無論のこと、父新免無二に伝えられた兵法が土台であるが、もはやそのままの当理流ではない。十手術を発展させたものでありながら、その二刀剣術はすでに独自の兵法であり、新しい流派として立ち上げてよいと考えたのだ。

落合は、冬の間に免許の域に達したとして、その円明流の目録を渡されていた。

紙に筆を走らせるからには、その術理も文字にしている。冬の間といえば、ムサシは兵法書も著した。心持ちの事、目付の事、太刀取り様の事と連ねて、全部で二十八箇条を綴る『兵道鏡《へいどうきょう》』は、我ながら自信の作である。

「ああ、宮本武蔵の円明流と打ち出されて、興味を持たずにいられる者など少なかろう」

落合のやや興奮した声も、ムサシは咎めず、それどころか満更でもない笑みである。

実際、心が明るくなる。それやこれやの体裁を整えたのは、いよいよと期待する気持ちがあるからである。いよいよ仕官の道が拓《ひら》かれるのではないかと。そろそろ「宮本武蔵」に興味を抱く大名もあるのではないかと。

近江から大和に向かうといい、さらに伊勢に回るといい、以前と変わらぬ廻国修行を続けているようでありながら、それも剣の腕を磨きたい、強敵を倒して名前を売りたいというより、よい仕官の口を探したい、それにつながる伝を手繰りたいとの思いのほうが、主になっている。

まず五百石も貰えれば、とムサシは考えていた。本当は八百石、千石とふっかけたいところだが、望み通りの話が来るまで、じっくり構えるというわけにもいかなかった。ああ、遅くとも今年のうちには、仕官を決めてしまいたい。

——決まれば、大急ぎで豊後木付に……。

そこにムサシの迷いはなかった。というより約束だ。仕官したら迎えにいくと、そう雪には告げてきたのだ。

——まず五百石も貰えれば……。

まだ話は来ていない。近江には口がなかった。が、この日ノ本のどこにもないわけではあるまい。円明流宮本武蔵と触れて歩けば、遠からず声がかかるに違いない。そう信じられるだけで、今は楽しい。

ムサシの声が朗らかに、足どりが軽やかになる所以である。

「実際のところ、兵法指南の術も考えておかないと……」

言葉が途中になると同時に、歩みも止まった。

ちょうど山道の曲がりで、馬や車を行き違わせるためか、幅が広くなっていた。が、山側を通る分には先の見通しが悪い。

それでも気配は感じられた。ただ気のせいでもなく、ほどなくガサガサと音がした。

木々の葉が騒ぐ音だ。ザザザと土が滑り落ちる気配が続いて、山の斜面から姿を現す者がいた。いや、谷側からも足元の草を分けながら、ゴソゴソ這い出してくる。

山からの連中が前、谷からの連中が後ろに回り、こちらの道を塞いでしまったのは、全部で二十人ほどの男たちだった。

野伏せりか——と思うも、なおムサシは首を傾げた。

鉢巻ならぬ頬かむりで、一見したところは百姓だ。それも食い詰めれば、たちまち野盗、追い剝ぎの類に落ちて、何の不思議もないわけだが、それにしても土臭い感じがした。

ああ、とムサシは気がついた。構えている得物のせいだ。男たちは刀でなく槍でなく、棒でも杖でもなくて、皆が鎌を手にしていたのだ。草を刈る、あの鎌だ。

「恨みはないんや。怪我させるつもりもない。ただ身ぐるみ脱いで置いていきや」

告げたのは、その大柄な体軀で行く手に立ちはだかるひとりだった。

日焼けか、あるいは泥に汚れているのか、黒い顔に白目ばかりが目立ったが、その表情が怪訝に曇るようだった。

多分こちらに、さほど慌てた風がなかったせいだろう。もっと驚き、怯えてほしかったのだろう。

落合忠右衛門が答えて出た。

「我ら円明流の一党、武者修行の途中であるが」

「武者修行？　何いいたいんや。侍いうことは、わかるわ。ああ、そうか。商人なんかと違《ちご》うて、大して金目のものはない、いうことか。そら、まあ、しゃあないわ。宍戸《しど》の山道は追い剝ぎが出るいうて、最近すっかり怖がられてしもうてな。旅の行商なんか、ちっとも通らんようになったわ」

このあたりを「宍戸」というのか。もしくは土地の名前でなく、人の名前だろうか。この野伏せりどもの頭目、それこそ喋《しゃべ》っている大柄な男が、普段から宍戸某とでも名乗っているというのか。このあたりを縄張りに悪さを働いているというのか。

落合忠右衛門は苦笑を浮かべていた。お主らの悪名など知らん。いや、本当に世に聞こえた悪党なのかもしらんが、それでも相手をみろというのだ。

「怪我をしないうちにな」

「怪我する？　わしらが？　ああ、それが武者修行いう意味か。ごっつう強いお侍に当たったいうことかいな」

「強い、弱い以前に、我ら大小の二本差しであるぞ。刀を振るう相手に、そんな、鎌などで立ち向かえるわけがなかろう。悪いことはいわん。農具は農具として使うことだ。大人しく田畑で働いていれば……」

風音が聞こえた。ヒュンヒュン、ヒュンヒュン、いくつも重なって聞こえてくるのは、その泥臭い二十人ほどの男たちが、皆で回し始めたからである。

何をといって、鎖だ。よくよくみれば、手にしていた鎌の柄の尻には、長さ二間はあろうかという鎖が金具で結びつけられていた。

「きさまら、なんの真似だ。そんなものを振り回したからといって……」

落合は言葉を続けられなかった。とっさに身体を捩るので、精一杯になったからだ。

まっすぐに顔を戻したとき、手で押さえていたのが頬骨で、そこを打たれたようだった。

話していた大柄な男だ。俄に回し始めた鎖を、落合に投げつけたのだ。

手元に引き戻した鎖を、再び右肘の外側で回しながら、男は続けた。

「鎖の端に鉄の分銅がついとるんや」

当たれば、そら、痛いわ。いや、次は痛いでは済まんで。骨なんか簡単に砕けてまうからな。さらに言葉は重ねられたが、その間にシャリリ、シャリリと音が連なっていた。

ムサシの弟子たちが抜刀していた。こちらはこちらで、大人しくやられるつもりはない。ムサシを抜いた十人は背を内に円を作って皆で守り合い、刀を外に向けて構えたのだ。

前に対しても、後ろに対しても、抜かりはない。といって、力みや興奮といったものも、みられなかった。

弟子たちに楽な構えを許しているのは侮りか。所詮は野盗の類と思うからか。鎖に、分銅と、いくらか工夫してあるとはいえ、農具を流用した程度の武器に、刀で後れを取るわけがないと考えるのか。いずれにせよ、稽古試合に臨むほどの緊張もない。それを不料簡として咎めようとは、ムサシも思わなかった。

向こうの鎖も、ヒュンヒュン、ヒュンヒュン、その回転で風を切る音を絶やさなかった。

「ガチャ」

と、違う音が聞こえた。その方向に目を飛ばすと、やや後方にいた多田半三郎だった。

胸の前で立てた白刃に、黒いものが絡んでいた。向かい合うのが、こちらは短軀《たんく》の男だった。それが投げた鎖が分銅の重さを利して、刀にぐるぐる巻きついたようだ。

「あっ」

と、多田は声を上げた。小男がその意外に太い腕を「く」の字にして引くと、長い鎖はジャラという音ひとつで手元に戻った。巻きつかれていた刀も一緒に持ち主の手を離れて、それこそ「あっ」という間に奪い取られてしまったのだ。

顔色を変えた多田は、それでも我を失うことなく、すぐさま脇差を抜いた。

かたわら、落合が声を大きくした。分銅で打つだけじゃない。鎖で刀を奪う。

「気をつけろ。奴らには、ああいう手もある」

ヒュンヒュン、ヒュンヒュン、音は止まない。ところどころで途切れるのは、それぞれが攻撃に転じるときだ。

投げつけられた分銅を、道家角左衛門は横に動いて躱していた。

なるほど、刀で弾こうとすれば、刀身を出したところで鎖に巻きつかれる。分銅が投げ出される瞬間を見逃さなければ、軌道を読みきれないわけでなし、それならば触らずに避けることだ。みていた他の者も承知したようだった。ああ、徒に恐れるような武器ではない。青木城右衛門などは刀を脇構えに、もう距離を詰めにかかっていた。

右の肘の外側で、ヒュンヒュン、ヒュンヒュン、縦に後ろ回しをする分には、鎖は半間ほどの長さでしかない。

手元に弛んでいる分を送り出せないわけではなかろうが、それをすれば恐らく攻撃が間延びする。回転の速さを殺さず分銅を投げつけるなら、そのまま鎖の長さは半間、振り出す腕の長さと合わせた場合でも、一間にはならない。

刀の間合いと比べて、決定的に遠いというわけではなかった。

すでに青木は今にも斬りかからんとする距離まで詰めていた。

そこは「宮本武蔵」の弟子であり、後の先を取るつもりか。まず呼吸を読み、敵の攻撃を誘い、それを外して、逃れようのない一撃を加えるのか。

相手は赤ら顔の男だった。ぼんやりにもみえる目つきで、ヒュンヒュン鎖を回し続け、何を警戒するような様子もなければ、何かの動きで牽制を試みるでもない。

ビュッと音がした。赤ら顔の男は鎖を放ったが、無造作にもみえる動き方だった。

のみか、これは投げ損じか。分銅が飛び出した時点で、すでに軌道が低かった。これでは身体のどこにも当たらない。青木は避けるまでもない。

実際、分銅は土を叩いた。まともに届きもしなかった。

青木は迷わず踏みこみの足を飛ばした。脇構えから振り出される剣は、赤ら顔の男の胴を薙いで捨てるはずだった。

が、分銅は動きを止めたわけではなかった。土埃を舞い上げながら地面で弾んで、そのまま這うような低い軌道で伸びてくる。鎖が絡みついたのが、踏みこんだ青木の足首だった。

赤ら顔の男はぐいと腕を引いた。青木は足をすくわれる格好で、肩から転倒するしかなかった。

「きさま、卑怯な……」

などと、いっている場合ではない。ぼんやりした目で、欠片ほどの高揚も示さないながら、赤ら顔の男は前に出てくるからだ。左手に構えた鎌を、いよいよ振り下ろすのだ。

青木は辛うじて刀を差し出した。鎌刃の先が目に刺さる寸前で、なんとか止めた。が、なお尻餅をついたまま、不十分な体勢のままである。

そこに赤ら顔の男は、上から体重をかけてくる。鎌もろとも左手を押し出して、目から脳髄を抉るつもりだ。

「青木殿」

駆け寄ったのが、村田久兵衛だった。もちろん刀を振り上げながらだ。

気づいた赤ら顔は跳ね飛ぶような動きで引いた。新参の弟弟子の介入で、青木は命拾いすることができた。

「大丈夫でござるか」

髭面が確かめ、助け起こす手を差し出した刹那だった。

バッと赤い花が咲いた。飛んできた分銅が、こめかみを砕いていた。ただ一撃であるとはいえ、そこは頭の骨が最も薄い部分なのだ。

どうと村田は地面に倒れた。ジャラジャラという音で鎖が引き戻されてみると、減《め》り込んでいた分銅が骨の外に戻り、それと一緒に脳漿も溢《あふ》れ出てきた。

ヒュンヒュン、ヒュンヒュン、鎖を回す音は変わらず続いていた。それも幾重にも取り巻いていて、いつ誰が攻撃にかかるものか、少しの油断も許されない。

「この百姓どもが……」

落合は吐き捨てたが、そんな罵りこそ無意味だった。

現に動くことができない。武士であり、曲がりなりにも円明流免許の腕前でありながら、容易に仕掛けられずにいる。

それを奇妙というべきではない、とムサシは思う。武器など誰にでも持てるからだ。武士でなければ、扱えないわけでもない。

刀でさえ、ほんの少し前までは武士でない者が普通に持ち歩いていた。いつでも戦に出られるよう、用意しておけとも命じられた。

大仏建立の釘《くぎ》などにするという口実で、それを太閤秀吉が「刀狩」で取り上げたのだ。武士しか帯びることならぬと厳に定めたのだ。

それも現状武士として認められるか、認められないかの話で、その素性は関係ない。

ムサシの生家、播磨の田原家は源氏の名門赤松の血を引いていたが、それでも今は百姓とされている。主君の小寺家が信長に滅ぼされたからで、刀を振るう力がないからではない。

その力がありながら、刀を持つことが許されないとなれば、かわりの武器を求めても不思議でない。許される武器を振るう。いや、武器でないものを武器に使う。それこそ農具の鎌なら見咎められまいと、そこに鎖を取りつけて武器にする。

あるいは伊賀という土地を思うなら、この男たちは百姓が野伏せりに落ちたというより、信長、秀吉に潰された忍びの里の者たちが、野盗に身を窶《やつ》しているのかもしれない。鎖がついた鎌も元から武器として用いていたために、扱いが巧みなのかもしれない。

「止めや、いったん止めや」

ヒュンヒュンと連なる音を、そうして止めた男がいた。

汚れた頬かむりで、百姓崩れといった風体は他と変わらない。体格も中背、いや、どちらかといえば小柄なほうで、肩が尖ってみえるくらいの痩せ男でもある。

しょぼくれた顔つきには、冴えない風さえあるのだが、その命令で男たちが次から次と鎖の動きを止めたのだから、あにはからんや、この男が頭目ということだろう。

「ありゃりゃ、血だらけになってもうたな」

いいながら、男は倒れた村田に近寄り屈みこんだ。指先で調べたのは、死体になったばかりの男が身につけているものだった。ああ、ああ、ひどいな。襟から肩のあたりまでや。

「洗えば落ちるんかいな。このままやったら、古着屋は引き取らんで」

こんなんばっかりやったら、商売にならんわ。ひい、ふう、みい、ええと、全部で十人おるようやけど、こっちは二十人で来とるんや。ただ働き同然になってまうわ。ぶつぶつと続けてから、ようやっと顔を上げた。ああ、おたくらに、ひとつ相談や。

「さっき与助《よすけ》もいうたけど、別に命まで取る気はないわ」

最初に落合と話した大柄な男のことだろう。「与助」のほうが、よっぽど頭目らしいが、やはり違うのだろう。

貧相な男は続けた。

「ただ身ぐるみ脱いで置いてってくれたら、それでええんや。あんたらやったら、二本の刀と、懐の銭と、それと着てるもん。いや、この際やから、ふんどしは負けたるわ」

誰も返事は返さなかった。何なのだ、この上からの口ぶりは。野伏せりなどに、どうして下手に出なければならないのだ。なお侮る気持ちがあるからだったが、それを察したのだろう。その頭目は、こうも言葉をつけたした。

「ひとり死んだんやから、もうわかったのと違うか」

「何がわかった、だ。きさま、下郎が、相手をみて物をいえ」

落合は憤然として返した。が、しょぼくれたような顔は、いくらか目を丸くしただけだ。

「相手をみて、て、おたくら、どなたさんですの。修行の旅のお侍と違いますの」

「それも宮本武蔵とその弟子だ」

「宮本さん？　存じ上げませんわ、ごめんなさい」

悪びれずに返されて、ムサシは思わざるをえない。当たり前か。

吉岡百人斬りなど、聞いているはずがない。仮に耳に入っても、恐れ入るのは剣の道を志す者たちだけ、あるいは刀を振るう者として、それに無関心でいられない者たちだけだ。

頭目は続ける。強いんですか、その宮本武蔵いうひとは？　おたくらのなかで一番いうことですやろか。せやったら、その宮本さんを出してもらえんやろか。

「ああ、あんた、宮本さん？」

「拙者ではない。師匠は……」

「それがしが、宮本武蔵だ」

と答えて、ムサシは歩み出た。

いざ近くで向き合えば、体格は互いに見上げ、見下ろすくらいに違う。それでも男に臆する様子は皆無なのだ。ああ、おたくさんが、宮本さん。おってくれて、助かりましたわ。

「せやったら、おたくさんとあたしで、ひとつ勝負いうことにしませんか。そんで、あたしが勝ったら、皆さん、身ぐるみ脱いで置いていくと。それなら、無駄な血を流さんと済みますやろ。せっかくの召し物が、一着はもう駄目になってしもうて。何着も汚されてまうと、あたしらも商売あがったりなんですわ」

いうと、振りかえった。

「それで、ええな、みんな。勝負の間は手出しせんと約束できるな」

確かめられると、頬かむりの連中は次々答えた。又兵衛《またべえ》さんがそういうなら。ああ、わしらの頭や。誰が逆らうはずもないで。鎖鎌の師匠やし、又兵衛さんより強い者もおらん。

「ということですわ。それで宮本さんの答えは……」

「よかろう」


山道が空けられた。武者修行の弟子たち、野伏せりの手下たちは、それぞれ道の北側と南側を塞ぐような格好で、勝負を見守ることになった。

この道幅が広くなったところで襲撃をかけるというのは、「鎖鎌」を用いた立ち回りに都合がよいからなのだろう。鎖を振り回しても、木々の枝葉や丈の高い草に引っかける心配が少ないのだ。

ヒュンヒュンと音が聞こえ始めていた。その「又兵衛」とやらは左半身で、前の左手に鎌を構え、奥の右手で鎖を回した。

「まずは水車やな」

と、声が聞こえた。手下の誰かだろう。技の名前ということだろう。肘の外側で、縦に後ろ回しは、なるほど水車のごとくである。

ムサシは右半身の青眼で構えた。

青木の立ち合いでも思ったが、いざ対峙した感覚でいっても、鎖鎌の間合いは刀とさほど変わるものではなかった。

鎖も縦に回すためには、半間ほどの長さしか出せないからだ。それ以上だと分銅が地面にぶつかってしまう。小柄な部類の「又兵衛」は恐らく、青木が戦った相手より短くしか鎖を回せていないだろう。

刀も定寸であれば、柄も入れて長さ半間、それに腕の長さが加わる。大柄なムサシは、当然ながら腕も長い。こちらのほうが、かえって間合いが遠いといえるようだ。

もちろん、それで刀と同じ、自分が有利と考えるのは早計である。得物が違えば、自ずと勝手も違ってくる。

さしあたり、攻めの予備動作は小さいと思われた。斬りかかる刀のように、振り上げる必要がないからだ。

はじめから鎖を回転させているので、すでに分銅は攻撃に移るための勢いを蓄えている。ほんの小さな腕の動きで、いや、手首の動きだけで、それを前に送り出せる。なるほど侮れたものではない。

ムサシはジリ、ジリと慎重に距離を詰めた。

一気に大きく踏みこめば、その足を鎖に取られる。一度みただけなので、地面に弾んだあとの分銅の動きを読み切れるとは思えない。だから慎重に足を運んでいかなければならない。

もう仕掛けられる近間まで来るや、ムサシは剣尖の上下を始めた。そこから斬りかからんとみせる空打ちも試みた。が、宍戸の又兵衛は何も反応しなかった。

これは、いつでも来いというのか。予備動作の大きな剣の攻撃など、振りが始まってからでも余裕で対応できるというのか。

こうまで近くなれば、呼吸を読むのは容易だった。吸う、吐く。吸う、吐く。吸うで止まり、又兵衛は吐かなかった。

攻撃が来る――と思うも、ムサシは自分が動く前にみた。分銅が投げられた。刹那の軌道は上向きだ。鎖はこちらの足には来ない。

出られる――ムサシは右斜め前に踏みこんだ。それで分銅は躱せる。同時に攻められる。

ムサシは袈裟に斬り下ろした。が、聞こえたのはガチと鉄がぶつかる音だった。

刃は鎌に止められていた。そこには又兵衛の左手が残されていた。なるほど、空打ちに動じなかったわけだ。いつ来られても、構わなかったのだ。

のみか、ムサシは柄の感触で察知した。刀身に「く」の字に折れた鎌刃の叉《また》が絡みつく気配があった。

サッと刀を引いて、左足から大きく下がり、いったん距離を空けて思う。

――二刀と同じ理屈か。

攻めても守りはなくならない。一刀のように攻めの直後に隙が生じるわけではない。太刀に当たる鎖で攻める間にも、小太刀に当たる鎌が守りを怠らない。

いや、その鎌刃の形状から、守りは小太刀に勝る。十手と同様に刀に絡み、それを奪うことができる。軽く、扱いやすい鎌は、素肌剣術においては十手より上かもしれない。

――鎖鎌とは……。

案外に優れた武器なのかもしれない。妙な感心をしながら、ムサシは刀を構えなおした。又兵衛は鎖を引き戻すや、すぐまた回し始めていた。

右の「水車」である。前と同じだ。ならば、もう勝手はわかっている。

まず相手の呼吸を読む。分銅が投じられた刹那に軌道を見極める。吸う、吐く。吸う、吐く。吸う、
そこで又兵衛は息を止める。来る。今度も上だ。足を取られる恐れはない。

ムサシは右に踏みこんで、分銅を躱すと同時に刀を振り下ろした。が、それは鎌で受け止められる。

わかっている。

ムサシの打ちこみは浅かった。素早く得物を引くためで、鎌刃に絡め取られたくないのが、ひとつ。

もうひとつには二段打ちにして、すかさず胴を狙うつもりでいた。

ムサシが引いた刀を再び振り上げたとき、そこに影がついてきたことはわかった。

又兵衛の鎌か。なお刀身を追いかけて、どうでも絡め取ろうというのか。が、執着するだけ無駄だ。

こちらの刀は横に軌道を変えながら、再び前に振り出されるのだ。

「……‼」

ムサシは殺気を感じた。それも頭の後ろからだ。何が何だかわからない。それも尋常な殺気ではない。何としても躱さなければならない。

とっさに尻餅をついたところ、頭上を風がすぎていった。あとからパラパラ髪の毛が落ちてきた。

俺の髪か。掠られたのか。文字通り間一髪だったのか。

それは刀を奪い取る動作ではなかった。刀を追いかけたのでもない。又兵衛は鎌刃をこちらの背後に出したのだ。

そこが鎌の形状で、あとは自分の手元に引くだけで、項《うなじ》から首を刈り取ることができる。小柄の部類の又兵衛は、長身のムサシにぶら下がるように体重をかけられるので、それこそ大した腕力も必要

ない。

気がついて、今さら総身が粟立《あわだ》った。

「後ろ首かけや。惜しかったわ」

手下たちの声が聞こえた。

ならばと笑われるのも覚悟のうえで、ムサシは逃げた。まず尻で後退《あとずさ》り、それから急ぎ向きを変え、地べたを這うことになったとしても、急ぎ刃圏《はけん》の外に出なければならなかった。

又兵衛は追いかけてこなかった。ムサシは立ち上がり、なんとか刀を構えなおした。

ハア、ハアと耳障りなのは、自分の呼吸か。知らず肩が上下して、こんなに息が乱れているのか。

やはり勝手がわからない。使われているのは分銅と鎖と鎌なのだから、いちいち当たり前の攻めであり、守りでしかないのだが、やられてみるまでわからない。鎖鎌との勝負では、常に後手に回らされてしまうのだ。

——向こうは……。

戦ってきたのは、ほとんどが刀を持つ相手だろう。勝手がわからないどころか、はじめからあしらう術を心得ている。鎖鎌の攻防は、専ら刀を攻略するべく考えられているのかもしれない。これは分が悪い。

ヒュンヒュンと風音が鳴り出した。又兵衛は右半身に変わっていた。

前になった右手で鎖を右横、左横と交互に回し、今度は分銅で二重螺旋《らせん》を描いていた。新しい技か。

「又兵衛さんの巻き波が出たぞ」

と、声が聞こえた。そういう名前がついているらしい。

なるほど「巻き波」とは、いいえて妙だ。その鎖の回転には今にも呑まれてしまいそうな、その瞬間に終わりだというような凄みがある。恐怖に負けず、なおムサシが踏み止まったとしても、である。近寄れない――手元から出る鎖が長くなっていた。分銅が前に繰り出されれば、それだけ遠くまで届く。恐らく一間半（約二百七十センチ）先の標的までは、余裕で打ち据えられるだろう。

この距離は容易に詰められない。無理を押して飛びこめば、途中で必ず打たれるだろう。その大きな踏み出しを狙われて、ここぞと足を取られてしまうかもしれない。

そのかわり――これだけ離れていれば、分銅の動きは見切ることができる。右から出るか、左からか。地を這うのか、地から迫り上がるのか。いずれも投じられた刹那に軌道を見切れば、躱すのを間に合わせることができる。

飛んでくる分銅を刀で弾くことができれば、なお簡単な話になるが、それでは鎖に絡まれて、刀を奪われる恐れがある。やはり綺麗に空を切らせて、一切触れない躱し方がよい。

ヒュンヒュン、ヒュンヒュン、なおも音が連続する。又兵衛の呼吸は読めるか。少し遠いが、ああ、読める。吸う、吐く。吸う、吐く。吸う、止めた。

来る――分銅は、こちらからみて左から飛んできた。

ムサシは右にずれて躱した。やはり、みえる。これだけの距離があれば、分銅が手を離れてからでも十分に対応できる。

が、そこから攻めに転じるのは難しい。避けてからでは、前に出るのが遅くなる。

まだ鎖が戻らなくても、そこには守りの鎌が待ち構えている。一瞬で攻めに転じて、首刈りの武器になることを思うなら、土台が迂闊に飛びこめる先ではない。

分銅が引き戻され、また鎖が回り始めた。ヒュンヒュンと音を鳴らして、今度も「巻き波」の回転だ。

又兵衛の呼吸を読みながら、ムサシは思う。やはり勝手がわからない。牽制の仕方が思いつかない。刀なら、考えるまでもなかった。相手が手を出しにくくなる動き方がある。刀の向きで、足の置き場で、目の動きで、容易に攻めさせない術が身体に沁みついている。

先んじて攻め手を削れば、ここと剣撃を呼びこむこともできる。招いたものなら、躱すのは造作ない。同時に攻めに出られる所以だが、かかる必勝の手順が鎖鎌には、なかなか当て嵌められないのだ。

ヒュンヒュンと音が連続する間、あるいは相手の呼吸を読むより、殺気を感じとるべきか。殺気に即応するならば、僅かでも攻めに転じる時間を稼ぐことができるか。

いや、それも駄目だ。攻撃の瞬間は捉えられても、右から来るのか左から来るのか、地を這い、こちらの足首に絡むのか、それとも身体に打ちつけてくるのか、それは見分けられないからだ。

刀を構える相手なら、右半身か、左半身か、上段か、中段か、下段か、それとも脇構えか、突きなのかで、あらかじめわかるものを……。

なかなか攻め手がみえてこない。やはり躱すことしかできない。

ビュッと音を鋭く変化させて、分銅が飛んできた。今度は又兵衛の左、ムサシからみて右からの投げだ。軌道は高く、こちらを打ちつける動きだ。

ムサシは左に動いて躱した。そのとき彼方で又兵衛の手首が回るのがみえた。

「なに！」

鎖に横波が生じていた。又兵衛の手元から順に伝わって、それが先の分銅まで届いたとき、まっすぐの攻撃が、横から打ちつけるような動きに変化した。

それがムサシの右の肘を、外からしたたか叩いた。

痛みが広がる。試みに肘を曲げ伸ばしすれば、やはり激痛が走る。

鉄の塊に打ち据えられたのだから、当然といえば当然だ。なお関節は動かせるので、まだ骨まで折れてはいなそうだった。

それでも右手は万全でなくなった。さらに何度も打たれるのでは、いよいよ持たない。

又兵衛の「巻き波」で、ヒュンヒュンと音が再開した。みるしかない。とにかく、見切るしかない。

分銅が投げられた。また右からだ。狙いは前と同じだ。躱せるものなら躱してみろというのだ。

ムサシは左に動いた。これで軌道から外れたが、やはりというか、彼方で又兵衛の手首が回った。

鎖に横波ができた。それが手元から伝わって、そう、先端で分銅を横に動かす。

決めつけて、ムサシは脇構えに刀を寝かせた。これで躱せる。肘の上を素通りする。そのはずだったが、彼方の又兵衛はもう一度、今度は手首を後ろに返した。

鎖に縦波が生じた。それが鎖に伝わると、先の分銅は横から打ちつけてくる動きに、うねるような変化で、上から叩きつける動きを加えた。

それが刀と一緒に寝かせていたムサシの肘を、またも強烈に上から叩いたのだ。

「ぐっ」

声を抑えられなかった。が、その痛みすら、ひとつ、ふたつと数える間になくなった。

二度も打たれた右肘は、もはや痺れて感覚がない。まだ動くかと、試す気にもならない。ことによると、骨が砕けたかもしれない。

右腕に力が入らなかった。刀を青眼に構えなおすのが、やっとだった。次に打たれたら終わりだろう。恐らくは刀を落としてしまうだろう。

又兵衛は表情を変えなかった。またしても「巻き波」に鎖を回転させるばかりだったが、深刻な痛手を与えたことについては、まず間違いなく気づいている。

だから同じ構えで鎖を回す。あえて同じ攻撃を繰り返し、次は肘のみか、心まで砕いて捨てるということだ。

ビュッと音が変化した。やはり、そうだ。分銅は同じ高さで、同じく右から飛んでくる。またムサシが左に躱せば、応じて又兵衛は手首を回す。

鎖に横波が起きた。ムサシは脇構えに刀を寝かせた。左手の助けもあって、なんとか腕を動かすことができた。

一緒に寝かせた肘の上を通りすぎた分銅も、このあと上から叩きつける動きに変化する。いや、させない。

「むん」

ムサシは気を飛ばした。又兵衛の手首を押さえて、後ろに返すことを許さなかった。

「ガハッ」

ムサシが息を抜いて、ようやく又兵衛は手首を返した。が、鎖に縦波が生まれたときには、もう分銅は狙いを定めた肘から遠ざかるところだった。

又兵衛は驚いた顔になった。長々と出した鎖を手繰ることさえ、しばし忘れてしまったほどだ。

「いま、何したんや」

問われても、ムサシは答えなかった。というより、声も出したくない。それだけの体力も使わずに温存したい。

そう考えてしまうほど、消耗がひどかった。一度気を使っただけで、ほとんど瀬戸際に追い詰められてしまうほどに、大きく体力を削られていた。

又兵衛はといえば、息ひとつ乱していなかった。こうまで凄まじい攻撃を繰り返しながら、どうして平然としていられるのか。

首を傾げたくなるも、いや、当然かとムサシは思いなおした。鎖鎌を扱うのに、さほどの腕力は要らないからだ。脚力も使わない。働いているのは、主として分銅の重さと鎖の長さであり、又兵衛に求められる力といえば、せいぜい手首の強さくらいのものなのだ。

ようやく鎖を手繰りながら、又兵衛は言葉を続けていた。宮田さん？　宮本さんやったか。とにかく、あんた、名前が売れとるんやろ。わかる気がするわ。

「摩訶《まか》不思議な技やもんな。普通、でけへん。そら、名前かて売れるやろ。そら、強いやろ。そら、恐れられるやろ。刀なんか持っとるもんの間ではな」

何という言い種《いぐさ》だろうか。刀を持つ者は下なのか。鎖鎌のほうが上なのか。憤然とするも、なおムサシは言葉を返すことができなかった。

刀こそ最強――そう信じたからこそ打ちこんできた。

新免無二の当理流は十手、さらに槍、手裏剣、捕手《とりて》の技まで含む。自ら開いた円明流とて、それらを否定するわけではない。が、なお刀こそ最強という思いは変わらず、ゆえに、それを己が兵法の根幹に据えている。

――しかし、本当か。

刀こそ最強などと、どこの誰が決めたのか。兵法といえば刀と、端から決まった感はあるが、それは確たる理由がある話なのか。

あるいは刀こそ武士の証だからなのか。「刀狩」のあとは、そのものが身分を誇示する証だからか。そのために最強でありたい、最強であるはずだ、最強でなければならないと、ろくろく根拠もない思いこみが生まれたのか。

それを武士がいうことに反論しては厄介だからと、表向きは誰も正すことをせず、ために馬鹿な誤《ご》謬《びゅう》が幅を利かせ続けているのか。それだけなのか。

違うと言葉で抗えたとしても、現に自分は鎖鎌に苦しめられている。刀を振るえば、およそ敵なしとさえ思えた自分が、こうまで何もできずに劣勢を強いられる。

それも刀など最強でないと、そもそもの前提から覆せば説明がつけられる。己が強くないことも、また道理だ。ああ、俺など刀を持つ者の間だけで、いくらか達者だっただけだ。

よくみるような刀の戦い方をしてくれて、諸々の約束事を一切違えず、律儀に作法を守ってくれるような相手、それこそ名門吉岡兵法所の門弟たちのような相手と戦うのでないならば、満足に勝てやしない。

が、それは遊戯と大差なかった。本物の戦いではなかった。この俺も本当に強いわけではない。

——世に認められなくて当然か。

仕官の口などあるわけがない。どこぞの城下で五百石は欲しいなどと、もはや笑い話でしかない。なにせ、この伊賀の山奥で野伏せりに襲われ、簡単にあしらわれて、今まさに身ぐるみ剝がされようとしているのだ。いや、その末路で済むのは弟子たちであって、自らは殺され、山道に捨てられないともかぎらないのだ。

ヒュンヒュン、ヒュンヒュン、風音が再開していた。又兵衛が鎖を回し始めたのだ。「摩訶不思議な技」に臆した様子もない。こちらの疲労困憊をみて、恐れるまでもないと判断したに違いない。

これだけの達人であれば、それくらいの見極めがつかないわけがない。でなくても、まだ持てる技の全てをみせたわけではなかろう。

又兵衛の鎖回しも、今度は頭上だった。

出せるだけの長さで鎖を出してしまうと、それを大回しにしている。分銅は速さを増すばかりであり、まるで又兵衛のまわりに二間の幅で結界が生じたようだった。

「いよいよ渦だぜ」

と、声が聞こえた。今度の技にも、やはり名前がつけられていた。

今さらながら、ただ思いつきで農具を改造した程度の、底の浅い武器ではない。鎖鎌にも技があり、型があり、様式があり、作法があり、つまりは諸々の約束事がある。鎖鎌を用いる流派さえ、立てられているのかもしれない。

そう理解を進めたところで、ムサシに抗う術がないのは同じだった。鎖が「渦」で回されれば、いよいよもって近づけない。

距離の詰めようなどなかった。三尺そこいらの刀と、もはや肘が麻痺《まひ》しているような腕を使って、どんな攻撃ができるとも思われない。いや、次は防御もできるかどうか。今度こそ躱せなくなるのではないか。

戦い方がわからない。やはり俺は弱い。これまで勝ってこられたのが、不思議なほどだ。ことごとくが刀を持つ相手で、たとえ弱かったとしてもだ。行儀よく、いつも決まりを守ってくれて、意表を突くのはむしろ自分のほうだったとしてもだ。

「……………」

意表を突く。奇異な戦い方で相手を驚かせる。それで勝てるというのは、なべて初見の戦い方には、うまく対処できないからである。

生死を賭けた真剣勝負となれば、なおのことだ。困惑で平常心をなくしたが最後、何もできなくなるのだ。

ムサシが鎖鎌と、うまく戦えない通りだ。が、その鎖鎌は、どうなのか。

巧みに扱う又兵衛なら、初見の戦い方にも難なく対応できるのか。技があり、型があり、様式があり、作法があり、つまりは諸々の約束事がある兵法ならば、それが想定する相手でなくなったが最後、同じように閉口してしまうのではないか。

ムサシに閃きが訪れた。ああ、そうだ。今日にかぎって、どうして俺は、こうまで行儀よくしていたのか。

自嘲しながらに左手を動かして、やおら腰から抜いたのが脇差だった。右半身のまま、それを肩に担ぐように奥に構え、ずいと右手で太刀を前に押し出してやる。

ヒュンヒュン、ヒュンヒュン、風音は変わらなかった。それでも又兵衛は刹那に目を見開いた。何だという顔になったからには、従前二刀の構えなどみたことがなかったのだろう。「刀なんか持っとるもん」と見下すような口ぶりだったが、これまで倒してきた相手は全て一刀だったということだ。

とはいえ、又兵衛は頰を弛めて、すぐ笑みにしてみせた。一刀が二刀になったところで、何ほどのことでもない。どう足掻《あが》こうが、鎖鎌に打ち勝てる武器ではない。それくらいの口上を伝えようとしたのだろう。

実際のところ、何の解決にもなっていない。ただ閃きに従っただけであり、ムサシとて具体的な算段を思いついたわけではない。

ヒュンヒュン、ヒュンヒュン、途切れない風音ばかり聞きながら、一刀から二刀になろうと、近づくことさえままならないのは同じである。今もって、ただ相手の攻撃を待つのみなのである。

――それでも又兵衛の仕掛けは見当がつく。

いや、見当がつけられたと思うだけで、さほどの根拠もないのだが、外れはすまいと妙な自信がある。ああ、又兵衛は刀を奪いにくる。二刀の構えを気味悪く覚えたならば、そのうち一刀を必ずや奪いにくる。

あとに一刀だけ残れば、鎖鎌で簡単にあしらえる、いつもの戦いに戻れる。不安はなくなり、すっかり安心することができる。

ビュッと違う音が鳴った。頭上の大回しから分銅が放たれた。

やはり狙ってきた。こちらの刀を奪いにきた。右手で前に構える太刀のほうだ。そうだろうと察しをつけて、いっそ前に出すくらいの気持ちでいたのだから、ムサシの罠にかかったということだ。

敵の攻撃が誘いこんだ場所に来るなら、こちらは余裕をもって動ける。躱すのは造作もない。しかも又兵衛の構えは「渦」であり、鎖いっぱいの距離が空いているだけ、投げ出された分銅がこちらに届くまでに時間がかかる。神速を常とする立ち合いの動きのなかでは、ゆっくりにも感じられる。

ムサシは右斜め前に踏み出した。分銅の軌道からは、これで外れた。が、又兵衛は僅かな手首の返しで、鎖に波を生じさせる。介して先端で走る分銅の軌道を変える。

事実、分銅はムサシが避けた先まで追いかけてきた。あとに鎖を導きながら、やはり刀に巻きつかせる動きである。が、今は鎖が長すぎて、その動きが緩慢なのだ。鎖が絡みかけたところで刀身を下に引くなら、そのまま空振りを余儀なくされるはずなのだ。

カチと鎖が刀身に当たった。それでもムサシは慌てなかった。

まだ十分に逃げられると思われたからだが、その瞬間に鎖は速度を上げた。彼方で又兵衛が手首を返すと、鎖は刀身を軸に回り、回るほどに巻きつく速さを倍加していったのだ。

「あっ」

と呻いたときには、もう太刀は完全に鎖に巻きつかれていた。ぐっと力が入るのが感じられて、又兵衛が手元に引いたことがわかった。

刀を奪われる。いや、奪われてなるものか。

ムサシの身体は、すでに前がかりになっていた。守りは考えるまでもない。もう攻めに転じられる。そう決めつけていたからだが、ここで再度の閃きが訪れた。

足を踏ん張り、ひどく痛む腕で無理に堪えるより、このまま前に出たほうがいい。ああ、鎖に引かれる刀を離さず、身体ごと一緒に前に出ていこう。

それだけの思いであれば、どこを狙うも、どう斬りつけるもなく、ムサシのなかには何の殺気もなかった。

だから又兵衛は反応できない。ムサシの大きな身体が迫り来ても、何もしない、いや、できない。鎖を手繰る手も止まらず、みるみる距離が詰まっていく。

ムサシはみた。そこで待ち受けるのが鎌だった。だから、ここだ。

今こそと殺気を全開に、ムサシは巻きついた鎖ごと右手の太刀を振り下ろした。

応じた又兵衛は、やはり鎌刃で受け止めた。がっちりと受け止めたが、それはムサシが上から相手の得物を、しっかり押さえつける図でもあった。

分銅も、鎖も、鎌まで、こちらの右手に制せられ、又兵衛はもはや自由を完全に奪われていた。

右手の仕事は、ここまでだ。「巻き波」の分銅に打たれた肘が悲鳴を上げて、これ以上は動かないのだ。

が、ここで終わりにはならない。もう一刀あるからだ。ムサシが左手で構える小太刀は、今も自由なままなのだ。

ムサシは低いところから、又兵衛の脇腹に突き刺した。

「かっ、かっ」

ゴボッと又兵衛は血を吐いた。けど、おまえ……。そ、そないな、剣法いうたら……。

「邪道やないか」

いうや、がくりと脱力して、崩れ落ちる。それを見下ろし、ムサシは思う。はん、それを、いうか。おまえが、いうか。

脇差を腰に戻し、太刀に絡んだ鎖を外している間に、野伏せりの手下どもは逃げた。

「追わずともよい」

ムサシに制されると、こちらの弟子たちは、せめてもの罵声で見送った。調子づくな、下郎どもが。鎖鎌のごとき百姓兵法が、我らが円明流に通用すると思うてか。伊賀の山猿ども、きさまらなど、宮本武蔵の二刀剣術の敵ではないわ、はじめから。

「しかし、それまた御粗末だったな」

「何です、先生。今、何か仰いましたか」

「何でもない。ただ先を急ごう」

ああ、まだまだ先は長いようだ。村田の亡骸《なきがら》を埋めたら、すぐまた歩き出さなければ。そうやって、ムサシは宍戸の山道を後にした。同じところに留まることは、まだできなそうだった。

九、宮本武蔵と佐々木小次郎

新免無二からの使者が来たのは、慶長十五年（一六一〇年）二月だった。

ムサシのもとを訪ねることは、さほど難しくなくなっていた。「宮本武蔵」は常に廻国修行に身を置くため、なかなか居場所が知れないといわれたのは、今は昔の話だからだ。

己が剣を高めてくれる相手を求めて、西国はもとより東国まで、それこそ江戸、下総《しもうさ》、常陸《ひたち》、奥《おう》州《しゅう》まで渡り歩いたが、二年前からはずっと刈谷だった。

三河国刈谷は徳川譜代水野《みずの》家の城下である。藩主水野勝成《かつなり》からして、勇猛果敢な槍働きで「鬼日向」の名を取るなど、それは尚武の気風が強い藩だ。

慶長十三年（一六〇八年）、この水野家にムサシは『兵道鏡』を献上、剣術指南役として仕官することとなった。「宮本武蔵、吉岡百人斬り」の剣名を聞けば、食指を動かさずにはいられない大名は、やはりいないわけではなかった。

石高は百石にすぎない。五百石、千石と、いつまで夢のような話を追いかけても仕方がない。五百石、千石と貰うのは、徳川将軍家の剣術指南役くらいのものだと、世の現実とて目に入らないではなくなっていた。

刈谷城下に道場を構え、水野家中の子弟に円明流を指南する日々であれば、ムサシの住まいは動かない。そのことは風の噂で余所《よそ》にも伝わり、「宮本武蔵」の消息を気にする耳には難なく届いていただろう。

無二の使者が、はるばる豊後から訪ねてくることも、また首を傾げるような話ではない。

――とはいえ、無二は……。

倅の境涯を案じて、できれば息災を確かめたいと、気を揉《も》むような親ではない。

「本当に父からの」

と、ムサシは尋ねた。えい、やっと、稽古に励む掛け声が今は遠い。道場の奥の座敷に通したのは、立花藤兵衛《たちばなとうべえ》と名乗る男だった。

ずんぐりの体軀に毬《まり》のように丸い頭を載せ、ぎょろぎょろした目で見上げてくる立花は、かねて知る顔ではなかった。

こちらが豊後を出た後に、無二の門下となった輩か。あるいは当理流の身内などでなく、何らかの思惑から無二の使者を騙るだけなのかもしれない。

「まずは、これを」

立花は白いものを差し出した。手紙か。ムサシは受けとり、早速開いた。

撥ねが文字の頭を越えて、その墨を長く引くような筆跡は、確かに父新免無二のものだ。

ムサシは続けて手紙を読んだ。最後まで目を通してから、顔を上げて、立花に確かめた。

「要するに、この佐々木小次郎《ささきこじろう》と戦えと。それがしに小倉まで来て戦えと、そういうことでござろうか」

立花藤兵衛は、こちらを大きな双眼で見据えたまま頷いた。

手紙によれば、佐々木小次郎は細川家の剣術指南役だった。豊前小倉の城下に道場を構えて、己が開いた「岩流《がん》」を教授しているという。

世に「物干し竿」と呼ばれる長い刀を用いた兵法で、「西国一」の剣名をほしいままにしているとも書かれれば、なるほど、佐々木小次郎の名前はムサシも耳にしたことがあった。

優れた兵法に人が群がるは必定であり、小倉では昨今岩流の門弟が激増していると書き添えられても、これまた驚かなければならないとは思わない。

「それが我ら当理流の門弟たちと衝突しているのです」

と、立花は付け加えた。ムサシは怪訝な顔になって確かめた。

「しかし、父の道場は木付にあるのではないか」

豊後木付、あの石垣原の戦いが行われた土地は、今も細川家の飛び地である。

城主も松井佐渡守康之で変わらず、この当理流の弟子を称する有力者の庇護《ひご》を受けて、新免無二は木付に道場を開いたのである。

慶長三年の話で、細川家が丹後宮津から豊前中津に本領を移したのは、そのあとの慶長五年である。三十九万九千石の大藩にふさわしい城下とすべく、小倉の大普請が始まったのは、さらに遅れる慶長七年（一六〇二年）のことだ。

が、そこで九州を離れたので、後のことをムサシは知らない。

「道場を小倉に移したのか」

「そうではありません。無二先生の道場は今も木付にあります。木付城下の門弟は多いですし、最近は隣領の豊後日出《ひじ》、木下《きのした》家からも通う者が増えて、動かすに動かせません」

「ならば、どうして小倉で」

「同じ細川家中であれば、当然ながら行き来があります。木付城に勤め、そこで当理流を学んだ者が、小倉城に勤めが変わるということもございます。小倉でも稽古したいとの声が多くなり、こちらにも道場を開きまして、普段は師範代の葛西又四郎《かさいまたしろう》が教えておるのですが、たまには無二先生自らも小倉に足をお運びになり」

「そうか。それで小倉に当理流の門弟か。まあ、ままあることだろうな。それで、その小倉の門弟たちが……」

「はい。佐々木岩流の門弟たちと悶着《もんちゃく》を起こすこと、もはや一再ならずというのが、昨今の様子でございます。悔しいことに、岩流の強さは本物です。小倉の他の道場では歯が立たず、太刀打ちできるのは、もはや当理流だけという事情もありまして」

「ふむ。しかし、喧嘩くらいなら、やらせておけばよいではないか」

「そうなのですが、もはや岩流と当理流、長刀術と十手術、どちらが優れているかの論争にまで発展しておりまして、小倉中が興味津々の体なのです。となれば、いずれの道場も後には引けない。遂には佐々木小次郎殿が、正式に試合を申し入れられるまでになりまして。ええ、無二先生に、でございます。双方の師匠が尋常に勝負することで、はっきり雌雄を決しようではないか、ということで」

「すればよいではないか」

「無二先生はお断りになられました」

「断ったと？　それは、また、なにゆえに」

ムサシが問うと、立花は大きな目をわざと眇《すが》める顔になった。続いた声音も責める色を帯びていた。

「すでに御高齢でありますれば」

あの父が年老いて弱る玉か。吹き出しかけたムサシだったが、直後に思いなおした。

そうか、俺が家を出てから、もう十年に近い。新免無二も六十をすぎ、これからは七十に近づいていく。鬼ならぬ、物の怪《もののけ》ならぬ、人の身であるならば、あるいは寄る年波には勝てないということも、あるのかもしれない。

「無二先生が戦えないとなれば、もうかわりは無三四先生しかないだろうと。すでに諸国に知られた『宮本武蔵』であれば、佐々木小次郎とて不足ありとはいわぬだろうと」

そう道場で声が上がり、それがしが遣わされることになりました、と立花は話を続けた。


「急がんと、もう始まるっちゃ」

そう口々にいいつつ、人々は駆けていく。

何事かと思いながら、ムサシもその流れに乗ることにした。

ついたばかりの小倉である。まだ旅装も解いていないが、初めての土地で右も左もわからない。

道の先に小倉城の望楼が覗いていた。城が建つのは海辺だから、向こうが北だ。そうすると、城下を南北に貫いているこの流れが紫川《むらさきがわ》か。辺にある当理流の道場を訪ねよと立花にはいわれていたが、この橋を渡るのでよいのだろうか。

誰かに道を確かめようにも、ムサシが呼び止めるより先に、早う、早うと誰もが先を急ぐのである。もう追いかけて、ついていくしかないではないか。

先には人垣ができていた。なるほど、竹矢来が組まれているのもみえた。ときおり歓声が上がるので、何事か行われているようだった。

幾重にも見物が囲んでいるので、なかなか前に進めなかったが、途中まで分け入れば、背の高いムサシは覗くことができた。

二人の男が向き合っていた。それは剣の試合だった。

二人とも構えているのは木刀で、稽古試合ということだ。

が、それで怪我をしないと約束はできない。寸止めの取り決めがなかったなら、あったとしても守られなければ、命さえ保証のかぎりではない。

とはいえ――よほどのことがなければ大丈夫と、ムサシはみて取ることができた。

ひとりは十手を構えていた。刃のついていない木製だが、きちんと左右に鉤を生やした、当理流の十手である。それを左手に、左半身で前に構え、奥の右手で肩に担ぐようにしているのが、太刀の長さの木刀なのである。

明らかに新免無二の弟子だ。それも、ムサシには一目にして、かなりな腕前とわかった。自分の弟子でいえば、免許を出した落合、道家、青木、多田くらいには匹敵する。

ああ、と思い出した。この四角顔の男こそ小倉の道場で師範代を務めるという、葛西又四郎なのかもしれない。それだけの力量ある者が、守りに優れた十手を構えているのだから、まず危ういことにはならない。

目を剝く理由があるとすれば、道場の師範代ともあろう者が、安っぽくも路傍に組まれた竹矢来のなかなどで、稽古試合に及んでいることだった。

もはや体裁を取り繕う余裕もなかったということか。その感情はぐつぐつ煮詰まり、爆発するしかなかったのか。

――やってしまったか。

と、ムサシは心のなかで呻いた。

葛西又四郎と向き合う相手はといえば、木刀にしても長い得物を構えていた。

ただ青眼に構えられただけで、違和感を禁じえない長さである。刃渡りで三尺、柄の部分まで入れれば、恐らく四尺（約百二十センチ）を超えている。

こちらは岩流ということだろう。「物干し竿」と呼ばれる長物を使うと伝えられる、例の佐々木小次郎の流派である。

　つまるところ、もう待てないと始めたのだ。宮本武蔵は来ないからと、新免無二の代理には小倉の師範代を立てて、試合に及んでしまったのだ。

　いや――岩流であるにしても、それは佐々木小次郎ではないようだった。

　やはりムサシの目には瞭然、さほどの腕前ではなかった。悪くはないが、まだ免許の域ではない。ましてや佐々木小次郎の剣名の高さには遠く及ばない。

　実際、当理流の師範代に徐々に追いこまれている。

　それまでも岩流の男が何度か打ちこみを試みたが、ことごとく十手に弾き返されていた。その無駄なりの手数さえ、ここに来て減っているのだ。

　葛西又四郎の牽制が効いているということだ。左に半歩踏み出し、と思えば十手の向きを変え、あるいは相手の動き出しに合わせて空打ちを試みる。目線まで巧みに使って、常に機先を制するので、岩流の男にすれば手の出しどころがないのだ。

　が、それは葛西の誘いかけでもある。容易に打ちこめないようにしたうえで、わざと隙を作ってみせれば、敵はここぞと打ちこんでくる。が、来いと招いた場所に打ちこまれるなら、こちらは難なく躱すことができる。その誘いに乗るのか、岩流の男は……。

　――乗った。

　岩流の男は打ちこんできた。剣勢といい、剣速といい、悪くない打ちこみである。

　が、そこに全霊を籠めるような斬り下ろしは、ムサシには無造作にすぎるように、いや、ほとんど不用意なくらいにみえた。

　これでは途中で止められない。最後まで振りきるしかない。が、それを躱されたが最後、直後は完全な無防備になる。

葛西又四郎は躱した。来るとわかっている剣撃であり、やはり簡単だ。十手で受けるまでもなく、ただ右に半歩動いただけだ。

あとの眼前には、岩流の男の綺麗に剃られた月代が、何に守られることもなく突き出されている。葛西が肩に担ぐ格好の木刀は、そこに最短距離で振り下ろすことができる。

葛西は風音を鳴らした。木刀は額のうえで寸止めされて、それで勝負ありだった。

「……………?」

人垣の歓声は大きくなった。が、そのときムサシは怖気《おぞけ》を震った。なんだ、これは。岩流の男は今、何をしたのだ。

いや、何もできていない。葛西の一本勝ちは変わらない。大いに沸いた小倉の衆も責められない。が、勝負が決まろうとする刹那、ムサシは確かに聞いたのだ。

カチリと音が鳴っていた。木と木がぶつかる音だった。

が、葛西の木刀は寸止めされて、固いものに当たる音など鳴らさない。当たったのは十手のほうだ。それが岩流の男の木刀と打ちあったのだ。

みれば、長木刀と十手は確かにぶつかっていた。しかし、どうして……。

岩流の男は頭上高くから斬り下ろし、最後まで振りきった。だからこそ、直後が完全な隙になり、葛西の打ちこみを避ける術がなくなった。それはそうだが、当理流の師範代が素早く木刀を振る間に、下のほうでも乾いた音が響いたのだ。

葛西が左手を動かしたのか。いや、相手の剣撃は身体の捌きだけで躱した。十手を動かす必要はなかった。十手がそのままだったとすれば、動いたのは岩流の長木刀のほうということになる。

ムサシは気づいた。長木刀の刃が上に――刀背が下になっていた。岩流の男は手首を返したということだ。斬り下ろしたところから、すぐに続けて、今度は斬り上げようとしたのだ。

――いや、できるわけがない。

全力で振り下ろす刀を止め、そこから瞬時に正反対の向きに切り返し、今度は振り上げるなどという技が、容易に可能になるわけがない。

現に岩流の男は失敗した。斬り上げが遅れた。それが動き出そうとしたときには、もう己が額を当理流の師範代に打たれていた。当たり前だ。そうなるに決まっているのだ。

――しかし、これが成功したら……。

遅れずに、すぐさま斬り上げられたなら……。ムサシは再び怖気を震った。先刻は直感で震えたが、それを理屈で理解すれば、あらためて震えないではいられなかった。

というのも、それに抗う術などない。そのときは、こちらが剣を振っているからだ。止められない先まで振り出してしまえば、こちらこそが完全な無防備になっているのだ。

――しかも、その攻撃が下から来るという……。

ほとんどの兵法は下からの攻撃を想定していない。

上から、あるいは横から、でなければ、まっすぐ出てくる突きのような攻撃なら、それに応じる防御の術は、もう万全というくらいに練成されている。が、下からの攻めを凌ぐ技など、少なくともムサシは今まで聞いたこともなかった。

ほとんどの兵法は技でなく、とっさの動きで対応するしかないだろう。

この点、まだしも当理流は無力でないといえる。十手を構えているからだ。攻める間も守れるからだ。

はからずもでありながら、現に葛西の十手に長木刀が当たっている。意識できてさえいれば、下からの攻撃にも対応できる。が、それまた万全とはいいがたい。

そこでムサシは首を振り、いったん自分を冷やかすような笑みを浮かべた。いや、普通に考えるなら、もう万全以上だ。斬り下ろしの直後の斬り上げなど、人間の反射神経、そして筋力の限界を考えるなら、さしたる威力を孕むとも思われないからだ。

ましてや岩流で使うのは長刀である。これだけの長さの得物となると、ただ扱うのさえ容易でない。斬り下げから斬り上げに向きを変えられたなら、ただそれだけで驚嘆に値する。仮に剣撃になったとしても、普通は恐れるまでもない。十手で長刀を押さえてまだ、釣りが来るくらいだろう。

「………」

やはりムサシには、そのまま笑って流すことができなかった。遅く、弱い攻撃にしかならない技なら、岩流の男が試みる意味があるのか。そもそもが技として考案されようか。

常識を超えた反射神経、そして筋力に恵まれれば、あるいは、それを可能とするだけの精進を積んだならば、速く、強い剣撃を繰り出すことができるのか。

そうした反転技を、十手は押さえられるのか。これだけの長刀に十全の勢いが乗せられた日には、あえなく弾かれてしまうのではないか。

ムサシは手で自分の腰のものを確かめた。ましてや、この小太刀では覚束ない。ほとんど不可能に近い。

岩流の男は地面に膝を突いて、がっくり項垂《うなだ》れていた。

ムサシは改めて息を吐いた。やはり、ありえない。斬り下ろしから反転しての斬り上げなど、技として確立されたものではない。

試合途中での、ちょっとした思いつきだったのだろう。あるいは繰り出せる技という技を削られ、追い詰められたあげくの苦し紛れにすぎなかったか。いずれにせよ己の力量を弁《わきま》えずに試みて、無駄を悟らされるのみだったのだ。

その末に負けた。流派を背負う大事な試合に敗れてしまった。そこに歩み寄る男がいた。

――大きいな。

と、ムサシは一番にみてとった。

上背で優に六尺を超えている。身体の厚みもあり、稀にみる大男といってよい。であれば、自分と同じくらいか。いや、あちらがいくらか大きいくらいだとまで思わされる。

白の小袖に猩々緋《しょうじょうひ》の袖無しを羽織り、それに立付《たっつけ》を合わせる派手な出で立《いた》ちだが、顔立ちも負けず役者のようである。

総髪にして後ろでまとめた長髪を、馬の尾さながらに揺らしていたが、それよりもムサシの目が引きつけられたのは、右肩から空に生えるような刀の柄だった。

これは刀を背に負っているのか。腰に差しては歩けないということなのか。つまりは、それほどまでに長い刀を常から身に帯びていると……。

――この男だ。

ムサシは疑いもしなかった。この男こそ佐々木小次郎だ。その「物干し竿」と呼ばれる刀とともに「西国一」と剣名高い、かの小倉藩細川家剣術指南役、岩流佐々木小次郎に間違いない。

実際、そばで肩を叩かれた岩流の男は、謝罪の言葉を吐き出した。

「佐々木先生、申し訳ありません。不覚ば、ええ、不覚ば取ってしもたとです」

「気にすることはなか。おまえが悪いわけじゃなかと」

と、佐々木は答えた。

岩流の男は、いよいよ悔し涙である。しかし、私は……、私は先生の剣を貶《おと》めてしもたかもしれなか。ただ私が未熟なだけだというのに、佐々木先生の技まで……。

泣き言にすぎないが、それをムサシは聞き流せなかった。先生の技というのは何だ。教えられた岩流の技、その全般ということか。それとも、あの斬り下ろしから反転しての斬り上げのことをいっているのか。

剣技として、やはり確立されているものなのか。佐々木小次郎であれば、あの困難きわまりない技も十全にやり果せるのか。

「未熟は承知のうえっちゃ。土台が未熟者と未熟者の試合っちゃ」

と、佐々木は続けた。弟子の顔を覗きこむようだったが、ふと目を上げて、声を投げる向きを変えた。

「そげん話でしたな、当理流の皆さん」

葛西又四郎だけではない。試合を終えた師範代の周りに、何人か集まっていた。

同門の輩ということだろうが、それが身内の勝利に浮かべた喜色を一変させて、たちまち剣呑《けんのん》な顔になる。未熟者の試合とはいっておらぬ。試合に未熟者を出したとしても、それは岩流さんの勝手であろう。当方は未熟者を出せなどとは申しておらん。

「ただ弟子と弟子の試合ということであった」

答えながら前に出たのは、松井新太郎だった。

松井佐渡守の息子だ。父親に倣い、十代の頃から新免無二の道場に通っていたが、それから変わらず今も門弟でいるらしい。

剣はどれだけ上達したのか知れない。が、新太郎はムサシと同い年だから二十九歳、まだまだ若いながらも、さすが筆頭家老の後継ぎと思わせる威厳を帯びていた。出で立ち然り、押し出し然りで、とにかく立派なのだ。

それを貫禄と呼ぶならば、なるほど小倉城のほうで、すでに何か重役を任されているのかもしれなかった。

それでも佐々木小次郎に気圧《けお》される風はなかった。ああ、若年寄もおられたとですか。いや、未熟者を弟子といいかえたところで、何も変わらんとでしょう。つまり、わしが聞きたかこつは、はじめからひとつです。

「当理流さんは、そいで満足できるとですかと」

「いう意味がわからぬが」

「こげな試合で勝てば、当理流は逃げとる、本当は弱かち噂が消えてなくなるち、本気でお考えになられるとですか」

「我らは逃げてはおらん」

今度は葛西が前に出た。戦い、勝ちを収めたばかりで、未だ興奮冷めやらぬ師範代としては、許せる放言ではなかったのだろう。

「ほお、そいでは葛西殿が、わしと試合してくださるとですか」

「それは……」

一転口籠もり、葛西は唇を噛みしめた。勇ましい言葉を叩き返したいが、それが容易に許されない。やはり佐々木小次郎とは、万にひとつの勝ち目もない相手なのだろう。

「弟子でん未熟者でん構わんとじゃが、そいでは何遍やってん流派の優劣は決められんとです。じゃから、互いに師匠ば出しましょういうとります。師匠と師匠の試合で、ひとつ雌雄を決しましょうて、何度も試合を申しこんじょります。ところが、当理流さん、一向に受けてくれんやなかですか」

「それについては、無二先生は御高齢ゆえと、繰り返し御説明しております」

ぎょろりと目を剝いて、立花藤兵衛もいた。刈谷に訪ねてきた男だ。ムサシが水野家の許しを得る間に、先に小倉に戻っていたのだ。

無二についての口上もムサシに話したのと同じだったが、その理屈を佐々木小次郎は容れなかった。

「また立花殿は、そげんいうて。歳じゃいえば、いつまでも逃げ続けられるち思うとると」

「だから、我らは逃げてなどおらぬ。ただ無二先生の御高齢は事実、ゆえに、かわりを出すといっておる」

「ばってん、松井殿、そいで出てきたんが、師範代の葛西殿やなかとですか。岩流からも弟子を出してくれいうたじゃなかとですか。わしは、いつまでたっても出番がなか。岩流の真髄をみせることもできん。それなのに、当理流は勝った、岩流に勝ったち騒がれて、そいでは堪忍ならんいうとは、もう道理じゃなかですか」

なあ、皆も、そうは思わんと。佐々木小次郎に水を向けられると、竹矢来に張りついた人垣は一斉に頷いた。佐々木様のいわれる通りっちゃ。佐々木様に勝てんうちゃ、当理流ば強かいわれたち誰も認めんちゃ。おお、真剣勝負で本物の強さばみせてもらわんと。無理、無理、畿内から来た輩は、はじめから口先ばっかりっちゃ。

そうやって、最後は大きな笑いまで巻き起こす。

何も返せない当理流は、明らかに押されていた。筆頭家老の息子、自身も若年寄だという松井新太郎まで声がない。

軽々に一喝できないのは、元からの土地の人間は簡単にいうことを聞くものではないからか。なるほど、細川家は大藩になったというが、遠く丹後からの移封であれば、小倉では未だ余所者の扱いなのかもしれない。

そうやって、人垣から様子を眺め続けるムサシだったが、ふとした瞬間に目が合った。

誰とといって、立花藤兵衛とである。その大きな目を見開き、向こうは「あっ」という顔をした。

「あっ、無三四先生ではないですか」

しかも声が大きい。松井新太郎も聞き留めた。えっ、来たのか、ムサシが。話になっていた若先生のことですか。ああ、そうだ、葛西、他にムサシはいなかろう。小倉まで本当にいらしてくださったんですね。いや、待て。だから、どこなんだ、立花。あそこにいるって……。あっ、いた。ああ、ムサシがいたぞ。向こうだ、葛西。

「ああ、ムサシ、来たんじゃないか。ここだ、ここだ。俺だ。松井新太郎だ」

なんだ、おまえ、何だか老けたな。いや、むさくるしくなったのか。若い頃は、もう少し可愛げがあったのになあ。余計なお世話だと思うものの、みつけられてしまったからには、ムサシも出ていくしかなくなった。

こちらも長身のムサシは、ざわつく人垣に見上げられながら、竹矢来に進んでいた。なかに入り、向き合う面々のところまで出ると、ムサシは丁寧に頭を下げた。

「宮本武蔵と申します」

「宮本……」

「新免無二の倅でござる。無二の子なので、無に三、四で『ムサシ』とも」

「あっ、いや」

と、佐々木小次郎は手を差し出した。宮本武蔵殿の御高名は、それがしとて聞き及んじょります。吉岡百人斬りて、ほんのこつ凄まじか話です。

「そいでも、少し驚きました。本当に当理流の身内であられたとですな」

「それは、どういう……」

「口から出まかせの誤魔化しじゃなかかと」

そこまで続けてから、佐々木小次郎は口角を大きく上げた笑みを浮かべた。しかし、本当なら話は早か。

「改めまして、宮本武蔵殿。こん佐々木小次郎、尋常の勝負を申しこみたい。つまり、こげな木刀の、寸止めの稽古試合と違《ちご》うた、文字通りの真剣勝負をお願いしたい」

「もとより、お断りはできないものと……」

ムサシが答えかけたときだった。新太郎が飛びこんできた。

「まて、まて、まて」

勝手に決められては困る。私闘は禁止だ。法度は存じておるはずだ。いや、駄目だとはいっておらん。ただ藩の重役に諮《はか》るゆえ、その沙汰を待たれよ。そうまとめたところは、やはり筆頭家老の息子というところか。

小倉にある松井家の屋敷に、松井新太郎、その父で細川家筆頭家老、木付城主でもある松井康之、さらに門司《もじ》城代沼田延元《ぬまたのぶもと》までが詰めた。

奥の座敷にムサシが呼び出されたのは、あれから三日がたって、ようやく沙汰が下されたからだった。

「四月十三日、辰の刻、場所は船島《ふなしま》じゃ」

松井佐渡守に告げられた。

やはり久方ぶりに会うが、随分な歳の取り方だった。薄くなった髪は黒いところがない。頬が削ぎ落とされたように痩せて、生気に乏しい感じすら受ける。かすれ声など小さくて、聞き取りにくいほどだ。

だからというわけではないが、ムサシは曇り顔で確かめなければならなかった。

「船島とは？」

「それは沼田殿から」

と、松井は水を向けた。やはり喋るのも辛いのか。

沼田延元はといえば、身にたっぷり肉を蓄えた、生気がありあまってみえるほどの男だった。

「はい。それがしが預かる門司城は、門司港を守っておるわけですが、その門司港から小舟で四半刻（約三十分）ほどのところに、ぽつんと浮かんでおるのが船島でござる。毛利領下関《しものせき》港からも四町（約四百四十メートル）ほどと、両領の中間に位置しておりましてな。無人島ということもあり、所属が曖昧な、いってみれば無主の土地で」

「それなら領内で私闘を許したと、幕府に咎められることもないと」

そうムサシが受けると、沼田、そして松井と頷き、察しがよいな、さすが真剣勝負を繰り返してきた男だとでもいいたげな、それを喜ぶような顔になった。

が、ムサシはムサシで内心、さすがというのは、こちらの台詞《せりふ》だと思う。これほど好都合な手回しが、ほんの三日でやれたとは思われない。藩の黙認という形において、小倉では普段から、その船島で試合、勝負、私闘の類が行われているのかもしれない。

「用いる得物は、やはり真剣ということだ」

松井が先を続けた。承知と頷いてから、ムサシは返す。

「それが佐々木殿の希望でしたな。しかし、それがしが、勝手で木刀を用いることは構いませんな」

「ムサシ殿は、木刀を使うのか」

「まだわかりませんが、木刀のほうがよい場合もあります」

「それは、どういう」

と、今度は沼田である。元気者であるのみならず、剣も嫌いでないという質らしく、問いかける最中から、もう目が輝いていた。

ムサシは答えた。例えば、刃の向きを考えなくてもよくなります。真剣は正しい角度で入れなければ、骨まで断つことにはならないのです。それが木刀であれば、もとより肉は斬れないながら、当てれば骨を砕くことができます。そのときは向きも、角度も関係ない。

「斬るというのでなく、打つということなら、木刀のほうが勝ると申しますか」

「なるほど。しかし、真剣が相手ということでは、どうで……」

そこで松井が咳《せき》をした。座敷に入ってきたときも咳きこんでいた。筆頭家老は老いたというより、労咳《ろうがい》か何かの病を得ているのかもしれない。

気づいた沼田は、話を切り上げた。ああ、義従兄上《あにうえ》、用件は告げたことですし、そろそろ引き揚げるといたしましょうか。それがしも、門司に戻らなければなりませぬ。

「そうか。ん、そうだな。わしも今日のうちに木付に戻らねばならぬ」

そう答えてから、ムサシに向きなおった。

「木付には無二殿がおられる。親父《おやじ》殿に何か言づてがあれば、わしのほうから伝えるが」

「特には何も」

「そうか」

あとの松井佐渡守の言は、新太郎に助けられて、立ち上がりながらである。いや、ムサシ殿、こたびの勝負には期待しておりますぞ。わしとて当理流、無二殿の弟子をもって任じる身じゃ。大きな声ではいえぬが、あの佐々木奴の増長は少々憎らしくもあったのでな。

二人の重役は席を立った。それを玄関で送り出して、新太郎だけが奥の座敷に帰ってきた。

「というわけだ、ムサシ」

正面に座りなおして、さらに続けたことには、このまま勝負の日まで、うちで寝起きしてもらうと。

「わしとて気持ちは父上と同じだ。おまえには何としても勝ってもらいたい。勝負には万全の状態で送り出したいとも思うゆえ、足りぬことがあれば何でもいうてくれ」

「いや、新太郎、それはならん」

「なんと」

「かたじけなくも、もう三日も世話になっている。これ以上ここに留まるのでは、新太郎、お主が、いや、松井家が俺に肩入れしたことになる」

「堅苦しいことを。それに肩入れして何が悪い。同じ当理流なのだぞ」

「いや、もう円明流を称している。それは、まあ、よいとしても、私闘の類は全て禁止されておるのだ。表向きだけとはいえ、禁止は禁止じゃ。ただ見逃しても咎められかねないところ、ましてや藩が係わるわけにはいかぬ。肩入れは松井の家の一存なのだと称したところで、そこは筆頭家老だ。法度破りの兵法者に手厚くしたと責められて、のちのち迷惑をかけることにもなりかねん」

「それは、そうかもしれんが……」

「俺のことなら心配いらぬ。船島もみておきたいし、それなら試合の日まで下関に宿を取ることにする。旅籠《はたご》が決まったら、ここにも知らせよう」

「しかし、なあ……」

新太郎は情けなそうに眉を「へ」の字に下げた。筆頭家老の御曹司、いや、自身が藩の重役である身にして、これほど困った顔になるのは珍しいことだろう。

「なんだ。まだ何かあるのか」

「実は、ムサシ、おまえに会いたいという人がいてな」

「会うのは、余所でも構うまい」

「それが、もう来ておるのだ」

「この屋敷に？」

そうか、とムサシは引き取るしかなかった。恐らくは新太郎が断れないほどの相手だ。となると、同じ家老の格か、もしかすると藩主家に連なる人間かもしれない。

聞けば新太郎は藩主細川忠興の姫を室に迎えたといい、もはや身内なのだから、いっそう断れなかったのかもしれない。

――つまりは「百人斬りの宮本武蔵」と話してみたい。

そういう御仁に、せがまれた日には。ムサシとて、覚えがないことではなかった。とにかく会いたがる。できれば話したがる。それで禄を弾むわけでもないくせに、兵法が好きという手合いは、どこにでもいるのだ。

それに応じてやることが、兵法家の処世術のひとつであることも承知している。仲介する者がいたならば、その顔も立てることができる。ああ、わかった。そういうことであれば会おう。一刻ほどなら話をしよう。

「もう屋敷まで来ておるなら、俺が出ていく前に会うことはならんのか」

「今？　このあとすぐ、よいのか」

「構わん。待たせるのも先方に悪かろう」

「そうなのだ。ああ、ムサシ、それじゃあ、ひとつ頼めるか」

「承った。が、俺に会いたい御仁というのは、誰なのだ」

「佐々木小次郎殿の御内儀だ」

そう明かされて、ムサシは驚いた。細川家の兵法好きではなかったのか。

自分の読みが外れたこと以上に、合点ならないことが多かった。

佐々木小次郎の内儀が、俺に何の話があるというのか。あの吉岡伝七郎のように、あらかじめ因果を含めようというのか。

それくらいしか思いつかないからには、新太郎の態度も解せない。

岩流は当理流の仇ではなかったのか。佐々木小次郎こそ最も憎き相手ではないのか。それは剣の道での話であり、藩内のつきあいは別なのだというかもしれないが、それならば筆頭家老の家の者が、どうして剣術指南役の御新造ごときに気を遣わなければならないのか。

首を捻っているうちに、新太郎が奥の座敷に連れてきた。

女は畳に膝を突くと、深々と辞儀をした。これは丁寧なと、ムサシも慌てて頭を下げたが、それを上げてみると、相手の顔が露わになっていた。

「雪……」

名前だけ零すと、ムサシは絶句した。

「それでは、姉上」

いうと、新太郎は座敷を出ていった。筆頭家老の御曹司が弱るほど気遣いした理由が、今にして納得される。いくつになろうと、弟の身にして姉に逆らうことなどできない。

「お久しゅうございます」

と、雪が始めていた。口許から覗いた歯は、やはり黒く染められていた。

ムサシとて聞いていないなかったわけではない。松井佐渡守の娘が小倉で嫁入ったらしいと。何とか片づけられて、細川家を切り盛りする名家老も、ようやく一息つけたようだと。

「……………」

ムサシが文句をいえる義理はなかった。いつまでも仕官できずにいたのだから仕方がない。いや、欲張らなければ早く仕官できたかもしれなかったが、姫様の身の雪を迎えにいくためには、五百石、千石と求めないわけにはいかなかったのだ。

水野家に百石で仕官したのも、雪が余所に嫁したからには、もはや多くを求める意味がなくなったからだった。

これでいい。これより他に仕方がない。土台が剣の腕前で得られる石高など、高が知れたものなのだ。姫様を嫁にほしいなどと、最初からかなわぬ望みだったのだ。そう思うことに、ムサシは自分で決めたのだった。

「それにしても、佐々木小次郎殿に嫁していたとは……」

そう受けた自分の言葉に、ムサシは釈然としないものを覚えた。

佐々木小次郎とて剣術指南役だ。細川家が大藩になっていようと、高が剣の達者風情に五百石、千石と出すだろうか。佐々木小次郎というのは、二万六千石の筆頭家老の娘が、晴れて嫁いでいけるような男なのか。

疑念とも、憤慨ともつかない曇りが、恐らくは顔に出たのだろう。雪は答えた。

「佐々木は岩石《がんじゃく》城主の末なのです」

「岩石城主、ということは大名？」

「大名とまでは行きませんが、土豪の格ではあったようです。岩石城は藩領の南、添田《そえだ》村の城ですが、天正十五年の豊前の国一揆では、先代の佐々木雅楽頭《うたのかみ》と、それに従う七百人が籠城して、黒田殿の軍勢を相手に激しく抵抗したとか」

「細川家に対しても、岩石城は屈せずと？」

「いえ、城は藩に接収されて、家中の篠山《ささやま》様が六千石で城代となっておられます。ただそれも、ようやく何とかといった話で、細川家が豊前に入部したあとも、素直に恭順するという態度ではなかったようです」

「取りこみに苦心したと？　ううむ、在地の勢力というのは、どこでも難題ですからな。手を焼いているばかりでは、幕府の叱責も免れなかったでしょうし」

「最悪の場合、細川家には減封されたうえでの転封もありうると、父はいっておりました」

「松井佐渡守様が……。あっ、それでか。佐々木小次郎殿に筆頭家老の娘が嫁入ることで、ようやく懐柔できたのか」

ムサシは確かめたが、雪は何も返さなかった。ややあってから返したときには、それが涙声になっていた。

「ごめんな、ムサシ。あんたのこと、待ってられへんかった」

「いや、それは俺が……」

先の言葉が出てこない。自分でも歯がゆいくらいに、どう話したらよいのかわからない。その間に雪は顔を伏せてしまった。その小さな肩が揺れていることだけは、よくわかった。結局は泣かせることしかできないのだ。

「辛かったか」

雪は首を振った。ようやく顔を上げると、涙に濡れた頬に笑みを拵えた。ううん、そんなことはない。

「佐々木な、ようしてくれるんや。ほんま、うちみたいなコブつきの女、よう貰《もろ》うてくれたもんや思うて、いつも感謝してるくらいや」

「コブつき？　えっ、えっ」

「あんたの子や、ムサシ。あんたが豊後を出て、すぐにわかってな」

「何と……。俺は……。取り返しのつかん真似をして……」

「それは、ええわ。ふふ、ええも悪いも、もう九つやで。男の子でな。あんたに似て、どんどん身体が大きゅうなって。背丈なんか、うちと変わらんくらいになってもうたわ」

「……」

「できてもうたものは仕方ないし、それに、うちかて悪かったんや。祝言も挙げんと、あないなことしたらあかんねん。うちは切支丹やのにな。せやから、神罰や思うことにしとるわ。苦しいことがあったとしたら、それはデウス様が与えた神罰なんやって」

「しかし、子供は……。子供は何も悪くないじゃろう」

また雪は笑顔をみせた。そうやな。何も悪くないし、何も悪うなってへんわ。

「佐々木にな、すっかり懐いてもうてな。男の子やから、道場で剣を教えてもろうて、そうしとるうちに、もう父上、父上いうて、離れんようになっとるわ」

「……」

「あのひとな、佐々木のことやけど、剣ばっかりやないねん。俠気《おとこぎ》あるひとなんや。うちや小太郎《こたろう》、ああ、それが子供の名前やけど、とにかく、うちらのこと大事にしてくれるだけやない。器が大きい、いうたほうがええんかな。ひとが仰山ついてくるねん。小倉の城の命令なんや、まるで聞かん連中でも、佐々木のいうことには逆らわんくらいや。それが、な、実は問題で、剣が強いばっかりやったら、どれだけ楽か思うくらいや」

そこでムサシは何かを感じた。ああ、そうだ。雪は、ただ昔の男に会いたかったわけではない。ここには、やはり佐々木小次郎の内儀として来ている。

「俺に話があるいうことじゃったが、それは……」

ムサシに問われて、雪は笑みを消した。

「佐々木との勝負、せんといて」

「そ、そんなことはできん」

とっさに答えてしまってから、ムサシは現実を直視した。俺は佐々木小次郎と戦う。雪の亭主と戦う。俺の子だという小太郎が、父と慕う男と戦わなければならないのだ。

「やはり、できん。今さら勝負しないなど」

「ただいなくなればええだけやないの。勝ちでも、負けでもなく、ただ小倉からいなくなれば」

「しかし、それでは逃げたといわれる。佐々木小次郎殿とて同じだろう。御亭主とて、やめろといわれて、やめたりはしないだろう」

「せやけど……。佐々木とは事情が違うわ。逃げる、逃げないの前に、ムサシ、あんたには戦う理由なんかないやろ。これ、当理流と岩流の争いやないで。だから、小倉城と岩石城の戦いなんや」

「えっ」

「せやから、佐々木は人を集めすぎんねん。集まってきたなかには、小倉城に反旗を翻せ、岩石城を奪還せよ、なんて叫ぶ者も少なくないんや。細川にとっては厄介な存在や。城下におる分、今は細川なんか余所者や思うとる豊前者まで多く集まるようになっとるんや。佐々木は前にも増して厄介な存在や。せやから、始末することに決めたんや」

「始末するというのは、細川家が……」


雪は迷わず頷いた。

「それは……。俺を使ってということか」

雪は頷きを重ねた。兵法の試合いうことにしたら、細川家に傷はつかんもん。藩で佐々木を処分したら、藩内の仕置きが粗末やったと、それまた幕府に責められかねんやろ。

――本位田外記を殺した、かつての父と……。

同じ扱いか、とムサシは思う。うまいこと邪魔者を除くのに、手を汚すのは兵法者づれでよいという了見か。

「しかし……、しかし、そう、松井様は何と。佐渡守様にとっては、娘を嫁がせた相手じゃぞ。佐々木小次郎は婿なんじゃぞ」

「佐々木を始末するいうんは、もともと父が考えたことや。筆頭家老として殿に進言して、それが容れられたいうことや。娘を嫁にやるなり、藩の剣術指南役に取り立てるなりしてみたけど、佐々木の懐柔は失敗してもうた、岩石城の郎党も残ることになってもうた、それは筆頭家老としての失態や、取り返さんうちは隠居もでけへん、いうてな」

「かもしれんが、そうなったら、雪、おまえはどうなるんじゃ。松井様は、どういうとるんじゃ」

「はは、もうじき家に帰れるからな、いうてたわ。雪、おまえには辛い思いさせたけど、じき取り戻したるからなって。はん、今になって、それはないわ。うちの家は、もう松井やなくて、佐々木になっとるんや。それを今さら……」

「取り戻すことはできんか」

ムサシは知らず身体を乗り出していた。

俯《うつむ》いていた雪は驚いた顔を上げた。そこに繰り返さずにおけなかったのは、雪、おまえを取り戻すことはできないのかと。今からでは取り戻すことはできないのかと。それというのは、松井様だけではないと。できることなら俺だって、おまえを取り戻したいと思っていると。


――ツバメ返し。

あの技は、そう呼ばれているようだった。

岩流の弟子が当理流師範代葛西又四郎との試合で片鱗《へんりん》をみせた、長刀による斬り下ろしから瞬時に反転して斬り上げるという、あの技のことである。

小倉で少し聞いて回っただけで、わかった。

ツバメ返し――あの弟子が為果《なしおお》せなかっただけで、やはり技として完成されていた。

佐々木小次郎が編み出した、それこそが岩流の真髄だった。小次郎ならば「物干し竿」で斬り下ろし、そこからの反転技で、見事に斬り上げられるというのだ。

そのことを考え続けて数日、ムサシは悟らざるをえなかった。ツバメ返しこそ究極の剣技だ。俺では勝てない。少なくとも、これまでの戦い方では勝てない。

波の音が聞こえていた。

いるのが、建物の裏手になる一間だったが、港から引きこまれた水路が、すぐ外に通じていた。堰《せき》のようなものだが、川からの引きこみと違って、海の動きと一緒に絶えず水面が上下する。それが小さな音であれ、タップ、タップと常に耳に音を届ける。

ムサシは下関に来ていた。

船島に行く四月十三日まで、逗留させてくれるよう頼んでいたのが小林太郎左衛門《こばやしたろうざえもん》だった。廻船問屋を構えている男だが、実は小倉に行く途中でも一夜の宿を求めていた。かの有名な「百人斬りの宮本武蔵」をお泊めできるとは名誉だと歓待してくれたから、そこは嫌いでない手合いのようだった。

覚えていたので立ち寄ると、小林太郎左衛門は今度も断らなかった。ほどなく小倉からか、門司からか、船島の戦いのことも聞こえてきたらしく、一方の「宮本武蔵」をお泊めしているとは末代までの誉れと、いよいよ下にも置かぬ扱いになった。

もはや上げ膳据え膳であり、ムサシ本人はといえば、日がな手持ち無沙汰である。

そこで小林太郎左衛門に頼み、貰い受けたのが一本の櫂《かい》だった。艀《はしけ》を漕《こ》ぐのに使うもので、長さ七尺（約二百十センチ）と大分ある。それに小刀を当てると、ムサシは数日削り削りし、木刀を拵えていた。

板敷に無数の木端《こっぱ》が散らばっている所以であり、今も小刀の往復は止まらない。が、そうする間もムサシは、考えることを止められない。

俺の戦い方——足の置き方、刀の構え方、空打ち、目線での牽制まで使いながら、まず相手から打ち手を奪う。そのうえで、わざと隙をみせることで、今度は打ちこみを誘う。

これはあらかじめ軌道がわかる剣撃であり、難なく躱せる。相手が刀を最後まで振りきれば、直後は完全な無防備になる。そこに刀を振り下ろせば、もう勝ちを収められる。

それは最も確実な勝ち方であるはずだった。

己が兵法の極意であればこそ、一刀でも、二刀でも変わりない。相手の兵法に左右されるものでもない。そのはずが、どう考えても、佐々木小次郎には通用しそうになかった。

斬り下ろしの剣を振りきって、それで終わりではないからだ。小次郎の刀は直後に斬り上げに転じるのだ。

最初の斬り下ろしを躱しても、ムサシはいつもの調子で刀を振るわけにはいかなかった。そのときは、こちらこそ無防備になるからだ。小次郎の斬り上げは、その躱しようがなくなった刹那に襲いくるのだ。

もちろん斬り上げる間は、佐々木小次郎も無防備である。が、それをムサシの刀は打てない。相打ちにすらできない。小次郎の斬り上げと同時に、いや、一瞬早く刀を振り下ろしたとしても、相手の肉を裂いているのは、やはり小次郎の刀だけである。

それがツバメ返し——ただの反転技でなく、長刀を用いる剣技——の奥義たる所以で、その長さに間合いを取らされて、誰もが小次郎の刃圏で戦わざるをえないのだ。

要するに、こちらは容易に踏みこめない。佐々木小次郎の最初の斬り下ろしで、出足を止められてしまう。釘付けにされるのは、「物干し竿」の斬り上げだけが届き、定寸の刀では決して届かない位置なのだ。

刀身二尺四寸に対して、向こうは三尺。実に六寸（約十八センチ）もの差がある。剣の間合いにおいては、決定的な差であるといってよい。

しかも佐々木小次郎は稀なくらいの巨軀だ。腕も長い。その懐の深さは、向き合う者にとっては、もはや無限の淵に感じられるほどだろう。

もっともムサシも巨軀である。いくらか小さいとして、体格差はどうにもならないほどではない。いくらかは腕も短いだろうが、それくらいは埋められる。二刀を使い、片手で剣を扱うことに馴れているので、半身いっぱいに肩を入れて腕を伸ばし、より深くまで刀を届けることができる。

それでも六寸の差はなくならない。三寸、いや、二寸まで詰められても、なお小次郎の刃圏を破るところまでは行かない。

——なればこその、究極の剣技。

ツバメ返し、よく考えられている。「物干し竿」と呼ばれるほどの長刀が、伊達《だて》や酔狂で用いられているわけはない。圧倒的な攻めをもたらすと同時に、それを許す守りまでを担保するものなのだ。

全く、よく考えられている。ムサシは唸るしかなかった。

いや、仮に考えついたとしても、普通はツバメ返しなどやらない。というより、できない。ただ振るだけでも非常な困難を伴う長刀で、斬り下ろしから瞬時に反転して斬り上げるなど、誰が試みようと思うか。

「…………」

それを佐々木小次郎は可能とした。恵まれた体格、並外れた膂力、苦行を厭わない精神力、その全てを兼ね備えることで、究極の剣技は完成されたのだ。

「ふう」

と、ムサシは息を抜いた。同時に小刀の手も止める。

櫂から削り出したなりに、かなり木刀らしくなってきた。端を握り、右手ひとつで振り下ろすと、びゅんと風切り音が鳴る。

ひたと剣尖が止まった位置には、佐々木小次郎の端整な顔も浮かんでみえる。うん、長さは、こんなものだろう。

ならばと目の高さまで上げて、次に検めるのが反りの塩梅《あんばい》だった。これでは、まだ棒切れだ。もう少し反りが深くなければ、思ったようには剣尖が走らない。

また小刀に手を伸ばし、ムサシは再び削り始めた。

作業を始めるそばから心に自問が湧いた。ただ守ることなら、できるだろうか。

つまりは攻めずに守る。小次郎の斬り下ろしを躱し、そのあと攻撃に移るのでなく、すぐ続くであろう斬り上げの剣を、両手で押し出す一刀で受け止める。

体格が大きく劣るわけではない。渾身の力を籠めて、止められないものではない。ああ、やってやれないわけではない。しかし、守るだけだ。

二刀で臨めば、攻めも可能になるだろうか。

打ちこんだ直後は完全な無防備になるというが、それは一刀の場合だ。二刀であれば、右の太刀で攻める間も、左の小太刀で守ることができる。

それでも所詮は小太刀だ。それを左手一本で差し出しても、小次郎の「物干し竿」がその長さ、重さを力に変えて襲いくるなら、たちまち弾かれてしまうに違いない。

最初の斬り下ろしなら、あるいは全力で振るわないかもしれない。ただみせるだけ、でなくても己の間合いを取るのが目的で、斬らなくてもいいからだ。が、続く斬り上げは違う。そのときこそ刀には渾身の力が籠められる。

やはり無理だ。それを片手で押さえられるとは思えない。やはり両手でなければならない。

二刀で勝負に臨むとすれば、右手の太刀も合わせた二刀で、小次郎の剣撃を押さえなければならない。つまりは両刀を交差させて、その叉で受けるようにして……。

――やはり、守るだけだ。

いっそ十手を使うなら、攻めに転じられるだろうか。

いうまでもなく、防御力は十手が上だ。なお小次郎の長刀に弾かれる恐れはあるが、他面で十手には左右に鉤がついている。

ここに刀身を絡められれば、あとは手首の捻りで剣撃の勢いを外に逸らすことができる。片手でがっちり受け止めることは困難でも、いなすように脇に流すことはできる。

この刹那に、なおこちらは右手を残している。その太刀を今こそ振り出すことができる。これなら攻めることは可能だ。ああ、しかし、その攻めが届かないのだ。長刀の間合いにいるかぎり、こちらの刀は常に短いことになるのだ。

やはり、攻め手はない。守ることしかできない。であるならば、佐々木小次郎に仕留められるのは、もはや時間の問題である。

守り続けるほどに、体力は奪われる。十手は重い。あれよという間に消耗する。真剣勝負の最中であれば、なおのことである。

それは気を飛ばしても同じだ。何度かは押し返せても、そのうち総身が脱力する。ただ剣を構えることさえ辛くなる。あとは手もなく、やはり仕留められるしかない。

――勝ちはない。

このままでは、どうやっても勝ちはない。が、勝てなければ意味がない。無様ながらも守り続け、そうすることで仮に命を長らえることができたとしても、佐々木小次郎が勝つならば意味がない。これからも生きるなら意味がない。

――雪を取り戻すことはできない。

俺の子だという小太郎ともども、向こうに奪われたままだ。ムサシの考えは、そこに行きつく。だからこそ、執着する。勝ちたい。それなのに勝てない。佐々木小次郎には勝てない。あの長刀の間合いを破らないかぎり、勝ちはない。

――やはり、これしか……。

ムサシは目を眇めて、また木刀の反りを検めた。これでは駄目だ。まだ駄目だ。小刀を握りなおして、まだ削らなければならない。考えなければならないことも、まだまだあるようだった。

「宮本様、宮本様、おられますか」

外からの声の主は小林太郎左衛門だった。顔は覗かせていないが、ほとんど悲鳴の体である。

ムサシは平然として受けた。ええ、宮本はここにおりますが、何事でござろうか。

「辰の刻が迫っております」

「ほお」

「このままでは遅刻してしまいます。本日は四月十三日でございますよ」

それは佐々木小次郎と戦う日付、船島で真剣勝負が行われる日付である。

あくまで戦うのは、こちらだ。遅れたとて、小林太郎左衛門が責められるわけではない。ただ宿を貸しただけで、そこまで責を問われる謂れはない。ああ、可笑《おか》しい。それでも哀れに思われたから、はじめ頓着する気もなかったムサシだが、俄に応じる気になった。

「わかった。そうだな。支度しよう」

「そうなさってください。では、船頭にも申し伝えておきますね。ええ、いつでも舟を出せるように
と」

　かたじけないと答えを返すと、もう小林は動きかけた。すぐ走り出すほどの気配だったが、そこで
ムサシは声をかけた。

「あっ、御亭主、それから……」

「何でしょう」

「朝餉《あさげ》を頼めるだろうか」

「わ、わかりました。大急ぎで用意します」

　ムサシは起き出し、布団を片づけるより先に出された膳に向かうと、それから悠々と食べた。最後
に湯を一杯と所望して、ふうと一息ついていたが、そこに再び小林太郎左衛門がやってきた。

「宮本様、まだでございましょうか」

「ああ、すまん。飯なら済ませた。もう片づけてもらって……」

「そんなことは構いません。いえ、小倉からだと、人が訪ねてきたのです。もちろん、宮本武蔵先生
はまだなのでござろうか、と」

「小倉から？　役人が？　それでは細川家とは係わりなしの面目が台無しではないか」

「そ、そういう話は手前にはわかりませんが、とにかく、小倉の方が仰いますには、佐々木小次郎先
生は刻限には船島に到着、もう随分お待ちになられているとのことで」

「だろうな」

「宮本様、もう本当に急ぎませんと」

「待ちかねたと怒り出して、さっさと家に帰るような玉ではないよ、佐々木小次郎は」

「かもしれませんが、それでも宮本様、これでは手前が小倉の方に叱られ……」

「わかった、わかった。すぐ行くと伝えてくれ」

「本当ですね」

「本当だ。が、その前に厠《かわや》を借りたい」

ムサシが出てくると、それに張りつき、もう小林太郎左衛門は離れようとはしなかった。ほとんど背中を押される体で桟橋に向かうと、迎えた船頭は無精髭を掻き掻き、こちらは呑気な風だった。

「先生、釣りにでもいくつもりですかい」

いうのは、手に提げてきた木刀が釣竿のようにみえたからか。

「にしたって、そんなに着膨れてくることはありませんぜ」

そっちのほうかと、今度は苦笑を禁じえない。

小袖にカルサンの装いに、分厚い綿入れを重ねてきた。逗留中に所望して、小林太郎左衛門に借りたものだが、そのときも宮本先生、もしや風邪でも引きましたかと心配された。しっかり着込めば、大袈裟にみえることは、ムサシとて自覚しないではなかったのだ。

用意されていた舟に乗り、すううと滑るように水路を進んで、港の外に出れば、いよいよもって天気はよかった。

予定の刻限より遅れたこともあって、もう太陽は大分高い。それが燦々と照りつけるので、暑いと零す者がいても不思議ではない。

とはいえ、まだ四月である。海に漕ぎ出すほどに、何に遮られることもない風は、強く吹きつけてくる。

また陸で感じるより冷たい。風邪を引くほどではないが、身体が温まるはずもない。

――やはり綿入れを着てきて、よかった。

というか、早いところ脱がなければならない。それを頭から、すっぽりとかぶらなければならない。

海に出るや早々に、ムサシは舟底にその身体を横たえた。みていた船頭は、やはり可笑しいらしかった。

「寝坊しておいて、まだ寝足りないんですかい。昨日の晩は、よっぽど遅かったんですかい。いやはや、宮本先生、もしや、いいひととお会いになっていたとか」

「馬鹿をいうな、勝負の前だぞ」

はねつけたムサシは、実際眠いわけではなかった。横になったというのは、その大きな身体を低くして、なるだけ舟縁《ふなべり》の陰に入れるためなのだ。

なお上に出てしまう分は、脱いだ綿入れを布団がわりにして覆えば、これで海風に吹かれっ放しにはならない。

――身体を冷やしてはいけない。

冷やしては身体が動かなくなる。寒さに凍えるなど言語道断で、できることなら温めて、まずは汗ばむくらいにしておかなければならない。

これから剣の勝負を行う、身体を動かさなければならないというなら、当たり前の話でしかない。が、かくいうムサシも普段は、さほど頓着しなかった。意識したのは、二日前に船島を下見したときだ。

思いのほかに風が強いと気がついた。海に囲まれた孤島であり、それまた驚くまでもないことだが、気づかず、気にせず、いつものような無頓着を貫くなら、きっと身体を冷やしてしまったろう。

ガチガチに硬直するとはいわないまでも、ある程度までは固まらざるをえない。それが剣の勝負を行ううえでは、勝負の分かれ目にもなりかねない。

――小次郎は、どうか。

一定の拍子で櫓《ろ》を漕ぎ漕ぎ、船頭が言葉を続けた。そんなに大事な勝負なら、やはり遅刻は褒められたものじゃありませんぜ。

「というのも、あちらの先生、もう怒髪天を衝く勢いです」

舟は船島に近づいて、もう佐々木小次郎の姿がみえているらしい。そうか。浜辺に立ったままでいるか。

約束の辰の刻から、かれこれ一刻もたつ。それだけの時間、ずっと海風に吹かれ続けたとすれば、もう小次郎の身体は冷えきったといえるほどだろう。

「まさに仁王立ちですよ。がっちり腕組みまでしちまって」

仁王立ちで、しかも腕組みと来れば、身体を動かしていたはずもない。剣の素振りなりともしていれば、総身に熱が入ったものを、小次郎は吹きさらしのなか、ただ立ち続けていたのだ。

――狙い通り。

と、ムサシは思う。

海風に冷やされて、佐々木小次郎の身体は固まっている。筋肉は萎縮して、伸びやかさを失った。関節もぎこちなく、もはや滑らかには動かない。ああ、十全に動けるようになっていては、こちらとしては困るのだ。

「それで、いい」

「だから、宮本先生、おふざけも大概にしておきませんと」

返事もせず、顔も上げず、変わらず舟底に横になるままでいたが、それでもわかる。船頭の櫓の使い方が違ってきた。もう浅瀬まで来たということだろう。

かぶっていた綿入れをどけて、ムサシは身体を起こした。刹那の眩しさに視界を奪われるも、数秒でみえてきた。

海の色のなかに一点、緑と白の二層が塊をなしていた。

松林と砂浜、それしかない。まさに船島だと、下見しているムサシには疑うまでもない。やや首を傾げたのは、殺風景な感じが前よりなくなっていたためか。

なるほど、何もないような陸地を囲んでいる水面に、何艘《なんそう》もの舟が上下に揺れていた。ぎっしりというくらいに人も乗りこんで、恐らくは今日の勝負の見物ということだろう。

船島に上陸できるのは戦う二人、佐々木小次郎と宮本武蔵のみと達しがあった。が、海上であれば法度に触れるわけではないと、繰り出さずにいられない連中がいたのだ。

声も上がった。

「佐々木先生、佐々木先生、来たとです」

「ええ、宮本武蔵が。今ようやく来よったと」

その舟の十人ほどは岩流の弟子たちなのだろう。本当なら誰よりも先に上陸して、師匠のかたわらに控えたかったところだろうが、この弟子たちが頭に血が上りやすいということで、船島に上がれるのは勝負する二人だけとされた経緯《いきさつ》がある。

いうなら当理流の弟子たちとて同じなわけだが、それもムサシの直接の弟子でなく、実際のところ誰かが舟を手配して、やってきているわけではない。

さりとて、他に人影がないではなかった。それも船島の陸上に覗いてみえる。役人然として威儀を正し、裃《かみしも》姿で床几に座している十人は、小倉藩の検分役というところか。

細川家に係わりなしと、無主の土地を指定しておきながら、そこは藩の重大な関心事ということで、やはり見届けないではいられないわけだ。

まったく、因果なものだ。なあ、そうは思わんか、佐々木小次郎殿。ムサシが心で呼びかけた先で、その男は船頭が教えた通り、腕組みしながらの仁王立ちだった。

船島で舟がつけられるのは東浜で、そこに漕ぎ寄せていくならば、今の時刻は背中から陽が射してくる。行く手は明るく、よくみえる。

白の小袖に猩々緋の袖無しを羽織る出で立ちも、佐々木小次郎を前に小倉でみたときから変わらなかった。

防寒は心がけられていない。一刻もの間、これで海風に吹かれていたなら、やはり身体は芯から冷えている。

船頭の言葉に偽りなしで、まっすぐの眼光をこちらにくれて、佐々木小次郎は怒っていた。あるまじき大遅刻に腹を立てており、それまた狙い通りである。

——よし。

ムサシは柿色の手拭いを腰から抜くと、それで額に鉢巻した。もし俺が帰らなかったら、綿入れは小林太郎左衛門殿に返しておいてくれ。船頭にいいながら、舟底に横たえていた木刀に、ようよう右の手を伸ばした。

それは櫂から削り出した手製の木刀である。

なぜ櫂からかといえば、長いからだ。拵えなければならなかったのは、小次郎の「物干し竿」にも負けない、否、むしろ勝る長さの木刀だったのだ。

——出来上がりが四尺二寸（約百二十七センチ）。

それは「物干し竿」の四尺を凌ぐが、それも僅かにすぎない。

あからさまに長くして、気づかれるわけにはいかなかった。もう目算で、これでは分が悪いと判断されて、打ち合いを避けられたり、戦い方を変えられたりするならば、ムサシが見出した勝機は、たちまち御破算になってしまうからだ。

手にした木刀を、ムサシは素早く脇構えにした。剣尖を背に出して、それまた相手に長さを読ませないためだ。

佐々木小次郎からは逆光であり、土台つぶさにみてとることなどできないはずだ。

そのまま舟を降りると、海水の冷たさに脛《すね》まで浸った。カルサンの裾が濡れた。草鞋もたっぷり水を吸った。

脚が重くなる。普通なら乾いてから戦いたいところだが、今日のところは、これも助けになるだろう。

「宮本殿、なして遅れたと」

小次郎も足を踏み出し、波打ち際に進んできた。ムサシが海から上がったときで、もう五間（約九メートル）の距離まで来ていた。

ムサシは答えず、ただ木刀を前に構えた。が、柄頭まで長く余らせて、なお刀身を短くみせる工夫を怠らない。最後の最後まで長さを気取られるわけにはいかない。

佐々木小次郎はといえば、いよいよ目を濁らせていた。

問いかけを無視され、のみならず、いきなり得物を向けられたことで、憤激さらに増したようだった。よし、よし、それでこそ気づかれない。

いきなり刀に物をいわせようというなら上等と、小次郎は背の「物干し竿」を抜きにかかった。が、怒りのせいで手つきが荒くなったのか、うまく抜くことができなかった。

苛々しながら、結局のところ、鞘ごと背から外してしまった。今こそと勢いよく抜刀したが、払ったあとの鞘は砂浜に投げてしまった。

みてとるや、ムサシは逆光でみる相手にもわかるほどの大きな笑みを浮かべた。

「小次郎、敗れたり」

「何ばいうと」

「勝者になるなら、なぜ鞘を捨てるのだ」

敗れて死ぬる貴殿の刀は、もう鞘に戻ることがないということだ。いわれて、佐々木小次郎の目に濁りが増した。それでも、溜まりに溜まった怒りを爆発させて、ここぞと吠え立てるわけではない。

恐らくは、とっさに自制に努めたのだろう。怒りに囚われたままでは、まともな勝負にならないと承知しているのだろう。

佐々木小次郎は無言のまま、拝み打ちの構えで剣を上げた。頭上高くに掲げられた刀には、ぶれや力み、乱れなどは皆無だった。さすがだ。

――ただ……。

こちらの木刀の長さを見抜けたわけではない。心を鎮めるのに精一杯で、そこまでの余裕はない。

ゆえに勝負を躊躇うこともない。

ならば、とムサシは思う。ここからは一瞬だ。ほんの一瞬で勝負が決まる。

小次郎の斬り下ろしを躱し、そこから攻めても、反転技の斬り上げは躱せない。

斬り上げを阻もうとすれば、それに忙殺されて攻めには転じられない。

つまるところ、ツバメ返しには勝てない。仮に負けない戦い方はできたとしても、勝てない。

――ならばツバメ返しを出させない。

最初の斬り合いで勝負を決めてしまう。それでしか勝てないというのが、ムサシが出した答えだった。

佐々木小次郎の斬り下ろしに、こちらも真向からの振り下ろしで応じてやる。試みるのは、単純な長さの勝負である。すなわち、得物が届いたほうが勝つ。

ムサシは木刀を上段に振り上げた。一緒に柄頭近くまで手を移し、長く握りなおしていた。

双方とも砂浜を駆けていた。どんどん近づき、およそ二間の距離まで詰まるや、佐々木小次郎は跳んだ。その踏みこみは、いつも通りの感覚でなされたはずだった。

変える必要があるとは思わない。佐々木小次郎にとって、間合いは常に自分で決めるものだからだ。

「物干し竿」の長さに合わせて、浅くしたり、深くしたりするのは、いつも相手の仕事なのだ。

その相手が「宮本武蔵」であろうと同じだ。決めつけたままでいられたのは、ムサシの駆け方にも不審なところがなかったからだろう。

佐々木小次郎の踏みこみは、深くなるほど鋭くなく、浅くなるほど鈍くなく、まさに自然体だった。「宮本武蔵」の体格なりの歩幅を読み、着地するであろう地点を割り出し、それに自分の間合いを合わせるまでが、兵法者の勘どころで一瞬にしてなされたのだ。

しかし、その実、ムサシのほうの踏みこみは浅かった。全力で走り、その勢いのまま右足を前に出したようにみえながら、カルサンの裾が濡れ、草鞋まで重くなっている分だけ、僅かに浅くなっていた。

佐々木小次郎は拝み打ちの構えから刀を振った。刹那、斬り下ろしの一閃に周囲の景色が全て吸いこまれてみえたほどの、神速かつ剛力の剣撃だった。

が、それが届かない。「宮本武蔵」は来るはずの位置に来ていない。そのことを小次郎は、恐らく剣を振りきる前に気づいた。が、すでに動作を開始していて、そこからの修正は容易でないのだ。動作の流れで改められるわけもない。片手構えに変えて、肩を入れることで、距離を稼ぐこともできない。

ツバメ返しを狙う小次郎は拝み打ち、つまりは両手構えだからだ。片手のみの腕力では、刀を急反転させての斬り上げができないのだ。

両手構えなりに最大限剣を前に出すこともできない。浴び続けた海風に身体が冷えているからだ。関節が固まり、筋肉が縮こまり、総身が伸びやかさを失しているのだ。

佐々木小次郎の斬り下ろしは空振りに終わった。

ムサシが躱したのでなく、距離が足りずに届かなかった。

その額を切先が僅かに掠め、ただ柿色の鉢巻を両断して、はらりと落としたのみである。

佐々木小次郎はツバメ返しもできない。間合いが同じであるかぎり、斬り上げも届かない。

だからといって小次郎は、警戒したわけではなかったろう。まさかと夢にも思わなかったことだろう。「宮本武蔵」の得物のほうが、逆に届いてしまうなどと……。

小次郎の斬り下ろしに合わせて、ムサシも木刀を振り出した。

長さ四尺二寸の木刀は、小次郎の「物干し竿」より長い。が、ほんの二寸だ。佐々木小次郎のほうが身体が大きく、腕も長いので、二寸など、それで消えてしまうほどの利でしかない。いいかえれば、小次郎の剣が届かない位置では、こちらの木刀も届かない。

しかし、ムサシは片手で剣を振ることができた。ツバメ返しを試みるでなし、両手の腕力はいらない。むしろ二刀を扱う都合から、得物は片手で振ることが多い。両手で扱う剣と比べても、速さ、強さ、ともに遜色ない。

だから片手で振り出し、その肩を前に入れる。右半身も、ほとんど身体が縦一線になるまで開ききる。汗ばむほどに温まった身体は、その柔軟な動きを可能にする。

――どうだ。

重い手応えがあった。当たった。

木刀の剣尖は佐々木小次郎の額を、その中央で捕らえていた。縦に赤い線が走り、それが左右にパカッと開いたかと思えば、もう直後には大きな花が開くように血が噴いた。

全てをムサシが間近で見届けたとき、小次郎の大きな身体が、どうと後ろ向きに倒れた。

勝った――しかし、ムサシに喜びはなかった。

「雪、おまえを取り戻すことはできんか」

そう女に迫るも、ムサシは断られていた。

「勝手なこと、いわんといて。そないなこと、できるわけあらへんやろ。うちは、もう佐々木の妻なんやで。これは自分の亭主が殺されるかもしれんいう話なんやで」

それは、そうだ。夫がいる身の女として、戻るとも、戻れるとも、戻りたいとも、口にできるはずがない。

そもそもムサシのところには、佐々木小次郎を死なせたくない、勝負をしないでほしいと頼みにきたのだ。

だから、無理もない。雪が首肯しないのは当然だ。しかし、とムサシは思ったのだ。その亭主がいなくなれば、また話は別になるのでないかと。

いや、別になどならないと思い返すものの、あきらめられない。少なくとも佐々木小次郎がいるかぎりは先がない。己の望みがかなうもかなわないも、小次郎を倒してみないことには始まらない。

——勝たなければ……。

そのためにムサシは手を尽くした。兵法者として、使えるだけの手を使い、考えられるだけの策を用い、あげくに勝利した。

ひるがえって、佐々木小次郎は敗れた。その結果には兵法者として、文句も恨み言もないはずだ。が、兵法者として敗れたならば、ムサシに妻まで奪われる義理はない。

のみか、ひとえに雪を取り戻すためだったと知れば、全ての話が裏返るだろう。「宮本武蔵」の兵法に敬意など払わない。己が敗北についても俄然釈然としない。あげく余儀なくされた死には、もう無念の一語しかない。

——そんな気がする。

ムサシは気が咎めて仕方なかった。

ただ純粋に技と技を競わせたときには感じようがないほど、後味が悪い。ああ、そうだ。これは勝負のための勝負ではなかった。女が欲しくて戦ったのなら、俺は盗賊と同じだ。

どれだけ強かろうと盗賊、野盗、野伏せりの類と同じ、あの鎖鎌の宍戸又兵衛と変わるところがない。後悔しかないのは、むしろ当たり前だ。

「………⁉」

小次郎が動いた気がした。ぴくと痙攣《けいれん》するほど小さかったが、確かに指の先が動いた。

ムサシは倒れたままの巨軀に駆けよった。

鼻と口の前に手を翳してみると、微かだが風が当たった。小次郎は息をしている。まだ生きている。木刀の一打で卒倒したが、それで死んだわけではない。気を失いはしたが、命までは落とさなかった。それは俺の腕が萎縮したということか。剣撃の最中、もう罪の意識に襲われて、力のかぎりに打ちきることはできなかったのか。

「う、うう」

呻き声も洩れた。やはり生きている。よかった、とムサシは思った。

小次郎が生きていて、よかった。小次郎を殺さないで、よかった。雪が夫を亡くさずに済んで、よかった。

「う、うう、宮本殿か」

小次郎は血に汚れた顔で薄《うっす》ら目を開けた。が、その前に手を差し出し、ムサシは止めた。喋らぬほうがよい。このまま安静にしておられるがよい。しばし待たれよ、佐々木殿。

「今、お弟子を呼んでくるゆえ」

「かたじけない」

小次郎は目を閉じた。ムサシは駆け出した。海に向かうと、見物の舟、舟、舟は、どれも固唾を呑んで見守る体で、まだ波間に揺れていた。

もちろん岩流の門弟たちの舟もある。

ムサシは大きな声で告げた。

「生きているぞ」

佐々木小次郎殿は生きている。助けに参られよ。小倉に運び、急ぎ医者にみせられよ。

告げるが早いか、門弟たちは舟を浜に寄せにかかった。三艘も一斉に動き出した。思っていたより多く来ていたようだ。

舟が浅瀬に進むや、門弟たちは面倒なといわんばかりに次から次と海に降りて、じゃぶじゃぶ波を立てながら陸に上がった。

飛沫を撒き散らし、あとは砂浜に足を取られ取られしながらも、一目散に走り出す。

「急げ、急がんと」

「今行きます、佐々木先生」

「すぐ小倉に向かうけん、おまえとおまえ、残って舟が帰る用意ばしちょけ」

浜辺で擦れ違いながら、ムサシは思う。もう大丈夫だ。佐々木小次郎は救われる。弟子や、親族や、妻や、子や、愛し、愛される者たちの手厚い介抱で、遠からず回復する。

――もう俺の出る幕はない。

ムサシは振り返らず、そのまま海に向かった。が、そこに待っているはずの船頭はいなかった。かわりにいた丸い顔は、門司城代の沼田延元だった。ええ、小林殿のところの舟は、下関に帰してしまいました。

「それがしが門司港までお送りします」

「しかし……」

「もう拘ることもありますまい。勝負は終わったのですから」

遣わされた平侍ならともかく、家老格の城代が直に迎えに来たとなれば、さすがのムサシも断るわけにはいかなかった。

勧められるまま小舟に乗り、やや沖に出て、もっと大きな船に乗り換えたときだった。

「ああ、きさまら、何しよっとか」

と、声が聞こえた。それも悲鳴のような声だ。

いや、船島は先刻から騒がしくなっていた。岩流の門弟たちは口々に声を上げながら、倒れた師匠のところに殺到していったのだ。が、それも今や明らかに様子が違う。

ムサシは陸を振り返った。えっと思わざるをえないのは、裃姿の検分役がみえたからだった。

検分役であれば、勝負の帰趨を確かめには来るだろう。が、五人ほどが壁になって、岩流の門弟たちの前に立ちはだかっている。その後ろで残りの五人が、横たわる佐々木小次郎に群がっている。異様にみえるというのは、いずれもが刀を抜いていたからだった。

前の五人は白刃で岩流の門弟たちを牽制していた。後ろの五人はといえば、佐々木小次郎に寄ってたかって……。

「きさまら、佐々木先生ば殺したと」

声は続けた。動けんところを、嬲り殺しにしてしまったと。

何ということだ。どういうことだ。ひとつ船上で身震いしてから、ムサシは請うた。

「沼田殿、船島に引き返してくだされ」

「無駄でござる、宮本殿」

「何と」

「戻ったところで、今さら何もでき申さぬ。佐々木小次郎が生き返るわけではない」

ムサシは船底に膝を突いた。そういうことか。いや、端から、そういうことだった。

小倉藩の検分役たちは佐々木小次郎を斬殺、文字通り息の根を止めた。なるほど、兵法者同士の勝負にかこつけて、藩にとっては厄介きわまりない佐々木一族の末を誅殺するのが目的だった。

その思惑通りに働いた俺は、盗賊でないとしても、はじめから権力に使われる走狗《そうく》にすぎなかったのだ。上意だからと、弟子の本位田外記を騙し討ちに殺した新免無二と、どれほど変わるものでもないのだ。

「当理流、卑怯っちゃ」

船島では、そうも叫ばれていた。岩流の門弟たちを追い払おうとする列には、左手に十手を構える者もいた。

左右に鉤を生やした、短槍のような形状は、当理流のものに間違いない。そういうことか。始まりが道場と道場の争いだけに、最後までそういうことにしたか。

「岩流佐々木小次郎は死に申した。しかし、未だ一件落着とは参らず」

と、それが沼田延元の口上だった。というのも、岩流の門弟たち、あるいは佐々木小次郎に与してきた輩というべきか、とにかく連中が今もって不穏な様子なのです。

「あげな卑怯者、みたことなか。宮本武蔵ん奴、当理流の弟子ば大勢引き連れていたっちゃ。佐々木先生のこつ、総がかりで嬲り殺しにしたっちゃ」

そうやって憤慨していると伝えられれば、ムサシもさもありなんと思う。

あれは尋常の勝負だった。白黒つくまでは一対一の戦いで、誰の手も借りていない。

佐々木小次郎の息の根を止めろと、弟子たちに命令したわけでもない。小倉藩の検分役、同時に当理流の門弟だったかもしれないが、いずれにせよ助勢を頼んだ事実はない。そう返したところで、言い逃れと一蹴されるのが落ちなのだ。

当然だ。悔やまれる勝負だ。兵法者の人生における汚点だとまで考えて、ムサシ自身が今では後悔の一語なのだ。

「仕返しせんとならん、宮本武蔵ば討ち果たしてやらんと気が済まん、そんな物騒なことを大声で打ち上げる始末ですからな」

とも沼田は続けたが、その大声が聞こえてくるや、小倉藩の役人が出動し、かたっぱしから捕らえて回っていることも、想像に難くなかった。岩流の門弟たち、あるいは旧岩石城の郎党は、これを機会に根こそぎ処分されているのだ。

それも藩内の政争でなく、領内の管理不行き届きでなく、兵法者たちが勝手に及んだ私闘の結末に、ただ納得いかないことが理由なのであれば、公儀の目を気にする必要はない。まことに上首尾、細川家としては万々歳なのである。

「いや、宮本殿、ご心配なく。あと数日は、この門司城で匿《かくま》わせていただきますから」

匿われる必要はなかった。沼田延元にせよ、ひとのことを「百人斬りの宮本武蔵」だの何だのと、さんざ持ち上げておきながら、今さら岩流の門弟たちから守るも何もないだろう。

それでもムサシは門司城の世話になった。小倉藩領を離れる気にはならなかった。

雪のことが気になった。佐々木小次郎の葬式を出したとは聞こえてきたが、それから後のことが何もわからなかった。

そうしていると、松井新太郎からだと文が届けられた。

こたびのことは申し訳なかった、検分役の介入は自分も知らされていなかった、この償いは必ずする、自分が家老となった暁にはきっと報いる、等々と書き連ねてあり、あいつも気が咎めたのだなとは思ったが、それだけだ。

これしきのことを伝えるために文をよこしたかと、かえって首を傾げたほどだったが、それでも最後まで読んで、ムサシは気がついた。

下に、雪の文が同封されていた。

雪は息子の小太郎と一緒に、小倉にある松井家の屋敷にいた。

やはりといおうか、岩流の門弟たちが荒れている、何をするかわからない、旧岩石城の郎党に人質にされてしまうかもしれない、危険が及ぶ前に保護しなければならないと名目をつけたようだったが、要するに松井佐渡守は娘を「取り戻した」のである。

沼田延元は、松井新太郎が文をよこしたことしか知らないはずだった。が、何か恐れることがあったのか、この城代にほどなくムサシは告げられた。

「木付の新免無二殿のところまでお送りしましょう」

新免殿の承諾も得ております。ははは、あの父御の領分でありますから、武蔵殿もこの門司にいるより、かえって安心できますでしょう。そうも沼田は続けたが、ムサシは思わずにいられなかった。

そんなに矍鑠《かくしゃく》たる身であるならば、その父を佐々木小次郎に当てればよかったではないか。

刈谷藩まで送る、とはいわなかった。監視を続けたいというのが、やはり小倉藩の本音なのだと思われた。

こちらの「宮本武蔵」も不服を覚えていると、それは察しているだろう。顚末を余所で語られることも愉快でないのだろう。ことさらに刈谷水野家は、徳川の譜代であるだけに……。

沼田は護衛までつけた。石井三之丞《いしいさんのじょう》という家中の侍に、鉄砲を担ぐ足軽が二人まで従った。それまた護衛するというより、ムサシを護送する体である。

「しからば、ごめん」

豊後に抜ける山中の一本道である。

二人の鉄砲足軽はムサシを挟んで、その前後を歩いていた。用心怠らず、しばしば火縄が消えぬように吹いていたが、その数秒が隙になる。

見定めるや、ムサシは背後の足軽を不意の手刀で気絶させた。倒れる物音に気づいて、振り返った前の足軽も、何が起きたか知れないうちに、また手刀の餌食になった。

「宮本殿、何をなさる」

卒倒した二人を認めて、石井は問うた。いや、早くも刀を抜いた。上役に躊躇するなといわれてきたのだろう。「宮本武蔵」が逃れようとするならば、問答無用で斬り捨てよと。

剣尖を向けられれば、わかる。実際、石井三之丞は剣客だった。これだけの腕前であれば、あっさり手刀で倒してやるというわけにはいかない。

それでもムサシは口上した。

「できれば、やりたくはないのだが」

「それがしも同じこと。このまま大人しく木付に向かっていただきたい」

「できぬ」

「なにゆえ」

「野暮用だ」

ムサシも刀を抜いた。石井は顔に一段と緊張の色を浮かべた。と思うや、右半身の構えを左半身に変えた。

右手の太刀は肩に担ぐように構え、左に持つのは――何だ、これは。

いうなれば金棒だったが、そこから鉄の鉤が一本だけ生えていた。何だ、これは。もしや十手か。新しい形の十手なのか。

いずれにせよ、石井三之丞も当理流ということである。教えた新免無二も、あれから色々考えたようだった。

先に陸に上がってしまうと、ムサシは舟に掌を差し出した。委ねられた手を引くと、旅装の女もうまく桟橋に降りることができた。

「ああ、ムサシ、ありがとう」

それから雪は背後に続けた。小太郎、ひとりで降りれるか。せやな。そろそろ、うちより大きゅうなってるんやもんな。

月あかりに、頷きばかりはムサシにも確かめられた。舟の揺れを苦にせず進むと、ぴょんと舟縁を跳び越え、桟橋に難なく降りる。小太郎の身のこなしは天与の才か、あるいは鍛錬の賜物か。しなやかな足の運びも間然するところがない。

船頭に駄賃を渡すと、子供にしては大きなその背中を、ムサシも追いかけることになった。豊後に通じる山道で二人の足軽を倒し、石井三之丞を斬り捨てると、それからムサシは小倉に戻った。

まっすぐに向かったのは、松井家の屋敷だった。

文で雪に頼まれていた。松井の家には戻りたくない。亭主を殺した者がいる家で、暮らしていけるわけがない。それなのに、今は屋敷の外に出ることも許されない。だから、ムサシ、自分と小太郎の二人を連れ出してほしい。小倉から余所に逃がしてほしい。

夜を待って、松井屋敷に忍びこみ、ムサシは寝ていた母子を起こした。急ぎ旅装を整えさせると、誰にみつかることもなく連れ出した。ああ、それくらいは造作もない。

そのまま木戸を破り、小倉の城下を出ると、名も知れぬ小さな漁村で渡しの舟を掛けあった。夜更けということもあり、何度か断られながら、最後には船頭がみつかって、下関まで来ることができたのである。

「ここからは小林太郎左衛門を頼ろう。廻船問屋だ」

「いや、ムサシ、もうええよ」

「しかし……」

「だから、ムサシ、あんたとは行かん。そういうつもりやない」

「……」

「ほんまに、ありがとう。うちらを連れ出してくれて。あんたにしか頼めんかったし、あんたにしかでけへんかったわ。でも、あんたとは行かん。そないなこと、できるわけない」

「そうか」

「それに心配ないんや。長門《ながと》に切支丹の伝があってな。はじめから、それを頼るつもりやったから」

「そうか」

「あんたも急ぎ。小倉から追手が来るかもしれんで。早いとこ、三河に帰ったほうがええ」

「三河か。刈谷藩か」

ムサシは思う。三河国刈谷に帰ったところで、水野家は水野家で、余所で面倒を起こしてきた剣術指南役など、喜んで迎えるものだろうか。藩として守ってくれるか。公儀に不始末を咎められたくないのは、譜代の大名も同じなのだ。

ムサシは笑みを浮かべた。ははは、そんな気遣いこそ無用だ。小倉から追手が来るというが、誰が俺を捕らえられるというのだ。

「誰が俺を討てるというのだ」

「せやな。それでもムサシ……」

「私が討ちます」

小太郎だった。初めて声を聞いた。身体は大きいのに、まだ子供の声だった。

「私も舟からみていました。父は……、佐々木小次郎は強いひとでした。その父を、あなたは尋常の勝負で倒した。そこは認めます。それは仕方ありません。けれど、岩流にはまだ私がおります。今は及ばなくとも、もっともっと修練を積んで、いつか必ず、宮本武蔵殿、あなたを倒しにまいります。父の無念を晴らしにいきます」

そのとき俺は実の倅に倒されるのか。親子であることを、小太郎は知らないということか。

ムサシは思う。それで、よい。いや、それこそ筋だ。

「待っているぞ、佐々木小太郎」

さすれば、雪殿も息災で。いうと、ムサシは踵を返した。迷わず港のほうに戻ると、朝を待って、できれば直に豊後に向かえる舟を探すつもりだった。

行くべき先は、やはり他にはないようだった。

十、宮本武蔵と新免無二

道場に向かうと、そこに座している背中がみえた。

日はとうに暮れ、行灯ひとつが闇を押しのけるなか、板のように浮かんだそれからは、ことさら小さくなった感は覚えなかった。

老いたといえば老いた、丸くなったといえば丸くなったが、それでも萎《しぼ》むとか、縮むとかいった風はなかったのだ。

ぐんと肩が左右に張り出したその広い背中は、むしろ子供の頃に追いかけたままに感じられた。ああ、これが強そうにみえた。憧れずにおれなかった。いつか自分もと願う気持ちがあったればこそ、今日まで剣を続けてこられたのかもしれない。

そう思い当たらせただけ、やはり衰えてはいないのか。また声にも張りがあった。

「来たか、ムサシ」

振り返りもしない横柄さにも、やはり新免無二だと思わないでいられない。

「こら、助かった。こっちから出向かずに済んだわ」

と、無二は続けた。ムサシは豊後木付に来ていた。

十年ほど前に後にした城下だが、ここで父は変わらず道場を続けていた。

建物はムサシが出ていったときより立派になっていて、なるほど相応に名を馳せて、小倉藩細川家、福岡藩黒田家、最近は同じ豊後の日出藩木下家からも、わざわざ学びに来る者がいるそうだ。

もちろん最も多いのは、今も木付城主松井家に仕える侍たちだろう。

「松井佐渡守から、やはり命じられとったか。つまりは俺を討ちとれと」

戸口に立つまま、ムサシは確かめた。

いってみれば、追われる身である。門司城代沼田の家士を害したし、小倉の木戸も破っている。細川家筆頭家老松井家の人間を誘拐した、ということになっているかもしれない。いずれにせよ、上の意に沿わぬことをしたからには、ムサシは追われざるをえない。

無二の背中が少し揺れた。ははは、ははは、と声が聞こえて、これは笑っているのか。

「まったく非情よのお。よりによって倅を討てというてくる。細川家中の者が死によったか怪我しよったか、ようは知らんが、とにかく『宮本武蔵』は科人《とがにん》じゃ、ほいでも、そこいらの討手じゃ役に立たん、討てるとすれば新免殿くらいのものじゃ、いうてな」

「いわれて、弱る玉ではなかろう、父御は」

「どういう意味じゃ」

無二は片方の頬だけで、ようやくこちらに振り返った。

無精髭は変わらないが、それが白くなっていた。ああ、髪も白い。薄くなったわけではないが、総髪を結わえた先まですっかり白い。

ムサシは答えた。佐渡守に命じられなくても、父御はやってきたじゃろう。

「今日だって、俺を待っとったのじゃろう。ああ、ずいぶん来させたかったようじゃな。三河に落ち着いた倅を九州まで呼び戻すために、それこそ敵なしの呼び声高い、岩流佐々木小次郎まで出しに使《つこ》うてな」

もはや疑いもしていない。佐々木小次郎と戦えといわれて、戦えない新免無二ではないはずだった。

手を尽くせば、ムサシでも勝てたのだ。

それが上意討ちであるなら、かつて手段を選ばず本位田外記を倒してのけた無二が、どうして臆するというのか。

あえて自分で戦わず、代わりに倅に戦わせた理由が、他にあるはずもない。ああ、父御は俺を呼んだのだ。

「おいおい、ムサシ、われ、そんなに可愛がられとる思うとったんか」

「ひとつ可愛がってやろう、とは考えておったじゃろう。つまり、この俺を相手に新しい得物を試してみとうてな」

「新しい得物じゃと」

「十手を改めたもんじゃ。はじめみたときは、十手とわからんくらいじゃったが」

「ああ、そうか。誰かが使うとるところを、みたんか」

「石井三之丞が使うとった」

「あん男か。確かに、わしの弟子じゃ。強かったじゃろう、石井は」

「一撃で倒した」

「……」

「父御の耳にも届いておるはずじゃ。俺は『扶桑第一ノ兵術者』と呼ばれた足利将軍家兵法指南役、京の吉岡を倒した。父御が戦った吉岡憲法の息子たち、吉岡清十郎、吉岡伝七郎、それから百人を数える門弟も、全てだ。『西国一』といわれた佐々木小次郎も討ち果たした。今や俺こそ天下一じゃ。が、その俺を討てたなら、父御こそ天下一ということになる」

そう続けることで、ムサシは伝えた。俺と戦えと。父御とて、そのつもりでいたはずだと。

無二は討手を命じられていた。こちらのムサシにしても、佐々木小次郎とは恥ずべき勝負をやらされたと不満があり、それを仕向けた父に怒りがある。

が、そうして父と戦うことを思いつけば、そこに奇妙という感は覚えなかった。かえって行きつくところに行きついたと思う。

ムサシの剣においては、新免無二こそ始まりだった。気づけば、その始まりを未だ克服していない。広く天下に敵を求めて、ことごとくを凌駕しながら、それを残している限り、ただの一歩も前に進めたことにはならない。

無二にとっては、ムサシこそ最後の相手であるはずだった。己が兵法は究極の域に達したか否か。それを確かめずしては終われないからだ。が、それを測るに足るだけの敵は、もう「宮本武蔵」を措いて他にはいないはずなのだ。

だからムサシは思う。俺と戦えと。お互い、もう戦う相手もいなくなっているはずだと。父子で斬り合うことしか残っていないはずだと。

新免無二は無言で立ち上がった。それから身体の正面を向けて、聞いてきた。

「真剣でか」

「で、ええわ」

「どこでやる。この道場か、それとも庭に出るか」

「このままでええ。いや、道場のほうがええわ。雨が降るだの、風が吹くだの、足元の石を踏んだだの、土のうねに躓《つまず》いただの、そんな下らん偶然で勝負がついては、つまらんけ」

「存分にやりたい、いいよるか」

道場じゃと、後片づけが面倒なんじゃがのお。雑巾で血を拭かんとならんし。まあ、ええか。明日にも来るじゃろうから、弟子どもに片づけさせるわい。ぶつぶつと続けながら、新免無二は壁際に歩いていった。ほとんど暗がりで表情まではみえなかったが、得物を取りに向かう足どりには、やはり逡巡《しゅんじゅん》も躊躇もみえなかった。

左半身といえば左半身、しかし左足はやや前に出すだけである。

十手を握る左手も、さほど高く掲げるでなく、中段より低いくらいだ。

肩に担ぐようにして太刀を構える都合から、右手は実際以上に奥に引いてみえる。が、みえるだけで、全体の構えとしては、前後に奥行きを覚えるわけではない。

かえって横のほうに大きく感じるのは、やはり両の足、両の腕が、前後に連なるというよりも、ほぼ左右に並んでいるからなのだ。

相手にさらす面が大きく、剣術の構えとも思われない。ともすると、ただ無造作に立つだけのようだ。

まさに構えず、どこにも力みがない自然体だともいえる。

薄闇にぼんやりと浮かび上がり、髪の白さばかりが目につくので、なんだか幽霊めいてみえなくもない。

――これぞ新免無二。

久しぶりにみる。そして、やはり変わらない。

強さや速さに物をいわせる動きでなく、この脱力こそ思えば真骨頂だった。であるならば、老いても無二は衰えとは無縁なのか。

やはり滅多にいない男だ、とムサシは思う。だから戦わなければならない。己が達した兵法の高みを測れる相手は、俺にとってもこの父を措いては他にない。

新免無二のほうも対峙一番、これは珍しいと心中でつぶやいていたかもしれなかった。

その構えに、恐らくはムサシのそれも似ているからである。半身というほど半身でなく、ほぼ正面で敵に対する兵法者など、日本広しといえども何人といないはずなのだ。

今は円明流を名乗るとはいえ、もともとは新免無二の当理流である。

似るのは当然の話でしかないのだが、それにしても鏡に映し出された己が姿をみる気までしたならば、やはり何らか思うところなしには済まされないはずだった。

――ただ違いもある。

十年も離れていた父子であり、その間に互いに変わった。

ムサシは左手に小刀を持つようになった。

短槍の造りに左右に鎌刃を備えて、大きく重い十手は、あくまで戦場の器であり、常用の器ではない。戦なき世を迎えたならば、鎧兜を着こんだうえでの戦い方、いわゆる介者剣術は廃れざるをえない。

自由で身軽であるがゆえ、より迅速かつ精妙な技が求められる素肌剣術において、ムサシは常に身に帯び、しかも軽く、扱いやすい脇差を、十手に代わる小刀として使うようになった。両手兵法は変わらないながら、それを二刀兵法に進化させたのだ。

新免無二の両手兵法はといえば、左手に変わらず十手を構えていた。が、こちらも進化を果たして、その十手が新しくなっていたのだ。

――改めて、変わったものだ。

いってしまえば、ただの金棒である。

二尺（約六十センチ）ほどの長さで、握りの上あたりに鉤形の金具が嵌めこまれている。鎌刃の機能を残しながら、究極まで簡素化したものだと思われるが、それも一本だけだ。

あとは金棒の尻から紫色の飾り房が垂れるのみで、この十手なら軽そうだ。

素早く、自由自在に動かすこともできるだろう。左腕にかかる負担も小さい。以前の重たい十手は無論のこと、小刀に比べても軽いのではないか。

——と、そんなことを考えながら……。

もう、どれくらいになるだろうか。互いに抜刀して向き合ってから、少なくとも四半刻はたっている。あるいは、もう半刻（約一時間）に近いか。

ただ互いの構えを眺めるばかりのような時間が、ひたすら積み重なっていた。それでも動けない、いや、動かないのは、ムサシの兵法が先に仕掛けるそれではないからである。

その実、ぼんやり眺めているだけのはずがない。

まず相手の呼吸を読み、それに合わせて、さかんに牽制する。目を動かし、敵の動き出しに先んじて足を踏み出し、あるいは剣の構えを変化させ、ときに空打ちまで試みる。攻め手がないと思わせた矢先に、わざと隙をみせるのだ。

そこに敵は打ちこんでくる。来るとわかっている剣撃は簡単に躱すことができる。

直後に打ち返せば、それを敵は躱せない。だから打ってこいとムサシは誘っているのだが、それに無二は乗らないのだ。

——当然だ。

無二も同じ戦い方をしていた。ムサシも誘いに乗らないから、互いに構えたままの膠着が続いているのだ。

そも無二に教えられた戦い方だった。

攻め、すなわち隙である。刀を最後まで振りきれば、刹那は全くの無防備になる。だから相手に先に攻めさせる。それまで自分は攻めない。取り返しのつかない隙を、自ら生じさせる愚は犯さない。

――もっとも……。

先手を打てないわけではなかった。むしろ打ちやすい。両手兵法においては、攻めたあとも全くの無防備になるわけではないからだ。一方の武器で攻めかかる間にも、他方の武器で守りを固めておけるのだ。

ほぼ身体の正面を向けて、相手に表を多くさらす、一見攻められやすいような構え方も、それゆえに許される。

両手兵法はその堅守ゆえに、一刀剣術のように半身に構え、左右を薄くして、あらかじめ打たれどころを削っておく必要がないのだ。

――それでも……。

新免無二は動かないだろう。かかる先手の可能性すら、すっかり捨てたと思われるからだ。

少なくとも左手による先手は放棄した。そうムサシに考えさせたのは、他でもない、新しい十手だった。

改造に改造を重ねた結果なのだろうが、もはや攻めの武器ではなくなっていた。

端的にいえば、ただの金棒には刃がついていない。これでは斬れない。

いや、元が短槍の一類であり、俗に「やりきれない」というように、以前の十手も敵を斬れるわけではなかった。

それでも刃物であり、敵を突き、また刺すことはできた。新しい十手は、それさえできなくなっているのだ。

ほぼ守りに特化したとみるべきだろう。

なお右手に握る太刀があり、それでなら先手を打てる。このとき鉄壁の防御を固める手段として、十手は改造されたのだといえそうだが、それは果たして正解か。

左右どちらからでも同じように攻められるのが、両手兵法の強みである。対峙する者からすると、どちらの得物が来るのかわからない。対処を迷わせることによっても、有利な展開に運ぶことができるのだ。

それを新免無二は捨てた。守りしかできない十手を左手に持つことで、来るとすれば右だと、はじめから相手に教えているのだ。

その先手は容易には奏功しない。とすると、やはり自分から攻めて出るつもりはない。

「………？」

新免無二が動いた。肩も手も腰も高さが変わることなく、一切の上下がないので、動いたとも思われない動き方だが、その厚板のような身体は確かに前に出てきた。

右かと思うも、太刀は肩から動いていなかった。無二が繰り出したのは十手だった。この新しい得物を、まっすぐ突き出してきた。

なるほど、打つ武器にはなる。木刀と同じだ。金棒で打たれるなら、確かに痛い。場合によっては、骨が砕けるかもしれない。

――しかし、遅い。

右で斬りつけられるのかと迷い、それから左で打ってくるのだと気がついたので、いうなれば後手に回らされた。それでもムサシが慌てないで済むくらい、無二の突きは遅かった。

いや、単純な速さの問題でないからには、あるいは間が悪いというべきか。

呼吸を読まれていたことは、ムサシも感じていた。が、うまく虚を衝かれたとは思わない。ここという瞬間を捉えられてはいない。無二が遅いというのは身体の動きでなく、むしろ神経の反応のほうなのだ。

悲しいかな、さすがの無二も衰えたか。この勝負、するべきではなかったか。後悔まで覚えながら、ムサシは左の小刀で迎え、造作もなく十手を弾いた。

その金棒にこちらの刀身が触れるや、無二が力を入れたことは、手に伝わる感触でわかった。鉤に掛けて、こちらの得物を絡め取ろうというのだろうが、それくらいは先刻承知だ。無二が手首を返してしまう前に、素早く引き戻せばよいだけのことだ。

――なに？

予想に反して、小刀の刃が流れた。金棒に触れるや、ほぼ同時に滑り出して、自ら鉤の叉に向かった。

十手の表面が平らでなかった。金棒は断面でみれば円であり、その側面は曲面になっている。当たる物は、簡単に滑ってしまうのだ。

ガチと硬い音がした。刀身は鉤に絡め取られた。

今からでも引き抜こうとしたが、もう無二は完全に手首を返していて、容易なことでは外れなくなっていた。

なお執着して、力をこめなおす余裕もない。自由を奪われたのみならず、小刀は今や横に寝かされた。気づけば頭上の守りが抉《こ》じ開けられた格好なのだ。

そこに無二は、奥の手の太刀を振り下ろすに違いない。ならば俺も応じて太刀を振り出さなければならない。

ムサシは右腕に力を入れた。体格は、ほぼ互角か、俺のほうが高いくらいだ。腕の長さも、大きくは変わらない。が、反応の速さなら、若い俺のほうに分がある。

——えっ？

またも予想を裏切られた。無二は太刀を振ってこなかった。

それに驚き、当惑する以前に、ムサシもまた太刀を振ることができなかった。

体勢が崩れていた。いや、崩された。左の外側に身体が大きく流れたのは、その方向に左手が引かれたからだ。

小刀を鉤に絡めたまま、その十手を無二は懐に巻きこむようにして引き寄せた。腰の捩じりまで加えながら、それこそ自分の脇の下まで引いていった。

ムサシはといえば、ほとんど前のめりである。額は無二の胸板に近づいていく。頭は無二の肩の上に出る。つまりは動かない無二の太刀に、こちらから斬られに向かう。

「……⁉」

ムサシはとっさに頭を下げた。大きな身体を丸めて、肩から床に転げていった。道場の床を大きく前転することで、なんとか無二の刃を避けた。

転げたところから、さらに這うように数歩を進み、そこでムサシは立ち上がった。

バッと身体を反転させ、大きく距離を空けたその位置で、新免無二に向けて得物を構えなおす。

左手には小刀があった。うまく鉤から外れてくれたらしい。

ほんの偶然でしかなく、あのまま奪われていたかもしれないと思うと、ムサシは今さらながらゾッとした。いや、うすら寒いというなら今さっき、すんでに死にかけたのだ。

道場のなかで左右の位置が入れ替わっていた。行灯ひとつだけの暗がりなので、みえる景色が大きく変わるわけではない。ただ落ち着かない。

ムサシの呼吸が乱れていた。口を大きく開けると、かえって乱れてしまう。静かに鼻から息を吸い、なんとか整えようとするのだが、やはり思うに任せない。ああ、あの新しい十手というのは、考えていた以上に難儀だ。左で受けて、右で斬る——その単純きわまりない戦い方のため、とことんまで突き詰められた形なのだ。

刀を奪われる。その自由を奪われる。いや、身体の自由まで奪われ、いいように翻弄される。刹那の戦慄には覚えがあった。思い出されるのは伊賀の山道で戦った、宍戸又兵衛の鎖鎌だった。思えば術理が似ている。左手で鎌、右手で鎖のついた分銅を扱う鎖鎌も、両手兵法の一類である。鎖を絡ませるか、十手の鉤に絡め取るか。鎌で仕留めるか、太刀で斬るか。その違いがあるだけだ。似ているといえば、ムサシは鎖鎌にも苦戦した。はじめ侮って、というより何の気なしで一刀で臨んだからだ。

それこそ宍戸又兵衛の望むところだった。両手兵法は一刀には強いのだ。それを攻略するために考え出された兵法といえるほどなのだ。

が、それも両手兵法を相手にすると、もう勝手が違ってしまう。ムサシは二刀を抜いて逆転、宍戸又兵衛を倒したのである。

要するに両手兵法は両手兵法を苦手とする。だからムサシは思わずにいられなかった。あのとき鎖鎌と戦っておいて、よかった。勝ち方を見出しておいて、よかった。

ようやく呼吸が落ち着いた。よしとムサシは、じりじり距離を詰めていった。

向こうの新免無二は、変わらずの自然体だった。

自らは脱力したまま、相手の呼吸を読み、手を尽くして牽制し、空打ちまで試みながら、徐々に攻め手を狭めていく。

それはムサシも同じである。あげく、わざと隙をみせて誘えば、そこを迷わず攻めてくると、今度は疑いもしていない。ああ、やはり来た。

――それでも遅れる。

無二が十手を突いた。そう思ったとき、今度は、もう金棒の先がこちらに届かんとしていたのだ。素早く後ろに引いて距離を空けるなり、斜めに動いていなすなり、うまく躱せるほどの余裕は与えられない。

それは、ただ胸板がスッと前に出てくるような距離の詰め方だった。その動き出しをムサシは、また捉えきれなかった。ああ、そうか。手と足の動きをずらしている。

身体のどこにも力が入らない構えから、無二は先に左腕だけ動かしたのだ。あとに足の踏みこみが続くが、その時点で反応しても、こちらは遅れざるをえないのだ。

が、その腕の動きに、どうして反応できなかったのか。最初に気づけば、楽に躱せた。気づけない動きとも思われなかった。ああ、とムサシは、またも今さら思い当たった。

――無二の腕には殺気がない。

吉岡伝七郎の剣と同じだ。傷つける気も、痛めつける気もなく、むしろ撫でるように、抱きしめるように、その腕を出したのだ。それこそ父として、ひとつ生意気をいう倅の鼻をつまんでやろうというかのような……。

やはり無二は動きが遅いわけではなかった。神経の反応が鈍いのでもない。仮に、そうだとしても構わない。相手に反応させないなら、ゆっくりで構わない。

現に前回の来るとは思わなかった一撃も、今回の来ると承知していた一撃にしてみたところで、こちらは刀で受けざるをえなくなっているのだ。

——が、それは織りこみ済みのこと。

敵は小刀を取りにくる。そのために万策を尽くす。ならば抗うだけ無駄である。こちらが意を砕くべきは、その先の攻防なのだ。

ガチと音が鳴ると同時に、ムサシの手に再びの感触が伝わってきた。刀身は金棒の上を滑り、もう鉤に絡め取られている。

それを無二は手元に引いた。力任せではない。それでいて勢いがつくのは、こちらの力を利用して引きこむからだ。まったく、うまいものだ。抗うだけ、やはり無駄というものだ。左手を小刀の柄から離すのでない限り、ムサシの身体も一緒に引きこまれざるをえない。

前にのめり、しかし今度は低く引き下ろさせなかった。左の膝の屈伸で己が身体を支えたなら、その脚力までも腕力に合わせながら、絡みついた十手ごと小刀をかち上げるのだ。

押されて、無二の身体が伸びた。体格はほぼ同じ、いや、こちらが大きいくらいだから、さすがに凌ぎようがない。

ムサシの小刀に圧《お》されて、十手ごと無二の左手が押しつけられたのは、奥で太刀を構えていた右手の握りの位置だった。

二本の腕が重なる形で押しつけられ、もう無二は何もできない。あと自由に動くことができるのは、ムサシの右の太刀だけだ。それを敵の肩口に振り下ろせば、もう勝負ありなのだ。

ムサシは右足を踏みこんだ。同時に奥の手の刃を走らせた。が、前がみえない。

顔にサラサラ、簾《すだれ》のような感触がまとわりついた。何だ、これは。

——飾り房か。

今は黒にしかみえないが、十手の尻に垂らされていた、あの紫色の房なのか。十手が高く押し上げられたため、こちらの目の前に垂れてきたのか。

それでもムサシは、すでに動作に入っていた。右の刀は、もう走り出している。

えい、ままよと、ムサシは振りきることにした。みえずとも、無二の身体はそこにある。この位置から振り下ろしたなら、万が一にも外さない。

「……‥‥！」

何か感じたわけではない。それどころか殺気ひとつ覚えなかった。だからこそ、だ。無二は殺気を消したに違いないのだ。

ああ、そうかと思いつく。十手に垂らされた紫色の房が、ただ伊達な飾りでなく、近間で戦うときの目隠しを意図したものであるとするなら、そこに攻撃が隠されていないはずがない。視覚を封じる簾の向こうから、分けて出てくる凶器がないわけがない。

——十手の尻か。

無二の左手は、こちらの額のすぐ上にある。押さえつけているつもりでいたが、鉤は上に口を開ける格好であり、ただ横に引くだけで十手は簡単に外れる。そのままの動きで、こちらの脳天を打ち据えることができる。

しまった。小次郎と同じに俺は額を割られてしまう。僅かも疑わないムサシだったが、今さら何もできなかった。

右の刀は止められる位置を越えてしまった。いいかえれば、もはや完全な無防備である。これから躱しようなどはない。

「むん！」

と、ムサシは気を飛ばした。

無二の身体が後ろに押しやられた。一間ほど向こうで、十手は虚しく振り下ろされた。やはり尻からの一撃だった。危なかった。

ゼエ、ゼエと荒い息が聞こえてくる。自分のものだと、辛うじて自覚はあった。もうムサシは肩を大きく上下させていた。みっともない。しかし、消耗が途方もない。それを隠すだけの体力も使いたくない。

無二はといえば、十手を振りきった格好のまま、そこで驚いた顔になっていた。

「なんや、われ、吉岡に教わったんか」

なるほど、かつて無二も吉岡憲法に気を打ちつけられたことがある。ムサシは答えた。

「教わったわけではない」

「じゃったら、物真似か。器用いうんか、何というんか、わしを真似、吉岡を真似、ムサシ、われ、ひとの物真似ばっかりじゃのお」

糞《くそ》、と思うも、ムサシは声には出さなかった。物真似か否か、いや、物真似だとしても、それが悪いか否かの議は措いて、押されていることは否めなかった。ああ、この新しい十手は厄介だ。無二の剣技あればこそだが、途轍もなく厄介だ。鎖鎌に増して厄介だ。

鎖鎌なら、打ちつけられるのは先の分銅だけである。残りの鎖は相手の得物に絡めるだけだ。が、十手は金棒の先でも、持ち手の尻でも打てる。

もともとの大きく重い十手でも、両方で打って打てないことはなかった。が、その打撃を相手が躱せないくらいに速くは扱えなかった。比べて、新しい十手は決定的に軽いのだ。取り回しが楽なので、近間の戦いにあっても、軽快に扱えるのだ。

おまけに房まで目隠しとして使うとは、よく考えられている。我が父ながら、十年の間に、よくぞここまでの研鑽、そして改良を加えたものである。

少なくとも、最初に考えたような守るだけの得物ではない。そう考え違いを正すべきかと自問しながら、ムサシは再び二刀を構えた。

いや、やはり十手は守備の器だ。攻撃にも使えるが、その用途はあくまで従で、主は守備のほうにある。左で受けて、右で斬る。これが無二の兵法の軸であることに変わりはない。

──何より……。

我が左手にある小刀こそ、攻撃の器である。守備にも使うが、それは従で、主は攻撃にある。わけても無二の十手に比べた場合、小刀は刃を備えているという一事において、攻めに分があるといわなければならない。

ならば、守るべきではない。その攻めに懸けるしかない。

──刀こそ最強。

その信念を今また貫くのだ。

ふううと大きく息を吐いたのを潮に、ムサシは左右それぞれの刀を構えなおした。

が、両腕を定位置につけるや、もう身体を前に出した。一緒に左手の小刀を、上下に振らない「石火の当たり」で、まっすぐ押し出してやる。

その刃が、どこかに届くとは思っていなかった。

実際、無二の十手に迎えられ、難なく受け止められてしまう。

掌に捻る力が伝わってきた。ほぼ同時に刀身は鉤に絡め取られる。直後にはもう巻きこむように十手が引かれる。こちらの身体も一緒に大きく泳がされる。

その最中にもムサシは瞠目させられた。ああ、無二は左の肩から動いて、自分の身体も前のほうに入れるのか。だから、そのものは動かない右手の太刀が、あれよという間にこちらの頭上に迫るのか。考え抜かれた術中に嵌められながら、それでもムサシは焦らず、のみか抗おうともしなかった。というのも、この先に術がある。二刀であれば、まだ振るえる太刀がある。

ムサシは右の太刀を振るった。十分な体勢からではないので、あるいは相手の頭に翳す程度だったかもしれないが、十分だった。そこに無二の太刀があるからだ。

無二の肩が前に入っているだけで、太刀そのものはほとんど、いや、全く振られていなかったが、とにかくムサシの太刀は届いて、その刀身に触れることはできたのだ。

どんな凶器も、得物が触れている分には、さほど怖いものではない。

斬るにせよ、打つにせよ、いったん距離を取らなければ、武器としての力を十全には発揮できないからだ。

その動き出しについても、ほんの僅かな予兆から直に体感されるので、遅れず即応することができる。すぐ追いかけて、押さえ続けることさえ容易である。

が、それをいうなら、太刀と太刀の右手だけでなく、左手も然りである。刀身を鉤に絡め取られたというが、小刀で十手の攻めを掣肘《せいちゅう》しているともいえる。

危険は小さい。多少の余裕が与えられる。

実際、戦いは膠着した。右手と右手、左手と左手を合わせながら、力比べの組み合いを続けているような格好だ。

その時間をムサシは利用した。小刀に絡みつく鉤の掛かり方を、きちんと目で確かめた。鉤が下になり、刀身の上に金棒が載っていた。小刀はしっかりと挟みこまれ、そこに手首の捻りで力を加えられることで、上下から密着されてしまっている。

このままでは外れない。が、十手との間に少しでも隙間ができれば、刀身を引き抜くことができるだろう。

少しの隙間というものの、作るのは簡単ではない。それこそ思いがけないほどの力が要る。無理に抉じ開けることはできない。小刀を暴れさせせんと、こちらが柄を握る指を握りなおしただけで、もう無二に気づかれ、阻まれてしまうだろう。

密着している限り、気づかれないことはない。気づかれても阻まれない方法を考えなければならない。例えば、気づかれても、抗われない剛力を出すというような……。

ムサシは閃いた。そうだ。剣尖を床までつけて、それを支点に梃子《てこ》の理屈で、刀身を前に押し出せばいい。

十手と隙間が生じた刹那に、素早く肘を畳んで小刀を引き抜けば、自由になった切先は、ちょうど無二の懐にあるという寸法だ。

――あとは腹を抉るまで……。

ムサシは近間で相手の呼吸を読んだ。吸って、吐いて、吸って、吐いて、吸って――今だ、と左腕に力を入れて、剣尖を床に立てた。

その硬い感触が手に伝わってきた直後だった。

もうひとつ硬いものが床につくのがわかった。えっ、十手の先も落とされた。

「えっ、えっ」

狼狽の一瞬に、眼前から無二の身体が消えた。

というより、線画と化して、弧を描いた。大きな身体を毬のように丸く畳んでしまうと、その場でくるりと前転したのだ。

白髪が乱舞した。受身でも取るような動き方で、その背中を落としたのが、床から一寸ほど浮きながら、十手と刀身が十字に交錯している一点だった。

「パン」

と、乾いた音が道場に響いていた。

無二はすぐさま起き上がった。二本の得物を携えながら跳び退《の》いた。

仰向けになった拍子に、こちらの太刀が振られることを警戒したのだろうが、ムサシは啞然とするばかりで、攻めるなど思いも及ばなかった。

無二がいなくなった床に、白く光ってみつかるのは、長さ半分ほどになった白刃だった。

ムサシは軽くなった手元もみた。左手に眺めなければならないのは、刀身が鍔から一尺ほど残るだけの小刀だった。

――刀が折れた。

そんなことってあるのか。ムサシは俄には信じられなかった。それでも笑い声は聞こえてくるのだ。

ははは、はははは。

「おいおい、ムサシ、そら、わしがくれてやった刀じゃろう。結構ええ刀じゃったぞ。われが大切に扱わんから、ぽっきり折れてもうたじゃないか」

そういって、ははは、ははは、と再び笑いに戻っていく。

確かに無二に貰った刀だ。十六のとき、丹後久美浜で秋山新左エ門と戦うことになり、真剣でと申し入れられたので、父がくれたのだ。

無銘ながら、良い刀であったことも事実だ。当然何度も研ぎに出しているが、それだけの手入れで、十余年も使い続けることができた。

酷使といってよいほどの使い方だったが、折れも曲がりもしなかった。それが、こうまで簡単に二分されてしまうとは……。刀身は縦には強いが、横には弱いとはいいながら……。

ムサシは恨みがましい目つきで顔を上げた。新しい十手は刀を折るための道具でもあるのか。いいや、以前の十手でも鎌刃を使い、同じように梃子の理屈を用いれば、刀を折ることができたのかもしれない。が、こうも簡単にはいかなかった。まず間違いないところ、無二は十手に改良を加える段階で、刀の折り方を工夫したのだ。

「折れた刀は片づけろや」

無二が続けていた。そのまま床に放っておったら、危なくてかなわんじゃろ。

「それとも何か。ムサシ、われ、もう降参するか。己の負けを認めて、素直に頭下げるいうなら、ほいでもええぞ。父上、あなた様の下で、もういっぺん修行させてください、いうてな」

ムサシは答えず、ただ折れた白刃を床から拾った。道場の端まで進むと、それを邪魔にならない壁際に置き、柄のほうの半分も一緒にすると、また中央に戻ってくる。

それから答えた。

「続きを」

ムサシは刀を構えた。

もはや一刀である。二刀のときのように、身体の正面を大きくさらすわけにいかない。

ムサシは右半身に変えた。右足を前、左足を後ろと前後に連ねると、両手で太刀を握りながら、それを青眼の位置に置いた。

心得ないではおけないことには、すでに圧倒的に不利だった。

鎖鎌の宍戸又兵衛に、いいように弄ばれたときと同じだ。達人の域にある者が両手兵法を使うなら、文字通りに太刀打ちできない。それが何より、一刀剣術を屠るべく考案されたものだからだ。

ムサシは従前よりも大きく間合いを取らざるをえなかった。

およそ三間、狭い道場だけに、もう相手より背後の壁のほうが近くなっているが、そこまで空けなければ、落ち着いて息をすることもできない。

新免無二は待つだけではない。自ら先手も打ちにくる。

身体のどこも揺れないために動き出しをみ分けにくく、しかも殺気がないために気づきがたい、あの突きを出されて、もはや一刀しかない得物まで奪われてはかなわない。みきって躱せるくらい、十分な距離を取らないではおけない。

――それとして……。

この一刀で、いかに戦うべきか。守りに、いや、逃げに徹するような態度は、ムサシの迷いの表れでもあった。

続けるとは宣したものの、どう勝ちまで運ぶのか、みえていたわけではなかったし、今もってみえてこない。

ムサシが考えあぐねているうちだった。

十手が飛んできた。いや、そんな馬鹿な。この間合いでは届かないはずだ。そこは十手であり、短いからだ。

もちろん身体を前に進めれば届くが、これだけの距離があって、それを見逃すはずがない。無二は動きの起こりがわかりにくいと、絶えず自分に言い聞かせていたのだから、油断していたわけでもない。

――それでも来るのだ。

ムサシは大慌てで半歩下がり、何とか躱した。いや、躱しきれずに、右の中指を打たれた。痛みが走った。斬られた痛みでなく、打たれた痛みだ。

もしや無二が繰り出したのは、長い太刀のほうではなかったかとも考えたが、血が流れた感触もないからには、やはり金棒に叩かれたので間違いはない。しかし、十手なのに、どうして届いてしまうのか。

――えっ？

無二が十手を投げていた。構えの位置に戻していたものを、スッと眉間の高さまで上げてから、それを手裏剣のように投げたのだ。

当理流には得物を投げる兵法もある。それも無二には御手《おて》のものだ。

実際、こちらで柄を握る中指の関節を、ぴたり正確に狙ってくる。が、二度も打たれてたまるか。

今度こそ骨が砕ける。

逃れんとして、必死に後ろに下がりながら、やはりムサシは思わずにいられなかった。しかし、それは手裏剣ではないだろうと。十手を投げては、父御とて一刀しか残らないだろうと。

させておき、投げられた得物なら、途中で軌道が変わることはない。ムサシは横に動いて、十手を素通りせしめた。が、そうして空いた道筋を、十手は戻っていくのだった。

ハッとみやると、無二は紫色の房をまとめて、その端を左手に握っていた。そういうことか。それは近間の戦いで目隠しに使うだけではないのか。束にして握れば紐や鎖と同様に、十手を振り回すためにも使えるのか。

なるほど、そうして房を用いれば、鎖鎌に遜色ないとはいわないまでも、その長さの分だけ遠くから十手を打ちつけられる。

ムサシは舌打ちまでしそうになった。房の端を握る無二は、今や鎖鎌でいう「巻き波」のような動かし方で、ぶんぶん、ぶんぶん、十手を回転させていた。

これに近づくことなどできない。いつ攻め打ちが飛び出すかしれないからには、逆に下がるしかない。常に十分な、十分すぎるくらいの距離を確保しなければならない。が、ここは狭い道場なのだ。

無二はジリ、ジリと前に出てくる。応じてムサシは下がったが、すでに少なくなっていた背後の余地は、あっという間に尽きた。

どこでやると聞かれたとき、庭のほうを選んでおけばよかったなどと、今さら後悔しても後の祭りである。

壁際まで追い詰められると、ムサシは右に回りこみ、斜め前に位置を入れ替えようとした。窮地を脱しようとする、その動きの最中が、逆に無二には攻めどきとなる。

進んだ先を迎え討つような向きで、横振りの十手が飛んできた。が、移動して向きを変えたので、背後には余裕がある。

ムサシは仰け反る動きで、それを躱した。のみか金棒が通りすぎると同時に、太刀を振り出した。両断できたのは、十手の尻に続いた紫色の房だった。

切り離された十手は、先ほどムサシがいたあたりの壁まで飛んだ。

刹那、それを無二は目で追いかけた。

ムサシは胸を撫で下ろした。房を切ったのは考えなしの、とっさの動きだったが、それだけに実は決定的な失敗だった。太刀を振りきった今このとき、無二に右肩で構える太刀を振り下ろされれば、もう躱しようがないからだ。

なのに、無二は攻めなかった。自らの十手術に自信があるあまりか、あるいは僅かな間でも両手兵法を使えないと不安なのか、得物を取り戻そうという意識が先に立ったようだった。

急ぎ試みたのが、ムサシを牽制することだった。残った房を床に捨てると、無二の空いた左手は自らの腰に動いた。

求めたのが、帯に差された脇差だった。そうされる今の今まで気づかなかったが、きちんと二刀を差していた。無二は十手と合わせて、腰に三本も差していたのだ。

その三本であれば、常用に無理があるわけではない。当たり前の二刀に、十手のような金棒ひとつ加えたとて、持ち運びに堪えがたい難儀が伴うわけではない。

――それにしても……。

いざとなれば、脇差も使う気でいたのか。十手が使えなくなれば、両手兵法でも俺と同じ二刀で戦うつもりだったのか。

そうならなくとも、十手と太刀に、もう一刀あったなら、それこそ手裏剣のように投げて使うこともできる。俺が吉岡の門弟百人と戦ったときのように……。

我が父ながら、どれだけ用心深いのかと、ムサシは嘆息を禁じえなかった。いや、そうでなければ兵法者など、若くして死んでしまうのが落ちか。白髪になるまで生きてこられたからには、相応の理由があるとするべきなのか。

その無二はといえば、動くなよといわんばかりに、じっとこちらを見据えたまま、ゆっくり壁際に向かっていった。

落ちていた十手を拾うと、またゆっくりと戻ってくる。

「今度は房が散らばりおった。あとで床の掃除せんといかんわ」

おまえが片づけろ、とはいわない。「あと」には、ムサシはもう生きていない。勝つのは自分だ。その念が揺らがないからだろう。

あるいは絶対の自信を有する十手を取り戻した安堵感が、そういわせたのか。だとすれば、それは珍しくも無二の心に油断が生じたことを示唆しているのか。

——そうなのか。

問いかけの向こうで、無二は再び構えをとった。左手に十手、右手に太刀という、これまでと全く同じ構えである。

とはいえ、もう房で十手を振り回されることはない。距離を詰めることはできる。が、無二が先に突くにせよ、ムサシが出された剣撃を払うにせよ、こちらの刀が十手に絡め取られることには変わりはない。

——そして今度は右の太刀が来る。

ここに至るまで、無二はほぼ左手一本で戦っていた。両手兵法においては、いかに左手が大事かということの表れだが、さりとて右手は使わないことになっているでも、もちろん使えなくなっているでもない。

無二が右手を動かすことすらなかったのは恐らく、こちらの両手兵法を警戒してのことだった。太刀を振れば、その刹那は無防備になる。その隙を突く太刀が相手に残されているならば、自分も振るいたくないということなのだ。

――が、俺が一刀となった今や……。

無二が止めの一振りを躊躇う理由はなくなった。十手で太刀を封じられた時点で、こちらは丸腰になったも同然なのだ。

だから、来る。次は必ず右手の太刀が振り下ろされる。あらかじめわかっているなら、そこに俺も勝負を懸ける。

ムサシは呼吸を読んだ。無二が吸う、吐く、吸う、吐く、吸う――その機を捉えて、一気に踏みこみ、同時に太刀を打ちかける。

それを無二は十手で受け止めた。

ほとんど音も立たないくらい柔らかに受け止めると、振り下ろしの勢いに逆らわず、むしろそれを利用しながら、まんまと十手の鉤に刀身を絡め取る。そこから手首を返し、刀身を横に寝かせることまでしたが、今回は懐まで引きこもうとはしなかった。

そこまでする必要はないからだ。相手を引き寄せるより、自ら振り出すつもりでいるのだ。

――やはり来た。

無二の太刀だ。ムサシは左手だけ己の太刀から離して、それを前に走らせた。

「ガチ」

と重たい音がした。遂に放たれた太刀の斬撃を、ムサシは頭上に翳した脇差で受け止めた。誰の得物かといえば、無二が腰に差していたものだ。その懐から引き抜いたのだ。

すぐ間近で無二が瞠目していた。

「ふつう、間に合わんじゃろ」

ムサシは脇差で受けた太刀を、さらに上にかち上げた。それから、すぐ刃を反転させる。ぐっと鍔まで埋めたのが、父と仰いだ男の右の喉頸《のどくび》だった。

刀を抜かなかったので、血が噴き出すということはなかった。が、剣尖は恐らく肺を突き破り、心の臓まで達していた。

無二は「げふ」と血の塊を吐き出した。唇の端から赤い線を垂らしながら、その口がムサシに告げた。

「左利きだったからじゃ」

「なに」

「われを養子に貰うことにしたんは、もともと左利きだったからじゃ」

「………」

「みこんだ通り、よお動くわ」

最後に笑みのような表情を浮かべると、無二は膝からくずおれた。

見下ろしながら、しばしムサシは父の言葉を反芻した。左利きだったから……。左利きだったから……。左利きだったから……。

そうした意識はなかった。普段から箸も、筆も、右で持つ。普通に右利きだと思ってきた。が、それこそ幼い頃から両手兵法を仕込まれたので、どちらの手が不自由ということはない。両手利きのようなものだと思ってきたというほうが、あるいは正しいのかもしれない。それが生まれたときは、左利きだったというのか。

両手兵法の肝は左手だ。それは、わかる。己が編み出した兵法は左手の扱いに勝れた者にしか完成できないと、あるいは無二は早くから考えていたのかもしれない。それで左利きだった俺を……。しかし今日まで剣に生きてきて……。つまるところは、そこなのか。

「はん、兵法というほどのものではないな」

ただのチャンバラにすぎんな。吐き出しながら、ムサシは太刀を鞘に戻した。折れた自分の小刀の代わりには、そのまま無二の脇差を貰うことにした。合わせて二刀を差してしまうと、父の遺体も明日には当理流の弟子がみつけてくれるだろうからと、もう道場を後にした。

さて、これから、どうするか。考えながら、ムサシは夜道に歩を進めた。

いや、考えるまでもない。己が兵法を立てるのだ。今度こそ本物を立てるのだ。それこそ万人に誇れるもの、後の世にまで遺せるものを立てるのだ。

——しかし……。

空──か。

振りかえれども、みえるのは空ばかりだ。

洞窟の口には何もない。なるほど、その先は崖だ。何かみえるわけもない。

ムサシは手元の紙に目を戻そうとした。が、寸前その空に影が浮かんだ。

──誰だ。

霊巌洞を訪ねる者など、いない。何か用事があれば、こちらから庫裡《くり》に行くので、霊巌寺の僧侶が来ることもない。

だいいち、こんなところに好きこのんで、誰が来る。顔も知らぬ後学の徒に向けて、ただ小難しい文を綴り続けるだけの男に、ぜんたい何用がある。

「……⁉」

ムサシは胸を衝かれた。岩を踏み、垂らされた綱をつかみ、洞窟の口まで上ってきたその影は、逆光のなか、いよいよ黒く、しかも大きくみえた。

しかも左右の肩は、いかつく怒る。頭頂に蓬髪の束が揺れる。

──俺か。

と、ムサシは思いついた。いや、俺なわけがない。それは老いた者の影ではない。一見なお若くあれば、かつての俺か。それが幻として現れたのか。

つまりは、何が二天一流だ、何が『五輪書』だ、まことしやな虚言《そらごと》を連ねて、どうするつもりだと、今の俺を懲らすために……。

——いや、違う。

幻ではない。というのは、その影にムサシは声をかけられた。

「宮本武蔵殿ですな」

俄には信じがたいが、本当に訪ね人だ。

「探しましたぞ、宮本殿」

と、影は続けた。名古屋だ、江戸だといわれて、東下してはみつからず、やはり小倉かと戻れば、今度は島原《しまばら》の戦に出たといわれ、ならば小倉で待てば戻るかと思いきや、さにあらずで、なんと熊本に行かれたという。

「細川家に身を寄せておられたという。なるほど、なるほど、ようやくみつけてみれば、さもありなんという話ですな」

ムサシは答えず、ただ相手を見据えた。洞窟に歩を進めた影が、終に逆光から抜け出すと、薄暗がりに顔を覗くことができた。四白眼の奇相の男だ。

ムサシは再び胸を衝かれた。この男は、やはり俺ではないか。

「ああ、失敬、申し遅れました。それがし、佐々木小太郎でございます」

あっ、とムサシは思う。あの佐々木小次郎の倅か。雪が産んだ子で、つまりは俺の倅か。

もうひとつ、あとから影が続いた。上背で五尺六寸、いや、七寸ほどか。小さな影とはいえないが、身ごなしが、どこか幼い。

「ご子息か」

と、ムサシは確かめた。こちらの目の向きを承知して、佐々木小太郎は答えた。

ている。

「いかにも、十三歳になりまする」

これまた、昔の俺をみるようだ。それこそ十三歳で、有馬喜兵衛を倒した頃の俺のようなな。

「離れてみておれ、小次郎」

佐々木小太郎は子に命じた。祖父の名を譲られたということだ。受け継がれるものは、受け継がれているのだ。

――ということは……。

男の目が再び自分に向いたことは、ムサシも承知せざるをえなかった。

「宮本殿、試合をお願いできますな」

やはり、そう来る。ムサシの胸に一番に湧いたのは、避けたいという思いだった。

避けられないことは承知している。それこそ小太郎が今の小次郎くらいのとき、いや、もう少し小さかったかもしれないが、とにかく約束しているのだ。

「いつか必ず、宮本武蔵殿、あなたを倒しにまいります。父の無念を晴らしにいきます」

「待っているぞ、佐々木小太郎」

忘れたわけではない。が、この俺に今さら刀を振れというのか。チャンバラと蔑んだ業《わざ》に、曲げて身を投じろというのか。

「遺体の引き取り手はおありか」

と、ムサシは尋ねた。そこもとが敗れた場合、その大きな身体を童《わらべ》に担いで帰らせるというのは、あまりにも酷であろう。

「そのときは松井の家にお知らせください」

と、小太郎は答えた。今は熊本城下で長岡《ながおか》佐渡守を名乗っておりますが、いずれにせよ、これで身内でございますゆえ。

なるほど、長岡佐渡守興長、つまり松井新太郎興長は、小次郎には血のつながった叔父ということになる。

「宮本殿は、どうすれば」

ひるがえってムサシが負けたとき、その遺体はどうすればよいかというのである。

「やはり新太郎に頼むしかなかろうな」

と、ムサシは答えた。熊本細川藩の世話になっているのも、つまるところは松井新太郎が申し出てくれたからなのだ。

寛永十五年（一六三八年）、小笠原、細川、ともに公儀の命で島原の戦に出兵したが、このときの戦場で偶然の再会となった。いつか報いるとした約束を、この機会に果たさせてくれと新太郎にいわれて、その言葉にムサシは甘えることにしたのだ。

「承知しました」

佐々木小太郎は頷いた。が、そこで終わらず、さらに先を続けたのだ。

「その場合も、こちらとしては、宮本殿は病で命を落とした、ということで構いません。ええ、それがしとて剣聖とも称《たた》えのある『宮本武蔵』の名を、徒に汚したいわけではありませぬゆえ」

ムサシの感情に濁りが生じた。なめるな、と荒ぶる言葉も湧いてきた。それなのに、小太郎は続けるのだ。

「それがしは、亡き父の剣が勝ることを証明できれば、それでよいのです」

岩流佐々木小次郎の剣――つまりは「ツバメ返し」である。

みれば、小太郎は背に驚くばかりの長刀を負うていた。この世に何振りとあるわけがない。かつて

「物干し竿」と呼ばれた、佐々木小次郎の剣に違いない。

この長刀で拝み打ちに斬り下ろされては、自分の間合いを作れない。外せないわけではないが、直後に打ちこまんとしたところで、今度は斬り上げが顎下から襲いくる。

「その技が完成したということでござろうか」

「おみせいたします」

そう答えられれば、もうムサシは立ち上がるしかなかった。

佐々木小太郎は技を完成させた。佐々木小次郎の技を完成させた。が、こちらの「宮本武蔵」は、どうなのか。「二天一流」などと号に凝れば、あの「ツバメ返し」に勝てるのか。

ムサシとて、あれから勝負という勝負を避けてきたわけではない。

剣名をもって処世すれば、技をみせろといわれることは、むしろ常といえるほどだ。

名のある者もいた。明石で戦ったのが、杖術の夢想権之助《むそうごんのすけ》という男だ。新免無二とも手合わせしたことがあるといい、それで相手にした。

熊本に来てからも、藩主細川忠利《ただとし》に求められ、柳生但馬守の直弟子だという氏井弥四郎《うじいやしろう》、さらに捕手術の達人とされた塩田浜之助《しおたはまのすけ》とも戦うことになった。

いずれもムサシは、ただの一打も振るうことなく退けた。得物を振り出さんとするところ、ことごとく機先を制せられてしまうので、相手は降参をいうしかなくなったのだ。

――はん、造作もない。

いうところの枕の押さえだ。それが通じる程度の相手だったということだ。通じない相手など、世にどれほどもいないのだ。

たとえ押さえが通じない相手であろうと、ムサシが負けるわけがなかった。一打も振るわなかったからだ。

何がすごい話であるものか。要するに攻めないだけだ。振らなければ、隙をみせないで済む。達人、達人と、うまく相手に恐れ入らせながら、その実は狡猾《こうかつ》に、己が殻に閉じこもっていただけだ。

——それを小太郎は許さない。

恐らくは、許してくれない。まったく嫌になる。せめて得物くらいは用意せねばと心に続けるも、小次郎と戦ったときの長木刀はなくしてしまった。

こんな木刀だったと、何振りか拵えなおすことまでしたが、それも松井新太郎はじめ、好きな手合いの藩の上役たちに請われての話であり、つまりは御機嫌取りで、全てくれてやったあとである。

手元には一振りも残っていない。だから、ああ、嫌だ。本当に嫌だ。それでもムサシは、よっこらせと立ち上がった。

もう膝が痛い。それでも老いは理由にならない。理由にする資格もない。父の新免無二も老いていたからだ。それなのにムサシは試合を挑んだのだ。

無二も断らなかった。むしろ、自ら戦いを望んだ。なるほど、避ける気になどならないはずだ。

——血がたぎって、仕方がない。

ムサシのなかに、蘇る生き物がいた。それなのに佐々木小太郎は、なおも確かめてくるのだ。

「こちらは木刀でも構いませんが」

「いや、是非にも真剣で」

答えるムサシに、もう微塵も迷いはなかった。

本書は、「中央公論」二〇二二年三月号から二〇二三年二月号まで連載された「チャンバラ」を加筆、修正したものです。

装画　菅野研一
装幀　片岡忠彦

佐藤賢一

1968年山形県鶴岡市生まれ。93年「ジャガーになった男」で第6回小説すばる新人賞を受賞。98年東北大学大学院文学研究科を満期単位取得し、作家業に専念。99年『王妃の離婚』で第121回直木賞を、2014年『小説フランス革命』（全12巻）で第68回毎日出版文化賞特別賞を、20年『ナポレオン』（全3巻）で第24回司馬遼太郎賞を受賞。他の著書に『カエサルを撃て』『剣闘士スパルタクス』『ハンニバル戦争』のローマ三部作、モハメド・アリの生涯を描いた『ファイト』、『傭兵ピエール』『カルチェ・ラタン』『二人のガスコン』『ジャンヌ・ダルクまたはロメ』『黒王妃』『黒い悪魔』『褐色の文豪』『象牙色の賢者』『ラ・ミッション』『カポネ』『ペリー』『女信長』『かの名はポンパドール』などがある。

チャンバラ

2023年5月25日　初版発行

著　者　佐藤《さとう》 賢一《けんいち》

発行者　安部 順一

発行所　中央公論新社

〒100-8152　東京都千代田区大手町1-7-1
電話　販売 03-5299-1730　編集 03-5299-1740
URL https://www.chuko.co.jp/

ＤＴＰ　嵐下英治
印　刷　大日本印刷
製　本　小泉製本

Published by CHUOKORON-SHINSHA, INC.
Printed in Japan　ISBN978-4-12-005656-7 C0093

中央公論新社の本

幸村を討て

今村翔吾

真田父子と、徳川家康、伊達政宗、毛利勝永らの思惑が交錯する大坂の陣——誰も知らない真田幸村の真の姿に迫る、ミステリアスな戦国万華鏡。直木賞受賞第一作。

単行本

花は散っても

坂井希久子

夫に見切りを付け、家を出て着物のネットショップを営む美佐。あるとき実家の蔵で、祖母のものにしては小さい着物と、謎の美少女が写る写真を見つけるが――。

単行本

身もこがれつつ
小倉山の百人一首

周防 柳

「百人一首」にはなぜあの百首が選ばれたのか？同じく藤原定家選の「百人秀歌」と数首異なる理由とは？　鎌倉時代前期末の史実を背景に、その謎を解き明かす。中山義秀文学賞受賞作。

単行本

眠る邪馬台国
夢見る探偵 高宮アスカ

平岡陽明

天才夢学者が、新聞社古代史担当の叔父と共に「歴史探偵」となり、日本史最大の謎に挑む！ 地政学や夢分析まで駆使し、ついに所在地論争に終止符を打つのか？

単行本